HEYNE <

Das Buch

»Sie hatte ihre Beine weit geöffnet. So war für alle sichtbar, wie geschwollen ihre Schamlippen waren. Es war Kate unangenehm, dass sie entblößt vor mondän gekleideten Damen und Herren stand und ihre Erregung zur Schau stellte. Sie konnte nichts vor ihnen verbergen, weder Scham noch Lust. Es machte keinen Sinn zu bitten, sich bedecken oder den Raum verlassen zu dürfen, weil es offensichtlich war, dass sie das gar nicht wollte. Ihre Vernunft sagte ihr leise, dass sie nicht hier sein sollte, dass solch eine peinliche Situation sie gar nicht anmachen dürfte, doch es war nur ein Flüstern, während das Adrenalin, das ihren Körper durchflutete, ihre Bedenken übertönte.«

Die Autorin

Sandra Henke lebt in der Nähe von Düsseldorf. Mit ihren Romanen hat sie sich ein großes Publikum erschrieben. So gilt ihr Roman *Loge der Lust* inzwischen als ein Klassiker des Genres. Eine spannende Handlung liegt der Autorin ebenso am Herzen, wie ein starkes Knistern und außergewöhnlich sinnliche Erotik.

Lieferbare Titel:

Die Mädchenakademie

Der Gebieter

Sandra Henke

Meister der Lust

Roman

WILHELM HEYNE VERLAG
MÜNCHEN

MIX
Papier aus verantwortungsvollen Quellen
FSC® C014496

Verlagsgruppe Random House FSC-DEU-0100
Das für dieses Buch verwendete FSC®-zertifizierte
Papier *Holmen Book Cream* liefert
Holmen Paper, Hallstavik, Schweden.

2. Auflage
Originalausgabe 07/2012

Printed in Germany 2012
Umschlaggestaltung: Nele Schütz Design, München
Satz: KompetenzCenter, Mönchengladbach
Druck und Bindung: GGP Media GmbH, Pößneck
ISBN: 978-3-453-54548-9

www.heyne.de

1

Kate MacLynn gab sich nur einem morgendlichen Tagtraum hin, aber ihre Fantasie war so lebendig und intensiv, dass ihre Hand wie von selbst unter die Decke glitt. Sie spreizte die Beine, während sie ihre Augen geschlossen hielt. Ihre Fingerspitzen fanden ihre empfindsamste Stelle. Sie stöhnte.

Sie lag allein in ihrem Bett. Niemand außer ihr befand sich in ihrer Wohnung. Doch in ihrem Traum stand sie inmitten eines Raumes, umgeben von zehn Fremden. Hüllenlos. Ausgeliefert. Aber freiwillig, schließlich war das ihre Sexfantasie. Jede Zelle ihres Körpers vibrierte vor Erregung.

Scheu senkte sie den Blick. Die Anwesenden konnten alles sehen – ihre geröteten Wangen, da sie ihre schwarzen Haare kinnlang und mit Pony trug, ihren knabenhaften Körper, dem sie mehr Rundungen wünschte, die erigierten Spitzen ihrer kleinen Brüste und ihren rasierten Schoß.

Wie passt das zusammen?, fragte sie sich in der Realität, weil die Situation Lust in ihr erweckte und sie gleichzeitig beschämte, obwohl es nur eine Fantasie war. Ihr Alter Ego wollte aus diesem Zimmer fliehen und dennoch nirgendwo anders sein. Dass Verlegenheit und Unterwerfung sie erregten, konnten wohl die wenigsten Menschen nachvollziehen, schon gar nicht die in ihrem kleinen Heimatort Black Elder, deshalb war Kate in den Londoner Stadtbezirk Islington gezogen. Aber auch hier hatte sie sich bisher nicht getraut, ihre erotischen Sehnsüchte auszuleben, und flüchtete sich daher in Träume.

Sie tauchte wieder in ihren Tagtraum ab. Der Salon, in dem ihr mutigeres Ich stand, hatte den Charme der Zwanzigerjahre. Um die Tanzfläche herum standen Sessel und Sofas, Bilderrahmen mit freizügigen Darstellungen von Burlesque-Künstlerinnen verdeckten große Teile der gestreiften Tapete, Feuer prasselte im Kamin, und das Licht des Kronleuchters war gedimmt.

Eine heimelige Atmosphäre umgab Kate, aber die täuschte nicht über die lüsternen Blicke der Anwesenden hinweg. Als wollten sie ihr Opfer jeden Moment verschlingen.

Die Frauen trugen elegante Kostüme, Bubiköpfe und Topfhüte, die Männer Anzüge. Nur einer von ihnen, mit italienischem Aussehen, hatte sich für eine legere Variante mit Knickerbocker und Schiebermütze entschieden. Eine Dame mit einem Stirnband sog mit Lippen, so dunkelrot wie ihr Charleston-Kleid, an ihrer Zigarettenspitze und musterte Kate anzüglich, während sie den Rauch inhalierte und in Wölkchen wieder ausstieß.

Immer mehr Gäste traten an den Rand der Tanzfläche aus Nussbaum-Parkett, auf der Kate nervös ihr Gewicht von einem Fuß auf den anderen verlagerte. Sie bekam eine Gänsehaut, obwohl es angenehm warm war, und rieb sich über ihre Oberarme.

»Lass das!« Die Lady in Red, wie Kate sie nannte, drückte ihren Glimmstängel im Aschenbecher aus und erhob sich aus ihrem Sessel. Ihre Stimme klang rau vor Erregung. Sie sprach würdevoll, aber bestimmt, während sie mit der leeren Zigarettenspitze auf Kate zeigte. »Spreiz deine Beine, Arme an die Seiten. Wir wollen sehen, was du zu bieten hast, und Zugriff auf all deine Intimstellen haben.«

Da Kate zögerte, kam sie näher, zog ihre Armstulpen hoch und fügte diabolisch lächelnd hinzu: »Hör auf, dich zu zieren.

Du hast jegliche Rechte an deinem Körper verloren, als du unser Spielzimmer betreten hast.«

Kate wagte kaum zu atmen, denn ihre neuen Besitzer bildeten einen Kreis um sie und betrachteten sie lasziv. Ihre Mitte prickelte, und ihr Herz wummerte in ihrem Brustkorb. Sie nahm die befohlene Position ein, da der Mann mit dem Casquette drohend eine Reitgerte schwang. Nun war sie schutzlos. Sie spürte all die Blicke, als wären es Berührungen, und wusste gar nicht, wohin sie schauen sollte. Kate war ihnen ausgeliefert, denn sie versperrten ihr jegliche Fluchtmöglichkeit. Sie konnte sich weder bedecken, noch verstecken.

Kate gehörte ihnen.

Natürlich hätte sie einfach die Augen öffnen können, um zu entkommen, aber das wäre ihr im Traum nicht eingefallen. Sie wollte unterworfen werden, wollte dienen, lustvoll leiden und vor Geilheit zerfließen.

Fingerspitzen strichen über ihren Rücken. Kates Nackenhärchen stellten sich auf. Sie wandte den Kopf, um über ihre Schulter nach hinten zu schauen, aber Mr Knickerbocker schlug mit der Gerte auf ihre Hüfte. Es war nur ein Klaps, der nicht sehr wehtat, dennoch erschrak Kate. Sie sog hörbar ihren Atem ein und blieb artig stehen.

Da sie ihre Beine weit geöffnet hatte, war für alle sichtbar, wie geschwollen ihre Schamlippen waren. Es war Kate unangenehm, dass sie entblößt vor mondän gekleideten Damen und Herren stand und ihre Erregung zur Schau stellte. Sie konnte nichts vor ihnen verbergen, weder Scham noch Lust. Es machte keinen Sinn zu bitten, sich bedecken oder den Raum verlassen zu dürfen, weil es offensichtlich war, dass sie das gar nicht wollte. Ihre Vernunft sagte ihr leise, dass sie nicht hier sein sollte, dass solch eine peinliche Situation sie gar nicht anmachen dürfte, doch es war nur ein Flüstern, während das

Adrenalin, das ihren Körper durchflutete, toste und ihre Bedenken übertönte.

Die Vernunft und die Angst vor der eigenen Courage hielten Kate schon in der Realität davon ab, ihrer Neigung nachzugehen. Wenigstens in ihrer Fantasie wollte sie sich keinen anderen Moralvorstellungen beugen als den eigenen.

Deshalb schrie oder jammerte sie nicht, als die Ladys und Gentlemen sie berührten, sondern sie seufzte frivol. Sie strichen über ihre Taille, streiften ihren Venushügel und zwackten sie in ihren Hintern. Ungeniert erkundeten sie Kates Körper, alle auf einmal. Einige benutzten nur eine Hand, andere setzten beide Hände ein, um Kates Busen zu kneten, sanft über ihre Brustwarzen zu streicheln und fest ihre Oberschenkel zu packen.

Die Dame mit dem samtroten Cocktailkleid drückte die Spitze des Zigarettenhalters zwischen Kates hervorstehende kleine Schamlippen und rieb damit vor und zurück, bis Kate kaum mehr ruhig stehen bleiben konnte. Ihr Brustkorb wogte auf und ab. Das herablassende Lächeln der Frau machte sie zusätzlich an. Es besagte: *Ich weiß, was du brauchst, um heiß zu werden, und dieses Wissen verleiht mir Macht über dich.*

Als dann auch noch der attraktive Italiener in ihre Nippel kniff, während die anderen Frauen und Männer weiterhin jeden Zentimeter ihres Körpers liebkosten, konnte Kate nicht länger an sich halten und stöhnte laut.

Er fasste in ihren Nacken und drückte sie auf die Knie. Unsicher schaute Kate zu ihm auf. Ihre Blicke trafen sich. Die unterschiedlichsten Gefühle wallten in ihr auf. Es war nicht normal, vor jemandem zu knien. So demütig, so unterwürfig. Es erregte sie ungemein! Er befahl, brauchte dazu nicht einmal etwas zu sagen, und sie gehorchte in diesem erotischen Rollenspiel.

Sie konnte nicht in Worte fassen, was sie daran faszinierte, doch allein die Fantasie, sich zu unterwerfen, machte sie so dermaßen geil, dass sie in ihrem Bett heftiger masturbierte. Ihren Orgasmus beim Blümchensex verglich sie mit dem Ausbruch eines Geysirs – nett, aber nach ein paar Sekunden vorbei. Sie war sich sicher, dass der Höhepunkt beim Spiel um Dominanz und Unterwerfung einem Vulkan gleichkam, eine allumfassende Eruption, die nicht nur ihre Mitte, nicht nur ihren Körper, sondern sogar ihren Geist erschütterte. Wie Zauberei.

Eines Tages würde Kate dieser Sehnsucht, die in ihr brannte, nachgeben. Irgendwann ... Unglücklicherweise lief ihre Zeit ab.

Nun zauberte erst einmal Mr Knickerbocker ein Lächeln auf ihr Gesicht, da er seine Hose öffnete und sein Glied herausholte. Es war groß und rasiert, wie sie es sich wünschte, natürlich, dies war schließlich ihr Tagtraum. Bereitwillig schloss sie ihre Lippen um den Schaft. Sie nahm ihn tief in ihren Mund auf, zog sich langsam zurück und saugte an der Penisspitze. Ergeben sah sie ihren Liebhaber von unten herauf an. Seine Miene verzerrte sich vor Genuss.

Die Lady in Red stellte sich hinter ihn, umarmte ihn in Hüfthöhe und massierte seine Hoden, was ihn rau aufstöhnen ließ. Die anderen Damen und Herren streichelten Kates Rücken, hockten sich hinter sie, um durch ihre Pospalte zu reiben, und drückten sachte auf ihren Hinterkopf, damit sie den Phallus wieder in ihre Mundhöhle hineingleiten ließ. Dabei stieß sie an die Finger der Schönheit, was diese zum Anlass nahm, ihre Hände an Kates Wangen zu legen und sie zu führen. Sie bestimmte, wann sich Kate zurückziehen durfte und wie tief sie das Glied aufzunehmen hatte. Es war beängstigend und gleichzeitig ganz wundervoll für Kate, die Kontrolle abzugeben.

Jemand überkreuzte ihre Arme auf dem Rücken und hielt sie fest. Man spreizte ihre Beine ein Stück weiter. Eine Zunge drang von hinten in ihre Spalte ein und leckte sie. Ihre Seufzer wurden von dem immer härter werdenden Phallus in ihrem Mund gedämpft.

Plötzlich durchfuhr ein sanfter Schmerz ihren Rücken. Erschrocken schrie Kate auf. Sie wollte sich von dem Schwanz zurückziehen, doch das verhinderte die Dame in dem Charleston-Kleid, indem sie sich etwas hinunterbeugte und von unten auf Kates Kiefer presste. Aus dem Augenwinkel heraus nahm Kate wahr, dass der italienische Beau seine Gerte schwang. Ein weiterer Schlag traf sie. Auch diesmal tat es zwar weh, aber nur gerade so viel, dass es ihre Wollust weiter anfachte. Zu ihrem eigenen Erstaunen leckte sie seinen Penis heftiger. Je öfter die Gerte ihre Kehrseite küsste, desto fester saugte sie. Der Lustschmerz machte sie ganz wild. Sie erregte sich daran, dass die Umherstehenden das mitbekamen, doch noch viel mehr machte es sie geil, bei diesen Zügellosigkeiten beobachtet zu werden.

Nach einer Weile trat der Italiener zur Seite. Seine Beine zitterten bereits. Er stand kurz davor zu kommen und wollte wohl seine Lust noch etwas hinauszögern. Kate lächelte.

Überrascht weiteten sich ihre Augen, da er sich hinter die Lady in Red stellte und langsam und lasziv den Saum ihres Kleids anhob. Sie trug kein Höschen! In diesem Moment dominierte er nicht nur Kate, sondern auch die mondäne Beauty, denn er spreizte mit einem Ruck ihre Beine und führte seinen Schaft zwischen ihren Schenkeln hindurch. In Kates Fantasie reichte der Penis fast bis nach vorne. Seine Spitze und die empfindsamste Stelle der Frau befanden sich dicht beieinander, die Eichel schwebte unter den Schamlippen.

Ein faszinierender Anblick! Kate schnappte nach Luft.

Die anderen Damen und Herren drückten ihr das Gesicht auf die beiden Geschlechter. Die Intimdüfte, der eine männlich herb, der andere beinahe süßlich, stiegen ihr in die Nase. Nie zuvor war sie einem weiblichen Schoß so nah gewesen. Sie bebte vor Aufregung. Schüchtern küsste sie die Klitoris. Es wurde applaudiert, Stoff raschelte und fremdes Stöhnen drang an Kates Ohren. Eine Handkante presste sich von hinten in ihre Spalte, und sie schrie erschrocken auf. Doch anstatt sich zu wehren, streckte sie ihre Zunge weit heraus und schlängelte über die Schwanzspitze. Eher zufällig stieß sie mit der Nase dabei an den Kitzler der Charleston-Dame. Der schien das Spiel ebenfalls zu gefallen, denn sie lachte sinnlich.

Die Handkante rieb durch Kates nasse Scham, und einige Finger spielten mit ihren Nippeln, liebkosten und zwickten sie, während Kate abwechselnd Eichel und Klitoris küsste und leckte. Ihre Lust schwoll so heftig an, dass sie kaum ihren Unterleib stillhalten konnte. Es musste ja aussehen, als würde ihr Powackeln die Männer auffordern, sie von hinten zu nehmen. Aber sie hatten sich besser im Griff als Kate, denn sie fielen nicht über sie her, sondern entfernten sich von ihr, ebenso wie Mr Knickerbocker und Ms Charleston, die nun ihre Kleidung richteten.

Ein Mann drückte ihr den Griff der Gerte zwischen die Zähne. Zwei andere zogen sie auf ihre Füße und führten sie zu einem schwarz lackierten Tisch, der hüfthoch war und stabil aussah. Sie legten sie mit dem Rücken darauf, hielten ihre Arme fest und spreizten ihre Beine, sodass ihre Intimstellen frei zugänglich waren. Kichernd schritten die Frauen um sie herum und musterten sie. Kates Haut prickelte, als würde sie gestreichelt werden, dabei taten sie nichts weiter als sie ungeniert zu begutachten.

Schamlos, beinahe obszön bot sie sich ihnen dar.

Ihre Brustspitzen standen hart hervor, ihr Schoß war glutrot und geschwollen, und Kate spürte einen leichten Luftzug, als der Italiener zwischen ihre Schenkel trat. Er beugte sich über sie, um ihr die Gerte aus dem Mund zu nehmen. Dabei strich sein Hemd über ihre empfindsamste Stelle. Kate erschauerte lustvoll.

Schmunzelnd richtete sich der attraktive Gentleman auf, trat einen Schritt zurück und schob seine Schiebermütze zurecht. Er holte aus und schlug auf die Innenseite von Kates Oberschenkel. Sogleich rieb er mit dem flachen Ende der Gerte über ihre Klitoris, sodass sich der Schmerz mit Erregung mischte. Kate atmete schwerer.

Noch bevor er fortfuhr, begannen die Frauen, ihren Oberkörper zu liebkosen. Zehn kleine Hände glitten zärtlich über ihre Rundungen und fingen damit die Pein der nächsten Schläge auf.

Nach jedem Hieb stimulierte Mr Knickerbocker ihren Kitzler. Schmerz. Lust. Schmerz. Lust. Er fiel in einen bittersüßen Rhythmus. Mit einigen Sekunden Verzögerung bemerkte Kate, dass er nicht länger ihr Bein schlug und über ihre Klitoris strich, sondern es genau andersherum machte. Die Gerte traf nun ihre empfindsamste Stelle, nicht grausam hart, sondern wohl dosiert, und streichelte ihren Schenkel. Kate wusste nicht, ob sie diese Prozedur in Wirklichkeit ertragen könnte, aber in ihrem Tagtraum fühlte es sich himmlisch an. Die Ladys widmeten sich inzwischen ihrem Oberkörper, sie kniffen hier und dort, zupften an den Brustwarzen und ließen ihre Handflächen sachte auf die Erhebungen klatschen.

Kate wand sich ekstatisch auf dem Tisch. Spielerisch zerrte sie an ihren menschlichen Fesseln, doch die vier Herren hielten ihre Hand- und Fußgelenke unbarmherzig fest. Anstatt zu jammern und zu betteln, stöhnte sie kehlig. Sie hob ihren

Unterleib immer wieder kurz an, als wollte sie ihren Kitzler der Gerte entgegenstrecken, dabei machte nur die stetig wachsende Erregung sie unruhig.

Bevor sie jedoch den Höhepunkt erreichte, hörte der Casquette-Träger auf. Er kam wieder dicht an ihren Schoß heran, legte eine Hand auf ihren Venushügel und drehte die Gerte in der anderen so herum, dass nicht das flache Ende, sondern der Griff nach vorne zeigte. Provozierend langsam rieb er ihn durch Kates Spalte, bis er von ihrer Feuchtigkeit glänzte. Das Blut pulsierte durch ihre Schamlippen. Sie glaubte nicht, jemals in ihrem Leben schon so nass gewesen zu sein.

Als er den Griff in sie einführte, bäumte sie sich berauscht auf. Sie schloss ihre Augen und leckte über ihre Unterlippe, da sie auf einmal großen Durst hatte. Währenddessen nahm Mr Knickerbocker sie mithilfe des Schlaginstrumentes. Er drückte es immer tiefer in sie hinein, dehnte sie und bereitete sie vor – denn kaum hatte er den Griff herausgezogen, drang der erste Gentleman mit seinem Phallus in sie ein. Nach einigen sanften Stößen überließ er dem nächsten seinen Platz, der Kate schon härter nahm, bis der dritte an die Reihe kam und stürmisch zustieß. Die fünf Männer wechselten sich ab, während die Damen nicht müde wurden, ihre Brüste zu stimulieren. Kate war trunken vor Wollust. Sie konnte an nichts anderes denken, nichts anderes fühlen als Ekstase.

Als schließlich der Italiener sie nach drei Runden Bäumchen-wechsele-dich temperamentvoll ritt, schrie Kate auf und kam und kam und kam, auf dem Tisch in ihrer Fantasie – und auch in der Realität in ihrem Bett.

2

Zwar wusch das Wasser die Spuren der Masturbation von Kates Körper, spülte jedoch nicht die Sehnsucht aus ihr heraus. Sie stellte den Duschkopf so ein, dass er die Tropfen bündelte, neigte ihren Kopf vor und ließ sich von dem harten Strahl den Nacken massieren.

Seit sie das erste Mal einen erotischen Roman gelesen hatte, in dem ein Meister der Lust eine Frau liebevoll dominierte, träumte sie davon, sich einem Mann zu unterwerfen. Der ein oder andere Liebhaber damals in Black Elder hatte sie nach einer kleinen Andeutung ihrerseits tatsächlich gefesselt oder ihr die Augen verbunden, aber es fühlte sich nicht echt an. Dämliches Grinsen und Fragen wie: »Mache ich das auch richtig so, oder wie hättest du es gerne?«, brachten ihr Blut nicht gerade in Wallung.

Echte Dominanz sah anders aus, nämlich in einem gesunden Maß überlegen, selbstbewusst und kreativ. Das jedoch hatte sie leider bisher nicht einmal in einer Weltstadt wie London gefunden.

Sie stellte das Wasser ab, schob den Duschvorhang beiseite und griff nach dem Badetuch.

Plötzlich hörte sie ein Geräusch. Es kam aus der Küche. Sie erstarrte und bekam eine Gänsehaut. Jemand war in ihrem Apartment, zog eine Schublade nach der anderen auf, als würde er etwas suchen. Womöglich ein Brotmesser? Oder Gegenstände, die es lohnte zu stehlen? Das einzig Wertvolle, das

Kate besaß, befand sich in der Schmuckschatulle auf der Badezimmerablage. Abgesehen von den Diamantohrsteckern, die sie trug – drei auf der rechten Seite und einen links – und dem Weißgoldring in der Ohrmuschel unterschied sie sich auf den ersten Blick nicht von den jungen Frauen, die ihr Bling-Bling auf dem Flohmarkt in der Portobello Road oder den Billigläden der Covent Garden Piazza kauften. Man erkannte erst bei genauer Betrachtung, dass ihr Schmuck echt war. Das verlangte die Berufsehre von ihr!

Leise trat sie aus der Duschkabine und hielt das Handtuch schützend vor ihren Körper. Ein appetitlicher Duft drang durch die Ritzen der Tür ins Badezimmer. Der Eindringling, der nur durch einen Korridor von ihr getrennt in der Küche stand, rührte heftig in einem Topf. Geschirr klapperte. Er – oder sie? – musste etwas aus dem Wandschrank geholt und auf den Tisch gestellt haben. Ein Einbrecher würde wohl kaum Frühstück zubereiten. Sie entspannte sich ein wenig. Als ein Mann leise den Chorus von »Sleepwalker« sang, lächelte sie erleichtert. Milow!

Schnell trocknete sich Kate ab, denn es duftete immer köstlicher nach Porridge, und ihr Magen begann zu knurren. Sie zog einen blau karierten kurzen Rock und einen dunkelblauen Pullover an und streifte ihre Hausschuhe über, abgetragene Pantoffeln mit dem Konterfei von Prince William auf der rechten und von Princess Catherine auf der linken Seite.

Sie eilte in die Küche, baute sich mit gespielt düsterer Miene im Türrahmen auf und verschränkte die Arme vor dem Oberkörper. »Ich hätte dich erschießen können.«

»Du besitzt keine Schusswaffe, *monkeybutt.*« Milow gluckste, weil er wusste, dass sie diesen Kosenamen nicht mochte, und blickte sie kurz über seine Schulter hinweg an. Er schaltete den Herd aus und stellte den Topf auf eine andere Platte.

Kate hatte Mühe, ihrer Stimme einen launischen Ton zu geben, denn sie war keineswegs sauer, sondern froh, ihren freien Samstag nicht alleine verbringen zu müssen. »Ich hätte mich auch im Badezimmer verschanzen und mit meinem Handy die Polizei rufen können.«

»Ich habe artig an der Tür geklingelt, aber du hast es nicht gehört.« Er gab zwei Kellen Porridge in einen tiefen Teller, streute Zucker, klein geschnittene Apfelstücke und Rosinen darauf und goss einen Schwall flüssiger Schlagsahne dazu.

Da er sich völlig unbeeindruckt zeigte, ging Kate noch einen Schritt weiter, um ihn aus der Reserve zu locken. »Ich hätte dir den Zweitschlüssel von meiner Wohnung nicht geben dürfen.«

»Dann hättest du jetzt auch kein liebevoll zubereitetes Frühstück.« Er stellte den Teller auf den Küchentisch neben eine Tasse mit dampfendem schwarzem Tee. Das selbstzufriedene Lächeln ließ seine Gesichtszüge feminin wirken.

»Du bist ein Schatz!« Selbstverständlich vertraute sie Milow vollkommen, sonst hätte sie ihm nicht den Schlüssel ausgehändigt, für Notfälle, falls sie ihren verlor oder sich aussperrte.

Milow tropfte etwas Milch in ihre Teetasse, denn er kannte ihre Vorlieben, immerhin war er ihr bester Freund. »Wieso trägst du mich dann nicht auf Händen?«

»Da stehst du doch gar nicht drauf«, sagte sie mit einem frivolen Unterton in Anspielung auf seine devote Neigung und ging zu ihm. Sie musste sich auf die Zehenspitzen stellen, um ihn auf die Wange küssen zu können. Milow bezeichnete sie als »klein und drahtig«. Es wäre ihr lieber gewesen, zwanzig Zentimeter größer zu sein und lange Beine zu haben, aber es nutzte nichts, mit ihrer Körpergröße von einem Meter und achtundfünfzig Zentimetern zu hadern, denn sie konnte es ohnehin nicht ändern. Kate schaute sich um, fand jedoch kein Frühstück für ihn. »Hast du schon gegessen?«

»Für mich gibt es nur den halben Apfel, der übrig geblieben ist. Adam Lambert hat ein paar Kilo abgenommen. Also muss ich das auch.«

»Übertreibst du es nicht etwas mit deiner Fan-Liebe?« Sie nahm am Tisch Platz und trank einen Schluck Tee. Dabei verbrannte sie sich die Zungenspitze.

»Du weißt, ich würde die Sahneschnitte vom Fleck weg heiraten, wenn ich könnte, aber in diesem Fall geht es um schnödes Geld. Wenn ich als Doppelgänger gebucht werden will und mich gegen die Konkurrenz durchsetzen möchte, muss ich ihm so ähnlich wie möglich sehen.«

»Das tust du, mach dir keine Sorgen.« Sie schaufelte einen Löffel Haferbrei in ihren Mund und zwinkerte ihm zu. Milow war genauso hübsch und genauso exzentrisch wie der amerikanische Sänger. Er trug dunkle flippige Klamotten, eine Mischung aus Rock und Gothic, benutzte dunklen Kajal, Nagellack und dieselbe Haarfärbung wie Kate – Ton: Nachtschwarz. Zurzeit trug er seinen Schopf im Nacken kurz, sein Pony hingegen hing über seine Stirn, wie ein Schattenspender für sein Sonnenscheinlächeln. Kein Wunder, dass die Männer bei ihm Schlange standen. Er war beneidenswert sexuell aktiv. Nur mit der Liebe klappte es nicht. Kate schien bei beidem Pech zu haben.

Milow ließ sich neben sie auf einem Stuhl nieder. »Dein Anrufbeantworter blinkt.«

»Pop hat angerufen.«

»Da du den AB offenbar noch nicht abgehört hast, scheint es so, als hättest du mitangehört, wie dein Vater eine Nachricht hinterlassen hat und hättest nicht abgehoben. Aber so eine böse Tochter wärst du nicht, oder?« Er lehnte sich zurück und legte seine Arme in einer machohaften Geste auf die Lehnen rechts und links, schlug jedoch seine Beine übereinander wie eine Frau.

Sie schluckte den Bissen Porridge herunter. Während sie sprach, beobachtete sie die Regentropfen, die an der Fensterscheibe hinabperlten: »Er hätte am liebsten, dass ich schon am ersten Oktober statt am ersten November zurück nach Black Elder ziehe. Dort sei doch der Herbst viel schöner als in der Großstadt.«

»Das wäre ja schon in einer Woche. Das kannst du mir nicht antun!«

Zärtlich kniff sie ihm in die Wange, was er ebenso wenig mochte wie sie, von ihm Affenpopo genannt zu werden. »Vor ein paar Tagen rief Mum an, ob ich nicht schon zum Geburtstag meiner Oma Clodagh am sechzehnten Oktober heimkehren könnte, Grandma würde sich sicherlich sehr über diese Überraschung freuen.«

»Ah, ich verstehe, was da läuft.« Beiläufig stibitzte er eine Rosine von ihrem Teller und kaute ausgiebig darauf herum. »Clodagh, was ist denn das für ein Name?«

»Ein irischer. Manche halten ihn für einen Männernamen, weshalb Granny ab und zu Post erhält, die an Herrn Clodagh Highsmith adressiert ist, was sie trotz ihrer 74 Jahre immer noch verärgert.« Sie legte ihre Hände an ihre Tasse, um sich daran zu wärmen. Der September verabschiedete sich mit einem Tief. Dunkle Wolken hingen über den Dächern der Stadt, die Regenrohre an den Häusern konnten die Wassermassen nicht mehr fassen, sodass die Rinnen am Dachrand genauso überliefen wie die Gullys in den Straßen. »Möchtest du den Rest Haferbrei?«

Abwehrend hob er beide Hände, die in fingerlosen Netzhandschuhen steckten. »Nein, danke, ich bin eisern.«

»Das sehe ich.« Grinsend beobachtete sie, wie er einen Löffel mit Porridge zu meinem Mund führte, inne hielt, blinzelte und sie dann mit dem warmen Brei fütterte.

»Du kannst etwas auf den Rippen gebrauchen. Klein und dünn wie ein Puppy, das weit weg von Zuhause ist und nicht genug zu essen bekommt. Aber das wird sich ja bald wieder ändern.«

Kate merkte ihm an, dass er sich bemühte, aufmunternd zu klingen, um ihr den Abschied nicht noch schwerer zu machen, doch seine Mundwinkel hingen nach unten. Trübsinnig aß sie, schluckte und spülte mit Tee nach. »Versteh mich nicht falsch. Black Elder ist nicht die Hölle auf Erden, sondern ein Postkartenstädtchen mit Steinhäusern, einer malerischen Küste und vielen Wiesen und Feldern drumherum. Es ist schön dort zu wohnen.«

»Schöner als in London?« Er hob eine seiner mit Kajal nachgezogenen Augenbrauen. »Das kann ich Stadtpflanze mir nicht vorstellen.«

»Schön auf eine andere Art und Weise eben. In der Hauptstadt brummt das Leben, die Möglichkeiten, Chancen und Abenteuer liegen auf der Straße, ein Paradies für junge Menschen. In meiner Heimat setzt man sich eher zur Ruhe, man gründet eine Familie und genießt die Idylle.« Sie seufzte.

Geräuschlos legte er den Löffel auf die Tischplatte. »Aber so weit bist du noch nicht.«

Sie schenkte ihm ein müdes Lächeln, das der Regen, der gegen die Scheibe trommelte, mit einer melancholischen Melodie untermalte. »In den drei Jahren, die ich jetzt in London lebe, sollte ich mich ausgetobt haben. Doch als Tochter meines Vaters habe ich mich fast nur um die Arbeit und um meine Fortbildung gekümmert.«

Pop hatte ihr eine Auszeit von drei Jahren nur zugestanden,

weil sie ihm versicherte, sie würde die Zeit in London nutzen, um neue Trends aufzugreifen und Fertigkeiten zu erlernen, um dem Familiengeschäft neuen Aufwind zu verschaffen. Die Goldschmiede lief immer schlechter, was unter anderem auch daran lag, dass die Schmuckstücke so langweilig und konservativ aussahen, wie der Name des Geschäfts klang: *MacLynn Goldsmiths*. Zurzeit hielten sich Kates Eltern nur über Wasser, weil Kate ihr eigenes Geld verdiente.

»Ich habe ihnen versprochen, am dritten November, meinem dreißigsten Geburtstag, wieder zurück in der Heimat zu sein, um mit ihnen gemeinsam um den Familienbetrieb zu kämpfen, denn er befindet sich schon seit drei Generationen in unserem Besitz, und ich werde mein Versprechen halten.«

»Die Zeit läuft ab, ist es das?«

Sie drückte seine Hand. Milow kannte sie einfach zu gut. Vor drei Jahren hatten sie sich in einem Club getroffen, in den Kate auf ihrer ersten Erkundungstour durch das Nachtleben Londons hineingestolpert war und der sich als Gay-Treffpunkt entpuppte. Milow, der an diesem Abend dort als Showact auftrat, erkannte ihr Dilemma, half ihr aus der peinlichen Situation und nahm sie unter seine Fittiche. Seitdem waren sie Freunde und teilten ihr Faible für nachtschwarze Haarfärbung und Dominanz und Unterwerfung. Der einzige Unterschied bestand darin, dass Milow seine Gelüste auslebte. Kate dagegen hatte Angst vor der eigenen Courage. Sie hatte sich noch nie einem richtigen Dominus hingegeben, weil sie sich einerseits vor seiner Überlegenheit fürchtete, sich aber andererseits von ihm angezogen fühlte.

Längst hatte der Countdown begonnen, die Zeit verstrich ungenutzt. Kate hörte förmlich die Minuten runterticken. In Black Elder würde sie bestimmt keinen Herrn und Meister finden, der lustvoll über sie herrschte und ihr die dunkle Seite der Erotik zeigte. Die Kleinstadt lag zwar nicht hinter dem Mond, aber Tattoos wurden nur akzeptiert, wenn sie sich an Körperstellen befanden, die man nicht sah, Piercings in Nase oder Augenbraue waren ebenso undenkbar wie mit grünen Haaren durch die Gassen zu laufen.

Milow räusperte sich. »Isst du dein Porridge nicht auf?«

Wortlos schob sie ihm ihren Teller hinüber. Nun, da sie sich wieder ihrer unerfüllten Sehnsucht, sich einem Mann mit Haut und Haaren auszuliefern und Grenzen zu überschreiten, bewusst wurde, fühlte es sich mit einem Mal an, als läge ein Stein in ihrem Magen.

»Wäre doch zu schade bei der Mühe, die ich mir gegeben habe.« Verlegen senkte er seinen Blick und rührte im Haferbrei. »Dann bin ich eben die alte, mopsige Version von Adam Lambert. Es gibt ja auch dicke und dünne Elvis-Imitatoren.«

Kate war erleichtert, dass er aß, denn er hatte eine tolle Figur, schlank, aber nicht dürr, wohl proportioniert, aber ohne Fettpölsterchen. Unter anderen Umständen hätte sie sich Hals über Kopf in Milow verliebt. Doch dass er nicht auf Frauen stand, war nur ein Problem. Ein anderes war, dass er ebenso auf dominante Kerle abfuhr wie sie. Er war der einzige ihrer Freunde, sowohl in Black Elder als auch in London, der von ihrer Neigung wusste.

»So«, sagte er schließlich, stand auf, um Teller und Löffel in die Spüle zu räumen, und nahm den Notizblock, auf dem Kate normalerweise ihre Einkäufe notierte, von der Arbeitsfläche. »Da ich jetzt satt bin, können wir deinen letzten Monat in London planen.«

»Was meinst du?«, fragte sie, betrachtete ihre Pantoffeln und fragte sich, warum der rechte verschlissener aussah als der linke.

Er setzte sich wieder, legte den Block auf den Tisch und

schob ihn demonstrativ zu ihr hinüber. »Wir gehen dein Sexproblem an und zwar systematisch. Ich helfe dir dabei.«

Kates Augen weiteten sich. »Wie bitte?« Was meinte er damit?

»Schreib auf, was du gerne erleben möchtest, und ich rede nicht von einem Besuch im Globe Theatre oder einer Fahrt mit dem London Eye.« Theatralisch wischte er mit seiner Hand durch die Luft, als wollte er den Gedanken an Sehenswürdigkeiten beiseiteschieben. »Sondern von erotischen Abenteuern, prickelnden Erlebnissen und der Erfüllung lang gehegter Sehnsüchte.«

Allein bei der Vorstellung kribbelte es in Kates Nacken – und in tieferen Regionen. Ihr Körper reagierte mit einer Heftigkeit auf Milows Vorschlag, die ihr bewies, wie intensiv ihr Wunsch sich zu unterwerfen noch immer war.

Milow tätschelte ihre Schulter. »Jetzt oder nie, Darling. In einem Monat werden Pfarrfeste das Aufregendste in deinem Leben sein.«

»Du übertreibst. Black Elder ist kein Kuhdorf.« Panik mischte sich unter die Euphorie, die Kate erfasst hatte. Die Möglichkeit, ihre Fantasien wahr werden zu lassen, war zum Greifen nah, doch sie überkam Angst wirklich zuzupacken. Wie schon die ganzen drei Jahre zuvor. Sie hätte längst einschlägige Treffpunkte besuchen oder das Internet bemühen können, um einen Dominus kennenzulernen. Stattdessen war sie durch London gestreift und hatte sich ausgemalt, was alles Tolles passieren könnte: Auf einer Fahrt mit der Tube hatte ein attraktiver Mann ihr schamlos unter den Rock gefasst und ihren Schoß erkundschaftet; abends im British Museum, wenn die Ausstellungsräume verwaist waren, hatte sie sich unmittelbar unter einer Überwachungskamera vor einen Fantasy-Lover hingekniet und ihren Mund willig geöffnet; im

St. James's Park, umgeben von Natur und der Gefahr, von abendlichen Joggern und Spaziergängern entdeckt zu werden, war sie mit einer Weidenrute gezüchtigt und dadurch erregt worden … Träumereien, mehr nicht! In Wahrheit gab es nur dumme Versuche, Blümchensex-Liebhabern eine Dominanz aufzudrücken, die sie nicht besaßen.

Unnachgiebig tippte Milow auf das Papier vor ihr. »Erstelle eine Liste. Denk nicht lange über deine Wünsche nach, sondern notiere sie aus dem Bauch heraus, ohne auf die Reihenfolge, die Wichtigkeit oder die Notwendigkeit zu achten. Ich kenne dich, je länger du grübelst, desto unsicherer wirst du und fragst dich, ob du diese oder jene Fantasie wirklich einmal erleben möchtest oder ob es besser wäre, sie für immer in deinem Kopf zu belassen. Aber ich sehe das so, wenn du davon träumst, wünschst du dir insgeheim auch, es auszuleben. Fang schon an!«

Seufzend nahm sie den Kugelschreiber, der an dem Schreibblock klemmte. Etwas sträubte sich in ihr. Als Erstes kam ihr in den Sinn, dass sie sich schämte, Milow ihre erotischen Sehnsüchte zu beichten, doch das war Unsinn, denn in langen Nächten, in denen sie Billigprosecco aus dem Supermarkt getrunken, am Fuße der Nelsonsäule auf dem Trafalgar Square gesessen und geredet hatten, bis die Sonne aufging, hatten sie sich gegenseitig längst alle Wünsche gestanden. Der einzige Unterschied zwischen ihnen bestand darin, dass Milow sie bereits in die Tat umgesetzt hatte, und Kate nicht. Weil sie sich fürchtete, den ersten Schritt zu tun. So wie jetzt auch wieder.

Doch diese Strichliste bestand ja erst einmal nur auf dem Papier, versuchte sie sich zu beruhigen. Sie fungierte wie eine Brücke, die zur Erfüllung ihrer Träume hinführte. Aber selbst wenn man darauf stand, hatte man immer noch die Möglichkeit umzudrehen und zurückzugehen. Folglich konnte sie die

Liste gefahrlos schreiben, da ihre Fantasien zwar aus ihrem Kopf herauskamen, damit jedoch noch lange nicht real wurden. Ein halber Schritt in die richtige Richtung, aber immer noch auf sicherem Terrain.

Nervös begann sie zu schreiben und wunderte sich, dass ihr auf Anhieb einige Sexfantasien in den Sinn kamen, sie musste gar nicht lange überlegen.

Besuch einer SM-Party

Von einem Herrn dominiert werden

Oral benutzt werden

Orgasmus herauszögern

Ihrer Neigung entsprechend bezog sich ein Großteil auf Dominanz und Unterwerfung, ein paar auf SM, aber sie hatte auch Praktiken notiert, die harmloser waren.

Spanking

Fesselspiele

Brüste abbinden

Sextoys ausprobieren, z. B. Vaginalpumpe, Wartenberg-Rad

Wenn ich schon meine wollüstigen Fantasien aufschreibe, dann alle, dachte sie und der Kuli huschte immer schneller über das Blatt.

Eine Frau schmecken

Dreier

Analspiele

Sex in einer Umkleidekabine

Schweigend beobachtete Milow sie. Erst als sie ihn ansah und die Achseln zuckte, weil ihr nichts mehr einfiel, nahm er den Block und las. Seine Augen funkelten immer mehr, und sein Grinsen wurde immer breiter. »Ich bin stolz auf dich. Fangen wir also mit Punkt eins an. Ich kümmere mich darum.«

»Wollen wir nicht erst einmal darüber reden?« Vor ängstlicher Vorfreude pulsierte das Blut durch ihre Spalte. Unruhig rutschte sie auf ihrem Sitz hin und her.

»Es gibt nichts zu besprechen.« Schwungvoll stand er auf. »Das haben wir drei Jahre lang gemacht. Jetzt endlich werden Taten folgen. Die Liste ist lang, die Zeit bis zu deinem Umzug knapp. Halte dir den Samstagabend in einer Woche frei, *monkeybutt*. Du hast deine Ziele definiert, jetzt geht es daran, sie zu erreichen.«

»Ziele? Das sind doch nur Fantasien.« Innerlich aufgewühlt spielte sie mit dem Saum ihres Pullovers. »Vielleicht findet gar kein entsprechender Event statt.«

»In London? Du machst Witze!« Er schnaubte und betastete seine Haare, um seine Frisur zu prüfen, was er immer machte, bevor er auf die Straße ging. »Du wirst nächstes Wochenende auf jeden Fall auf deine erste SM-Party gehen, auch wenn ich selbst eine organisieren muss.«

Aufgedreht sprang Kate auf und folgte ihm zum Ausgang. Nun bereute sie es, nicht dazugeschrieben zu haben, dass sie sich auf solch einer Veranstaltung nur umschauen und nicht mitmachen wollte. Sich öffentlich einem fremden Mann hinzugeben kam für sie nicht in Frage. Vielleicht doch. Wenn der Richtige anwesend wäre. Aber nein, das war zu unwahrscheinlich.

»Keine Widerrede! Ich melde mich morgen, um dir Näheres zu sagen.« Er öffnete die Tür und stoppte abrupt.

Verwundert sah Kate an ihm vorbei. Ein junger Mann stand draußen, eine Hand erhoben, um anzuklopfen, erstarrt in seiner Bewegung.

»Hallo, Amos«, begrüßte sie ihren Nachbarn. Hitze schoss in ihre Wangen. Hoffentlich hatte er kein Wort von ihrer Unterhaltung über die Strichliste und ihre Planung mitbekommen.

Milow, der alles in Musik-Kategorien einordnete, hatte ihn einmal als Jimmy-Somerville-Karrikatur bezeichnet. Amos war der einzige Mann, zu dem sie nicht aufschauen musste. Weil er seine rot-braunen Haare nicht mochte, rasierte er sie sich so kurz, dass nur noch Flaum seinen Kopf bedeckte. Seine Gesichtsform bildete ein ungewöhnliches Dreieck, breite Stirn und spitzes Kinn, wie auf den Darstellungen von Aliens. Sie fragte sich, ob sein Mund nicht längst ausgetrocknet war, denn immer, wenn sie ihn traf, stand der einen Fingerbreit offen, als hätte er noch Sekunden zuvor an seinem Daumen gelutscht. In sein »Shaun of the Dead«-T-Shirt hätte sie auch noch mit reingepasst. Gott bewahre, schoss es ihr durch den Kopf. Sie schämte sich sogleich über ihre abfälligen Gedanken, bemerkte dann jedoch seine nackten Füße und bemühte sich, nicht die Nase zu rümpfen. Es war keine gute Idee von ihm gewesen, sie barfuss zu besuchen. Nicht nur, da der Flur selten geputzt wurde und der Boden empfindlich kalt war, sondern vielmehr weil seine Zehnägel den Eindruck erweckten, er würde an ihnen knabbern, wenn ihm seine Zombie- und Horrorfilme zu gruselig wurden. Kate vermutete, dass er zu jeder DVD, die in Stapeln seine Wohnzimmerwände säumten, ein passendes T-Shirt besaß.

Endlich rührte sich Amos. Verlegen wedelte er mit dem Arm und versteckte ihn schließlich hinter seinem Rücken, als wäre er bei etwas Verbotenem erwischt worden. »Entschuldigt, ich wollte nicht stören.«

»Das tust du nicht. Ich wollte sowieso gerade gehen. Mach es gut, Amos. Bye, Kate.« Auf dem Weg ins Erdgeschoss nahm Milow immer zwei Stufen auf einmal.

Kate hörte die Haustür zufallen. Einen Moment lang war es still im Treppenhaus des vierstöckigen Gebäudes. Auffordernd schaute sie Amos, ihren einzigen Nachbarn auf der obersten

Etage, an, doch er lächelte nur und schwieg, genauso wie vor drei Wochen, als sie sich bei ihm für den Strauß Lilien bedankt hatte, die vor ihrer Wohnung lagen. »Was kann ich für dich tun?«

Verdutzt über ihre Frage, runzelte er die Stirn. Schließlich hielt er ihr eine kleine Dose hin, auf deren vier Seiten der Big Ben abgebildet war. »Kannst du mir etwas Tee borgen? Hab vergessen, welchen zu kaufen.«

»Natürlich.« Sie nahm ihm die Büchse ab, ohne ihn darauf hinzuweisen, dass der kleine unabhängige Supermarkt am Ende der Birch Road um diese Uhrzeit längst geöffnet hatte und sich über jeden Anwohner, der dort einkaufte, freute. »Gib mir einen Augenblick.«

Rasch ging sie in die Küche, streckte sich und nahm ein Porzellangefäß aus dem Regal über der Arbeitsfläche. Als sie sich umdrehte, erschreckte sie sich, so dass sie es beinahe hätte fallen lassen, denn Amos stand grinsend nur wenige Schritte von ihr entfernt. »Ich habe dich nicht gehört.«

Amos ließ seine Schultern hängen. »Sorry, ich gehe sehr leise. Meine Mutter sagt, ich würde schleichen wie ein Einbrecher.«

Peinlich berührt stellte sie beide Gefäße auf den Tisch. Dabei fiel ihr Blick auf den Schreibblock, der noch immer neben ihrer halb geleerten Tasse lag. Bei dem Gedanken an die Sexliste wurden ihre Wangen heiß. Betont lässig, aber innerlich angespannt, nahm sie den Block und tat so, als würde sie etwas notieren.

»Ich kaufe dir neuen Tee, versprochen«, beeilte er sich zu sagen und wirkte dabei so euphorisch, als handelte es sich um ein Date. »Ich bringe ihn dir heute Mittag.«

»Das brauchst du nicht, ich habe noch genug.« Sie drehte sich zur Küchenzeile, legte den Block in den Schrank auf die

Essteller und schloss die Tür. Als sie sich wieder Amos zuwandte, war er auf einmal neben ihr. Er sollte wirklich Schuhe tragen, dachte sie, und zwar Stepptanzschuhe, die bei jedem Schritt klappern.

Sie füllte etwas Tee für ihn ab und schob ihre Nervosität auf die Strichliste. Amos konnte nichts dafür, dass sie unruhig war und ja, auch ein wenig gereizt auf ihn reagierte. Er war ein netter Kerl und ein ruhiger Nachbar, denn er empfing außer Nigel Stew, der sich hin und wieder eine DVD bei ihm auslieh, nie Besuch und guckte seine Filme stets in Zimmerlautstärke an. Amos und Nigel verstanden sich gut, Kate allerdings ging dem Hausmeister wenn möglich aus dem Weg. Seit ihrer Kündigung drängte er sie ständig, schon früher auszuziehen, weil die Nachmieter Verwandte von ihm waren.

»In zwei Wochen muss die Schlüsselübergabe stattfinden, schließlich wollen Ihre Nachmieter noch renovieren. So wie Sie das Apartment hinterlassen haben …«, fuhr er sie so oder so ähnlich an, wenn sie sich im Hausflur begegneten. Da sie strikt ablehnte, trat er jedes Mal verbal hinterher: »Räumen Sie wenigstens schon mal den Keller leer. Das Gerümpel gehört eh in den Müll.« Trotz Drohungen wie: »Machen Sie keine Mätzchen! Sie haben von Anfang an Probleme bereitet. Ich kann auch anders«, ließ sie sich nicht einschüchtern: Ihr war gar nicht wohl dabei, wenn sie daran dachte, dass er einen Schlüssel zu ihrer Wohnung besaß.

Amos dagegen war zu allen immer freundlich. Er verdiente es nicht, von ihr hinausgeworfen zu werden. Aber ihre Gedanken kreisten um ihre erotischen Sehnsüchte, und dabei störte er nun mal wie eine Fliege in einem Cocktail. Sie wollte das Insekt schnell loswerden, um sich an dem Getränk zu berauschen und sich wieder in den Zwanzigerjahre-Salon wegzuträumen. Sie musste es wirklich nötig haben, wenn sie zwei Mal am selben Morgen Hand an sich legte. Als sie Amos seine nun gefüllte Dose überreichte, war ihr klar, dass es ihr nicht mehr reichte, nur zu träumen und zu masturbieren, weil die Befriedigung nie lange anhielt.

There's nothing but the real thing, kam ihr in den Sinn und diesmal erwiderte sie Amos' strahlendes Lächeln, so dass er errötete. Womöglich glaubte er, sie würde mit ihm flirten, aber das war ihr in diesem Moment egal. Innerlich jauchzte sie. Sie würde eine SM-Party besuchen. Damit hatte sie schon nicht mehr gerechnet. Würde es dort annähernd ähnlich wie in ihrem Tagtraum zugehen? Stand sie kurz davor, eine reale Version ihres Mr Knickerbocker und ihrer Ms Charleston zu treffen? Welche neuen Eindrücke erwarteten sie?

Sie konnte es kaum noch erwarten! Allein die Vorfreude ließ sie feucht werden.

3

Noch vier Wochen bis zu Kates geplanter Heimkehr

Wie ein scheues Mäuschen drängte sich Kate Anfang Oktober, sieben Tage nach ihrem Treffen mit Milow, unter eine Box, aus der in moderater Lautstärke – wohl um die Lustschreie und das Stöhnen nicht zu übertönen – Evanescence schallte.

Die SM-Party war ganz anders, als sie sie sich vorgestellt hatte. *Welcome to the Wild Side* stand als Graffiti über der Tür der Lagerhalle in den Docklands und der Name des Clubs *Wild Side* war Programm. Ob die Bewohner der Apartmenthäuser am Limehouse Bassin und die Besitzer der im historischen Hafen ansässigen Geschäfte wussten, welcher Sündenpfuhl sich in ihrer Nachbarschaft angesiedelt hatte?

In dem riesigen Raum sah es aus wie in einem Zoo. Genauso ging es auch zu. Fassungslos und gleichsam fasziniert musterte Kate die mannshohen Käfige an den Wänden rechts und links. Wände und Betonfußboden waren in Schwarz gehalten, die Decke leuchtete in einem knalligen Rot, und die Böden der Käfige warteten mit extravaganter Leopardenoptik auf. Goldene Leuchter mit elektrischen Kerzen, sogenannte Flackerlampen, hingen zwischen den Käfigen und spendeten spärliches Licht. Das war Kate recht, durch das künstliche Zwielicht sah man ihr wenigstens nicht sofort ihre Unsicherheit an.

Wäre Milow nicht an ihrer Seite gewesen, hätte sie sich wahrscheinlich nicht vom Fleck wegbewegt. Ihre Beine zitterten, und ihr Herz pochte laut in ihrem Brustkorb. Sie rieb ihre feuchten Handflächen an ihrem schwarzen Minirock, den sie über einer groben Netzstrumpfhose trug, ab. Ihre saphirblaue Samtkorsage verdeckte noch zu viel, stellte sie erstaunt fest. Im Gegensatz zu den anderen Besuchern der Veranstaltung fühlte sie sich geradezu hochgeschlossen angezogen. Die Gäste gingen in transparenten Latexanzügen, Lederbekleidung mit Schlitzen an den Intimstellen oder auch nur mit einer Dienstmädchenschürze um die Hüften gebunden an ihr vorüber und beachteten sie nicht. Ein Teil von ihr reagierte darauf mit Enttäuschung, niemand in der SM-Szene hatte darauf gewartet, dass sie endlich den Mut fand, aktiv zu werden. Doch ein weitaus größerer Teil atmete erleichtert auf, denn so konnte sie sich ungestört umsehen, ohne bedrängt zu werden, mitzumachen.

»Guck nicht so skeptisch«, flüsterte Milow ihr zu. »Für ein gehobenes Ambiente hättest du locker zweihundert Pfund berappen und dich Monate im Voraus anmelden müssen.«

»Das hier hätte ich um nichts in der Welt verpassen wollen«, entgegnete sie sarkastisch und schaute einem Mann hinterher, der splitterfasernackt an ihr vorüberging. Seine Hände waren hinter seinem Rücken gefesselt, sein Gesicht hinter einer Ledermaske, die einem Schweinekopf nachempfunden war, verborgen und beide Nippel gepierct. Sein Glied stand erigiert von seinen rasierten Lenden ab. Eine Frau zerrte ihn mit einer Leine vorwärts, die um seine Peniswurzel gebunden war.

»Mach den Mund zu.« Milow lachte und zog sie mit sich. »Die Möglichkeiten im Schattenbereich der Lust sind grenzenlos.«

Ungläubig schüttelte Kate den Kopf. »Gehört die Maske zum Petplay?«

Er zuckte mit den Achseln. »Vielleicht dient sie auch nur zur lustvollen Demütigung. Wie auch immer, es macht ihn unübersehbar geil und schadet weder ihm noch anderen, also ist es okay.«

Langsam schlenderten sie an den großen Käfigen vorbei, die immer mit so viel Abstand zueinander im Boden verankert waren, dass sie von drei Seiten eingesehen werden konnten. Kate erinnerten sie ein wenig an Gefängniszellen, allerdings standen die Türen offen. In jeder Zelle befand sich ein anderes Spielzeug.

Strafbock.

Mittelalterlicher Folterstuhl.

Pranger.

Andreaskreuz.

Spanischer Reiter.

Und vieles mehr. Kate betrachtete diese Ausstattung ebenso atemlos wie das Zubehör auf den Tischen am Eingang jeder Zelle, darunter Fesseln jeder Art, Schlaginstrumente, Knebel, Kondome und Desinfektionsmittel. Bisher kannte sie die Möbel und die Hilfsmittel nur aus Katalogen, Büchern und dem Internet, nun sah sie sie nicht nur mit eigenen Augen, sondern dazu auch Tops und Bottoms, die sie beneidenswert ungeniert vor Publikum benutzten. Wenn Kate einen ihrer Liebhaber dazu hatte überreden können, sie zu fesseln und ihr die Augen zu verbinden, waren stets nur Seidenschals und Schlafmasken zum Einsatz gekommen. Aber allein das professionelle SM-Werkzeug strahlte auf Kate eine Erotik aus, die ihre Brustspitzen hart werden ließen. Ihr Schoß pulsierte, und sie bereute Milows Drängen, keine Unterwäsche zu tragen, nachgegeben zu haben. Nun lief sie Gefahr, dass ihre Feuchtigkeit ihre Schenkel hinabrann. Sie hatte nicht erwartet, schon vom Anschauen so erregt zu werden.

»Ich hätte nicht auf dich hören … Milow?« Suchend wandte sie sich nach ihm um, aber er war in der Menge verschwunden. »So was aber auch.«

Sie hatte ihn als eine Art Schutzschild betrachtet. Nun war sie auf sich allein gestellt.

Eine Domina, die trotz ihrer XXL-Rundungen ein weinrotes Korsett trug, blieb neben ihr stehen und deutete auf den Mann zu ihren Füßen. »Ich biete Ihnen meinen Sklaven für einen Ritt an. Interessiert?«

Auf allen Vieren hockte er neben ihr, nackt, und schaute Kate erwartungsvoll an. Die Riemen des Sattels auf seinem Rücken schnitten in seinen fülligen Bauch. Seine Herrin benötigte keine Leine, er schien ihr von selbst zu folgen.

Frei und dennoch an sie gebunden, weil sie offenbar seine außergewöhnlichen Gelüste befriedigte, dachte Kate, denn an seinen strahlenden Augen und seinem harten Penis erkannte sie, wie glücklich es ihn machte, als Reittier degradiert und benutzt zu werden. Doch sie musste ihn enttäuschen und lehnte dankend ab. Hätte sie sich auf seinem Rücken tragen lassen, hätte sie das nur ihm zum Gefallen getan und nicht, weil es sie anmachte. Die beiden zogen weiter, ohne beleidigt zu wirken.

Die Netzstrumpfhose drückte auf Kates anschwellende Scham, als sie einen Dominus beobachtete, der in einem der Käfige seine blonde Sub verschnürte. Die Sklavin kniete mit gespreizten Beinen auf einer lederbezogenen Bank. Mit ihrem Po saß sie auf ihren Füßen, die Hände auf ihren Oberschenkeln abgelegt, als würde sie meditieren. Ihre Wangen röteten sich, sie senkte ihren Blick, und Kate fragte sich, ob sie dies aus gehorsamem Demut oder Verlegenheit tat, da ihre Spalte sich allen Umherstehenden offenherzig darbot. Ihr Herr band ihre Ober-, und Unterschenkel aneinander und fesselte schließlich mit den Enden der zwei Seile ihre Handgelenke an ihre Beine, so dass die Blondine weder aufstehen, noch sich wehren konnte.

»Ein Kunstwerk, nicht wahr?« Ein junger Mann stellte sich neben Kate und neigte sich zu ihr herüber. Seine braunen Haare fielen ihm auf die Schultern. Beiläufig strich er über seinen entblößten, rasierten Oberkörper und stieß – absichtlich, wie Kate unschwer an seinem lüsternen Grinsen erkannte – an die Handschellen, die an einer Schlaufe am Bund seiner Ledershorts hingen. »Ich heiße Blaine. Und du?«

Seine Augen, so milchig blau wie Mondsteine, waren ebenso attraktiv wie sein gebräunter Brustkorb, aber für Kates Geschmack hatte er zu viel eines schweren Männerduftes aufgetragen. Statt zu antworten, schaute sie wieder zu der Blondine hinüber. Das rote Dreieck zwischen ihren Schenkeln zog Kates Blick magisch an. Es erregte sie nicht nur, weil sie noch nie eine Frau in einer derartigen Pose live gesehen hatte, sondern auch da sie sich vorstellte, wie es wäre an ihrer Stelle zu sein: im Eva-Kostüm zur Schau gestellt, ausgeliefert und hilflos. Kate fühlte sich wie elektrisiert. Sie wagte kaum zu atmen, verschränkte die Arme vor dem Körper und krallte ihre Finger in ihre Oberarme. Was hatte ihr Herr mit ihr vor? Würde er seiner Dienerin Lust bereiten oder sie leiden lassen? Die vollen Brüste der Schutzlosen wogten auf und ab, sie ballte ihre Hände zu Fäusten, öffnete sie wieder und bewegte die Finger unruhig.

»Was würdest du jetzt mit ihr anstellen? Ach, nein, so schüchtern wie du dastehst, hast du keine dominante Ader, sondern eine devote, habe ich recht? Was würdest du gerne mal erleben?« Da sie schwieg, wisperte er lüstern: »Wenn du sie wärst, wüsste ich schon, mit was ich dich zum Schreien brächte«, und schnupperte an Kates Halsbeuge.

»Möchtest du ein Kaugummi?«, fragte sie ihn, obwohl sie gar keinen dabei hatte. Mit gerümpfter Nase starrte sie seine für einen Mann ungewöhnlich vollen Lippen an. »Du hast Mundgeruch.«

Blaine schreckte zurück. Er wandte sich ab, hauchte in seine Handfläche und roch an seinem Atem. Dann lachte er, stellte sich hinter Kate und schlang einen Arm um ihre Taille. Eng drückte er sie an sich. »Du kleines Biest. Dich werde ich noch auf deinen Platz verweisen.«

Kate spürte seine Erektion an ihrem Hintern. Wütend über so viel Dreistigkeit, riss sie sich los. »Was bildest du dir ein?« Wie eine Furie drehte sie sich um und langte ihm eine. Das brachte ihn völlig aus dem Konzept. Immer wieder strich er über seine Wange, als könnte er nicht glauben, dass sie ihn geohrfeigt hatte oder als befürchtete er, sie könnte seiner aalglatten Schönheit einen Kratzer zugefügt haben.

Plötzlich schnellte sein Arm hervor. Er packte ihr Handgelenk so fest, dass es wehtat. »Das wirst du noch büßen. Du hast keine Ahnung, mit wem du dich eingelassen hast.«

Zu ihrer Erleichterung eilte er davon, ohne ihr den Angriff mit barer Münze zurückzuzahlen. Vielleicht läuft er aufs WC, um sein Gesicht im Spiegel zu prüfen, feixte sie in Gedanken und atmete auf. Dennoch blieb eine innere Unruhe in ihr zurück. Sie wusste tatsächlich nicht, wen sie soeben verärgert hatte. Hoffentlich war seine Drohung nur leeres Gerede, weil sie ihn barsch zurückgewiesen hatte.

Ein laszives Stöhnen beendete ihre Sorgen abrupt. Die Blondine schloss gerade ihre Augen und legte ihren Kopf in den Nacken, da ihr Herr mit etwas Undefinierbarem zwischen ihren Brüsten hindurch hinauf bis zu ihrem Hals strich. Kate erkannte das Hilfsmittel erst auf den zweiten Blick, sie hatte schlichtweg nicht mit solch einem Utensil gerechnet. Es handelte sich um ein Bund Brennnesseln! Der Dominus streichelte den Busen der schlanken Schönheit, und obwohl sie vor Qual einen zischenden Laut von sich gab, seufzte sie sogleich. Kate hatte Mühe, es ihr nicht gleich zutun. Sie stellte sich unweigerlich vor, was die Sub in diesem Moment empfand. Es musste sich um eine bittersüße Mischung aus Lustschmerz und Erregung handeln. Feuchtigkeit glitzerte auf den feuerroten Schamlippen der Frau.

Als ihr Herr jedoch mit seiner Hand ihren Bauch hinabglitt und dabei die Brennnesseln über ihrem Venushügel hin und her schwenkte, sah sie ihn ängstlich an. Sie rang nach Luft. Abwechselnd schaute sie auf das Pflanzenbündel und wieder ihn an, aber sie sagte kein Wort, das ihn hätte von seinem Tun abhalten können. Kurz bevor die Blätter ihren Schoß streiften, saugte sie ihre Unterlippe ein und biss darauf, Kate konnte deutlich ihre schneeweißen Schneidezähne sehen. Das Gesicht der Sub verzerrte sich, sie schloss ihre Augen und riss sie eine Sekunde später weit auf. »Ah«, machte sie, da die Brennhaare ihre empfindlichste Stelle quälten, und erzitterte, dann erschauerte sie und stöhnte nun kehlig und brünstig.

Ihr Dominus lächelte zufrieden und ließ von ihr ab. Er bat einen der Zuschauer ihm zu helfen, seine Sklavin auf den Rücken zu legen, da sie selbst sich ja kaum rühren konnte. Ihre Schenkel klafften weit auf, sie erinnerte Kate an einen wunderschönen Marienkäfer, der hilflos auf dem Rücken lag. Ihre weit gespreizten Beine luden ihren Herrn förmlich dazu ein, sich an ihr zu bedienen. Ihre elfenbeinfarbene Haut war an den Stellen, die die Brennnesseln liebkost hatten, gerötet, sie musste in Flammen stehen, schätzte Kate, genauso wie ihre Mitte, die zu glühen schien.

Als ihr Herr in sie hineinstieß, ging ein Ruck durch Kate hindurch, so sehr nahm das hemmungslose Treiben keine fünf

Schritte von ihr entfernt sie gefangen. Sie musste sich seitlich an den Käfig stellen, denn der Mann versperrte ihr nun die Sicht. Neidisch verfolgte sie, wie der Dominus seine Liebesdienerin vor allen Versammelten vögelte. Von Anfang an nahm er sie hart ran, er rammte seinen Phallus in sie hinein und hielt sich an ihren Brüsten fest. Es dauerte nicht lange, und die Blondine gab einen erlösenden Schrei von sich, dem folgten die animalischen Laute ihres Liebhabers.

Welch ein skurriler Zoo, dachte Kate, welch ein bizarrer Club!

Sie schwitzte. Beiläufig wischte sie sich die Schweißperlen von der Stirn und schlenderte weiter. Ihre Wangen fühlten sich heiß an, ihr Kopf beschwipst, dabei hatte sie an diesem Abend noch keinen Alkohol getrunken. Bei jedem Schritt rieben ihre geschwollenen Schamlippen aneinander, und die Schalen ihrer Korsage stimulierten ihre erigierten Brustspitzen, das machte sie verrückt. Sie kam an einer Tür vorbei, die mit einem Leopardenfell verhangen war, und fragte sich, wohin diese führen mochte. Zu den Toiletten vielleicht, oder es handelte sich lediglich um den Hinterausgang. Sie traute sich nicht nachzuschauen und setzte ihren Rundweg fort.

Der Rhythmus der Musik, die im Hintergrund lief, wurde immer stampfender, die Atmosphäre kochte hoch. Die Gäste des *Wild Side* trieben es ungeniert wie Tiere in den Käfigen, sie knüpften neue Kontakte an der Bar oder streichelten schamlos ihre Geschlechter, während sie andere Besucher bei einer SM-Session beobachteten.

Vor lauter Rausch und Taumel hatte Kate Milow vollkommen vergessen. Nun, da sie ihn wiedersah, blieb ihr die Spucke weg, denn seine Hände waren mit Handschellen über seinem Kopf von außen an einen Käfig gefesselt, und seine Hose hing um seine Füße. Erregt drückte er seinen Rücken gegen die

Gitterstäbe. Der Mann vor ihm stützte sich mit seiner linken Hand am Käfig ab und kitzelte mit seiner rechten, die in einem Fellhandschuh steckte, Milows Glied. Die schulterlangen braunen Haare und der braungebrannte Oberkörper kamen Kate erschreckend bekannt vor. Sie traute ihren Augen kaum. Musste sich Milow unbedingt mit diesem Arsch von Blaine einlassen? Hatte er seinen guten Geschmack an der Garderobe abgegeben?

Dass Blaine sich auch mit Männern einließ, verwunderte Kate nicht sonderlich, hatte sie sich doch vom Anblick der blonden Sub ebenso erregen lassen wie das männliche Publikum. Außerdem träumte sie hin und wieder von ihrer Ms Charleston. Im *Wild Side* schien es ohnehin keine Grenzen und Tabus zu geben.

Ein hochgewachsener Mann, hinter dessen Rücken sie sich ein wenig versteckt hatte, drehte sich zu ihr um und schaute auf sie herab. »Soll ich dich vorlassen? Dann kannst du besser sehen.«

Diese Augen, dachte Kate begeistert. Fasziniert betrachtete sie sie eine Weile. Schön wie die unpolierten Labradoriten, die sie am Vortag zu Ohrringen verarbeitet hatte. Hell- und dunkelbraune Schlieren durchzogen die türkisfarbenen Pupillen wie Goldadern, am Rand schimmerte ein Hauch von Grün.

Der Fremde lächelte amüsiert.

Endlich löste sie sich von dem Anblick. »Geht schon«, beeilte sie sich zu sagen und schaute demonstrativ an ihm vorbei. Sie hatte mit Milow schon oft über Sex geredet, aber sie sah ihn nun das erste Mal in Aktion. Es war ihr peinlich, ihm zuzuschauen, aber sie konnte sich nicht vom Fleck rühren.

Jetzt erst recht nicht mehr.

Der gutaussehende Fremde lenkte ihre Aufmerksamkeit wieder auf sich, indem er ihr Kinn fasste und ihr Gesicht sanft, aber bestimmend in seine Richtung drehte. »Nur keine falsche Scham, Sklavin.«

»Ich bin keine … also, ich … ich schäme mich nicht!« Sie ärgerte sich, weil ihre Unsicherheit offensichtlich war und dieser Kerl nun schon der zweite nach Blaine war, der ihr das auch noch offen sagte. Sie wischte seine Hand weg, musterte ihn jedoch neugierig. Das transparente schwarze Oberteil, das wie ein Herrenhemd geschnitten war, wirkte nicht wirklich verhüllend, sondern vielmehr wie ein Rahmen für seinen sportlichen Oberkörper. Es untermalte seine Attraktivität, ließ ihn ausgesprochen sexy auf Kate wirken. Mühsam lenkte sie ihren Blick von der beachtlichen Wölbung in seiner Lederhose ab.

Er verschränkte seine Arme vor dem Brustkorb, hob seine Augenbrauen und betrachtete ihre Wangen. Sein Bartschatten verlieh ihm etwas Verwegenes. »Warum errötest du dann?«

Hilflos stammelte sie und strich mehrmals über ihren Bob, um ihre Haare zu glätten, was sie immer tat, wenn sie nervös war. Als ihr das bewusst wurde, ließ sie es sofort bleiben. »Hier ist es heiß.«

»Dann zieh dich aus.« Mit seinem im Nacken zusammengebundenen dunklen Schopf erinnerte er Kate an einen Aristokraten aus einem vergangenen Jahrhundert. Seine Manieren allerdings untermauerten diesen Eindruck keineswegs.

Ein Prickeln floss ihren Rücken hinab. »Das hättest du wohl gerne.«

»Ich kann es kaum erwarten. Soll ich deine Korsage und deinen Rock für dich halten?« Er hielt ihr seine Hände hin.

Kate presste ihre Lippen aufeinander. Obwohl sie normalerweise nicht auf den Mund gefallen war, fiel ihr darauf nichts ein. Sie beendete die Diskussion, indem sie sich vor ihn stellte. Inzwischen waren noch mehr Gäste des Clubs von der homoerotischen Session angezogen worden, und einige hatten sich vorgedrängelt, so dass eine Frau in Krankenschwesterntracht und mit mörderisch hohen Stilettos Kate zur Hälfte verdeckte. Den Fremden im Rücken zu haben, machte es allerdings nicht besser, denn das Kribbeln, das ihre Wirbelsäule hoch und runter floss, erinnerte sie ständig daran, wie nah er hinter ihr stand.

Langsam knöpfte Blaine Milows schwarze Lederweste auf. Seine Handfläche glitt sanft über den rasierten Brustkorb. Die Fingerspitzen fanden die Nippel und zwirbelten sie, ohne dass die Fellhand damit aufhörte, seinen Schwanz zu stimulieren. Milow winselte vor Lust, er verlagerte immer wieder sein Gewicht von einem Fuß auf den anderen und spannte seine Armmuskulatur an, so dass die Fesseln unübersehbar in seine Handgelenke einschnitten.

Kate schüttelte ungläubig den Kopf, weil sich ihr bester Freund derart freizügig und hemmungslos vor fremden Menschen gab, und sie beneidete ihn auch ein wenig. Es machte den Anschein, als würde er die Frauen und Männer, die einen Halbkreis um ihn bildeten, nicht einmal wahrnehmen, denn er hatte nur Augen für Blaine. Sein Schlafzimmerblick klebte an dem Schönling, und immer wenn sein Spielpartner kurz aufschaute, gab Milow dieses Quäntchen mehr Aufmerksamkeit offenbar einen Kick. Jedes Mal stöhnte er, und sein Körper spannte sich an, als wäre er kurz davor zu kommen. Doch Blaine ließ ihn nicht. Er entfernte sich von dem Schaft, wenn ein Lustkrampf, der den Orgasmus ankündigte, Milow erfasste und er plötzlich ganz still wurde. Dann küsste Blaine seine Brustwarzen, leckte und saugte an ihnen und fuhr erst fort, nachdem sein Opfer sich wieder entspannt hatte. Kate durchschaute das Spiel, denn Milows Körper und seine Miene spiegelten die Achterbahn seiner Gefühle wider. Er versuchte, weder sich zu beherrschen, noch zu verbergen wie geil ihn der Fremde mit den vollen Lippen machte. Selbst als dieser seinen Brustkorb mit sanften Bissen traktierte, jammerte er lustvoll. Blaine zog mit seinen Zähnen an den Nippeln, küsste sie jedoch zärtlich, sobald er sie losgelassen hatte.

Zuerst sehnsüchtig, dann ängstlich blickte Milow ihm hinterher, als er ihn verließ und sich einen Weg durch die Zuschauer bahnte. Doch Blaine brach das Spiel keineswegs ab, er legte den Fellhandschuh weg und ging zu der Domina, die in dem Käfig, an den seine Beute von außen gefesselt hing, gerade mit ihrer Sklavin fertig war. Er wechselte einige Worte mit ihr und führte sodann ihre Lustdienerin von innen zu den Gitterstäben. Milow auf der anderen Seite drehte sich um, sodass seine Arme überkreuzt waren. Seine Augen weiteten sich, da Blaine die Sub auf die Knie drückte und ihren Mund zu Milows steifem Schwanz, der durch die Stäbe ragte, führte.

»Willst du dich nicht freiwillig melden?«, flüsterte der Mann hinter Kate ihr ins Ohr.

Sie wandte sich nicht zu ihm um, sondern drehte nur leicht den Kopf und bemühte sich, verärgert zu klingen, dabei freute sie sich, dass er das Gespräch mit ihr suchte. »Wieso sollte ich?«

»Weil du erregt bist.«

Zuerst dachte Kate daran, es zu leugnen, doch das wäre dumm gewesen. Sicherlich gab es in dieser umgebauten Lagerhalle niemanden, den das ausschweifende Treiben kalt ließ. »Darum muss ich mich noch lange nicht gehen lassen.«

»Warum nicht? Deswegen bist du doch in den Club gekommen.«

»Ich würde niemals öffentlich ...« Sie biss sich auf die Zunge. Nur im Traum fand sie den Mut, sich vor Publikum hinzugeben.

»Das akzeptiere ich«, sagte er gönnerhaft, »und ich nehme Rücksicht darauf. Also gehen wir, sobald das hier vorbei ist, in eins der Separees.«

»Wir?« Von Separees hatte Kate noch nichts gehört oder gesehen.

Mit seinem Atem streichelte er ihren Nacken, das ließ sie wohlig erschauern. »Ich heiße Ronan, und du wirst dich mir heute Nacht unterwerfen.«

Obwohl er nicht nach ihrem Namen gefragt hatte, brachte sie atemlos hervor: »Kate.« Blaine hatte sie ihn nicht verraten, diesem Mann schon. Sie presste ihre Schenkel zusammen, da ihre Spalte pochte, und konnte kaum ruhig stehen bleiben, so aufgewühlt machte sie Ronans Angebot. Eigentlich hatte sie die SM-Party nur aufgesucht, um sich umzuschauen und neue Eindrücke zu gewinnen. Aber die vielen Zügellosigkeiten, so hautnah vor ihr, hatten ihre Lust geweckt. Sie fühlte sich zu schwach, um ihren Schutzwall aufrechtzuerhalten und Ronan gefiel ihr. Er strahlte eine beneidenswerte Selbstsicherheit aus, als wüsste er, was er tat, als wäre er erfahren darin, Frauen zu dominieren. Ob das der Wahrheit entsprach, würde sie nur herausfinden, wenn sie sich auf ihn einließ. Kate ballte ihre Hand zur Faust und biss darauf. Während sie der Ménage à troi zuschaute, kreisten ihre Gedanken um Ronan.

Ohne auch nur eine Sekunde lang zu zögern, nahm die Sklavin, eine Frau mit hervorstehenden Hüftknochen, großen Nippeln und pechschwarzen Haaren, die ihr in einem dicken, geflochtenen Zopf bis zu ihren Hüften herabfielen, im Käfig Milows Glied in den Mund. Sie lutschte und leckte folgsam. Kokett schaute sie immer wieder zu ihm auf, doch Milow hatte nur Augen für Blaine. Aus seinen Erzählungen wusste Kate, dass er schon einmal mit einer Frau geschlafen hatte, aber das lag lange zurück, denn Männer machten ihn viel mehr an. Er wehrte sich nicht gegen die orale Befriedigung, vermutlich war seine Erregung dafür schon viel zu weit fortgeschritten, sondern wand sich stöhnend in seinen Fesseln und starrte Blaine an. Dieser nahm einen Gegenstand von dem Tisch mit dem Spielzeug. Kate erkannte es nicht, auch dann nicht, als er aus dem Käfig trat, an ihr vorbeiging und sich wieder hinter ihren besten Freund stellte. Er zog Milows linke Pohälfte zur Seite und hielt eine Art elfenbeinfarbenen Dildo an seine Öffnung.

Als hätte Ronan gespürt, dass sie keinen blassen Schimmer hatte, was Blaine in diesem Moment gefühlvoll in Milow einführte, sagte er leise: »Aus einer Ingwerwurzel geschnitzt.«

Ungläubig schaute sie ihn über ihre Schulter hinweg an.

»Diese Praktik nennt man Figging. Die ätherischen Öle verursachen ein geiles Kribbeln und einen Lustschmerz, der bei dem einen intensiver als bei dem anderen ist.« Er schob ihr einige Haarsträhnen hinter das Ohr, aber ihr Bob war zu kurz, daher hielten sie nicht. »Die prickelnde Wärme bleibt für Stunden erhalten.«

Obwohl nur sein Blick begehrlich ihre Wangen, ihren Nasenrücken und ihre Lippen streifte, fühlte es sich für Kate an, als würde er ihr Gesicht streicheln. Rasch schaute sie wieder nach vorne.

Immer tiefer drang der Ingwerfinger in Milow ein und brachte ihn dazu, sich enger an die Gitterstäbe zu pressen. Die Sklavin auf der anderen Seite massierte seine Hoden, hörte mit der oralen Stimulation auf und rieb den Phallus stattdessen mit einer Hand. Blaine zog den Dildo heraus und drückte in sogleich wieder in die enge Öffnung hinein. Ungeachtet des Wimmerns von Milow nahm er ihn mit der in Form gebrachten Wurzel schneller und schneller, dehnte und reizte ihn, bis Milow sich auf seine Zehenspitzen stellte, seinen Hintern anspannte und sich in hohem Bogen auf den Leopardenprint des Zellenbodens ergoss.

Als Blaine den Ingwer in einen Mülleimer warf, sah er Kate an, und es lag für einen Moment eine Verschlagenheit in seinem Blick, die sie besorgte. Aber dann beachtete er sie nicht weiter und ging zurück zu seinem Gefangenen. Er küsste seinen Nacken und löste die Handschellen.

Ich muss mich geirrt haben, dachte Kate und wandte sich ab. Für Ronan musste es wohl den Anschein gemacht haben, dass sie sich ihm zugedreht hatte, um ihm zu signalisieren, sie sei nun bereit, mit ihm zu gehen und sich ihm hinzugeben, denn er packte ihren Oberarm und führte sie zu ihrer privaten Session ab.

Oh, mein Gott, oh, mein Gott, oh, mein Gott, dachte Kate und stolperte beinahe über ihre eigenen Füße.

4

»Moment mal«, rief sie nervös und schickte einen Befehl an ihre Beine, sie sollten gefälligst aufhören zu zittern, doch sie taten ihr den Gefallen nicht.

Überrascht blieb er stehen.

»Ich weiß nicht, ob ich das kann.« Sie wollte es im Grunde, schließlich bot sich ihr das erste Mal konkret die Möglichkeit, endlich auszuleben, wovon sie seit langem träumte, und Ronan war äußerst attraktiv. Obwohl sexy gekleidet, wirkte er wie ein Gentleman.

Noch immer hielt er sie fest. Mit einem Kopfnicken deutete er auf Milow. »Möchtest du deinem Begleiter den ganzen Spaß überlassen?«

»Meinem …?« Woher wusste er, dass sie mit ihm befreundet war?

»Ich habe euch zusammen den Club betreten sehen. Du bist mir vom ersten Augenblick an aufgefallen, aber ich dachte, ihr wärt ein Paar.«

Hatte er sie die ganze Zeit beobachtet? Ihr wurde mulmig, aber weitaus mehr fühlte sie sich geschmeichelt. »Milow ist mein bester Freund, mehr nicht.« Wieso war es ihr nur so wichtig, das klarzustellen?

»Umso besser. Fürchte dich nicht. Ich werde dich sanft leiten. Du brauchst nichts zu tun, was du nicht möchtest.« Sein Handrücken streifte ihren Kiefer. »Schon jetzt werde ich dir das Safeword geben. Damit kannst du unsere Session jederzeit abbrechen.« Unnachgiebig hielt er ihr Kinn fest, tat ihr jedoch nicht weh, sodass die Geste gleichermaßen zärtlich wie bestimmend war. »Aber bis du es aussprichst oder ich das Spiel beende, wirst du dich meinem Willen unterwerfen. Du wirst demütig tun, was ich von dir verlange, und Dankbarkeit zeigen, indem du alle meine Anweisungen gehorsam ausführst. Solltest du das nicht tun, habe ich als dein Herr das Recht, dich für deine Vergehen, und sei es auch nur ein Zögern, zu bestrafen. Haben wir uns verstanden?«

Kate fühlte sich wie elektrisiert. Sie wagte kaum zu atmen und hing fassungslos an Ronans Lippen. Hatte er das eben wirklich gesagt? Sie schluckte den Kloß im Hals herunter, konnte trotzdem nicht sprechen, weil allein seine Worte sie trunken machten. Genau danach hatte sie sich all die Jahre gesehnt, nicht nach einem Liebhaber, der fragte, ob die Fesseln zu eng waren oder ob er ihr mit dem Winter- oder dem Sommerschal die Augen verbinden sollte, sondern nach einem, der Regeln aufstellte, sie forderte und über sie herrschte. Schweigend nickte sie.

Seine außergewöhnlichen Augen funkelten frivol. »Ich erwarte ein *Ja, Herr* oder willst du mir einen Grund geben, dich als erstes zu züchtigen?«

»Ja, Herr, ich meine, nein, Herr.« Sie errötete bis zu den Haarwurzeln. Ihr Herz schlug so aufgeregt und hart in ihrem Brustkorb, dass sie fürchtete, es könnte ihre Korsage sprengen.

»Dein Safeword«, seine Hand glitt über ihren Hals und tiefer bis zu den Erhebungen ihrer Brüste, »es lautet *Zimmerservice*.«

Kate prustete. »Wie bitte?«

»Wenn du laut *Zimmerservice* rufst, fällt das Machtgefüge zwischen uns sofort in sich zusammen.« Er sagte noch etwas, das sie verwunderte: »Wer behauptet, dass man bei SM nicht auch lachen darf? Nun, bist du bereit?«

Eigentlich war sie schon seit langer Zeit bereit dazu, wahrhaftige Dominanz zu kosten. Doch jetzt, da der sagenhafte Moment gekommen war, hatte sie Angst – vor Ronan, vor ihrem eigenen Versagen und davor, dass der Traum schöner als die Realität sein könnte. Aber neben zahlreichen Ausreden, um das Abenteuer kurz zuvor doch noch abzusagen, fielen ihr ebenso viele Gründe ein, sich darauf einzulassen. Sie konnte das Spiel jederzeit beenden, sie würde ihn danach nie wiedersehen und in einem Monat zu ihren Eltern heimkehren. Wie würde sie sich wohl fühlen, wenn sie in vier Wochen in ihrer Heimatstadt saß und an diese ungenutzte Chance zurückdachte? Mies! Ganz sicher würde sie sich für immer Vorwürfe machen, eventuell sich sogar selbst für ihre Feigheit hassen. Wofür hatte sie die erotische Liste schließlich erstellt? Um ihre Tagträume endlich wahr werden zu lassen. Sollte sie nun genau davor zurückschrecken, verkäme die Sexliste zu einer Auflistung des Scheiterns und Versagens. Die unerfüllten Sehnsüchte würden sie weiterhin quälen und am Ende vielleicht sogar verbittern. Vielleicht war es ein Wink des Schicksals oder der unterschwellige Wunsch, sich fallen zu lassen, dass sie nicht zum ersten Punkt dazu geschrieben hatte, sie wollte auf der Party nur zuschauen und nicht aktiv werden. Wollte sie in Wahrheit doch, stellte sie nun fest, denn sie vertraute Ronan und fühlte sich zu ihm hingezogen. Außerdem lief die Zeit ab. In Kürze zog sie nach Black Elder um und feierte ihren dreißigsten Geburtstag. In der Kleinstadt war das Leben keinesfalls ausschweifend und hemmungslos.

Ihr Körper schien zu glühen, als sie ihre Einwilligung aussprach: »Ja, Herr.«

»Das freut mich, meine kleine Sub. Ich wäre sehr traurig

gewesen, hättest du mich abgewiesen.« Mit seinem Daumen zog er ihre Unterlippe nach. »Ich werde dir viel abverlangen und dich auf eine Achterbahn der Gefühle schicken, aber das ist genau das, was du möchtest und brauchst – Herausforderungen und eine Lust, die kaum Tabus kennt.«

Anstatt zu antworten, küsste sie seine Fingerspitze. Es geschah wie von selbst. Kate war fast ebenso überrascht über diese impulsive Geste wie Ronan. Verlegen senkte sie ihren Blick.

»Wir werden uns näher kommen als so manch anderes Paar im Club«, sagte er, und Kate wusste nicht, ob er wirklich nur die sexuelle Annäherung damit meinte.

Bereitwillig ließ sie sich von ihm zu der Tür mit dem Leopardenfell führen. Er hielt es beiseite, sodass sie vor ihm hindurchgehen konnte. Erstaunt hob sie ihre Augenbrauen, denn sie stand mit einem Mal im Freien auf einem umzäunten Gelände. Fünf Schiffscontainer reihten sich rechts und links aneinander. Schmutzig weiße Klimaanlagen hafteten wie Parasiten an den Außenwänden. Der regennasse Betonboden glitzerte im Schein der Lampe, die über dem Ausgang hing.

Ein Mann in einer weißen Latex-Livree kam zu ihnen und hielt seinen ebenso hellen Regenschirm über sie. Seine zu einer Hochsteckfrisur drapierten Haare leuchteten platinblond, seine langen Fingernägel hatte er weiß lackiert, und er trug hell gefärbte Kontaktlinsen. Sein Schritt wies eine derart große Wölbung auf, dass sich Kate fragte, ob er seine Hose ausgestopft hatte, wie sie es bei David Beckham auf dem berühmten Werbeposter für eine Unterhosenmarke vermutete. Seine Lackplateauschuhe hatten höhere Absätze als die jeder Frau auf der SM-Party. Er wirkte geradezu bizarr auf sie, als sei er in eine überdimensionale Puderdose gefallen, beinahe wie ein übernatürliches Wesen, weder Mann noch Frau, sondern zu erhaben, um einem Geschlecht zugeordnet werden zu wollen. »Wir haben nur noch ein einziges Revier frei«, ließ er sie blasiert wissen.

Während Kate ihre Stirn runzelte, nickte Ronan. Er kannte sich offensichtlich aus. »Wir nehmen das letzte Separee.« Wie oft mochte er schon im *Wild Side* gejagt haben? Kate spürte in sich eine Eifersucht, die unangebracht war. Mühsam rang sie sie nieder. Auf dieser Art von Partys fand man sich, hatte Spaß miteinander und ging wieder auseinander. Das entsprach nicht ihrem Naturell, und wenn sie Ronan – hochgewachsen, attraktiv und selbstbewusst – heimlich betrachtete, bedauerte sie diese stille Übereinkunft sogar, aber es war besser so. Keine Fragen vorher, keine Diskussionen hinterher, man konnte sich vollkommen auf das lustvolle Spiel miteinander konzentrieren.

Staunend folgte sie dem Wärter zu dem zweiten Container auf der rechten Seite. Das Wort *Affenkäfig* war in gelber Schrift auf die grüne Tür gepinselt worden. Darunter hing ein »Frei«-Schild, das der Aufseher herumdrehte, sodass nun »Besetzt« zu lesen war. Neugierig schaute sich Kate um und las, was auf den anderen Türen stand. *Vogelvoliere, Delfinarium, Giraffengehege, Pandahaus* … Ich bin tatsächlich in einem Zoo gelandet, dachte sie und schwankte, ob sie das Club-Motto lächerlich oder passend finden sollte. Immerhin wurde es von den Betreibern konsequent umgesetzt, passte zum animalischen Sex und bot den Gästen eine außergewöhnliche Location, war aber ein bisschen zu verrückt für ihren Geschmack.

Verrückt war auch die Inneneinrichtung, denn sie war in der Tat einem Affenhaus nachempfunden. Kate trat ein und traute ihren Augen kaum. Schnaubend schüttelte sie ihren Kopf.

Ronan, der ihre Skepsis wohl bemerkte, zeigte auf die dicken Äste, die unter der Decke und auf Hüfthöhe angebracht waren. »Ich könnte dich daran fesseln, entweder an den Händen oder an den Füßen.«

»An den Füßen?« Hinter ihr schloss er die Tür. Nun waren sie in diesem Kubus alleine. Ihre Welt beschränkte sich auf einige wenige Meter – nun Ronans Reich!

»Kopfüber oder nach vorne geneigt, wunderbar um deinen Hintern zu spanken, oder mit gespreizten Schenkeln oder ich befehle dir, darauf sitzenzubleiben, bis deine Möse um Gnade bettelt.« Offenbar amüsierte ihn, dass sie schockiert reagierte, denn seine Mundwinkel zuckten.

Wütend blinzelte sie ihn an. Seine Beschreibungen ließen sie nicht unbeeindruckt. Mit geschürzten Lippen schaute sie sich um. In einem Regal neben dem Eingang lagen eine Vaginalpumpe, ein portabler Pranger und anderes Spielzeug. Kate atmete tief durch. Es war eine Sache, die Hilfsmittel in den Käfigen zu sehen, doch diese hier warteten darauf, an ihr – an ihr! – benutzt zu werden. »Und das Netz dort? Schlafen Affen normalerweise darin?«

»Vermutlich, aber nicht hier.« Amüsiert kraulte er sein bartschattiges Kinn. »Das ist eine selbstgebastelte Liebesschaukel, keine aus einem Laden.«

»Das *Wild Side* ist ein Tollhaus!«

Seine Stimme klang rau, lüstern und männlich: »Zieh dich aus!«

Kates Puls schnellte empor. Ihr war heiß und kalt zugleich. Sie sprach sich selbst Mut zu, konnte jedoch ihre Unsicherheit nicht leugnen. Ihre Hände zitterten, als sie die Haken der Korsage löste. Sie versuchte, nicht allzu linkisch dabei auszusehen, wagte allerdings nicht, sich verführerisch zu bewegen, um Ronan zu gefallen. Oft hatte sie sich vor einem Mann entkleidet, es sollte eigentlich kein Problem darstellen, doch Ronan war kein normaler Liebhaber, sondern ein Dominus.

Ein großer Unterschied für Kate, denn er verströmte Macht. Völlig entspannt beobachtete er jeden Handgriff, jede noch so kleine Bewegung von ihr. Bestimmt nahm er jedes Detail wahr, so aufmerksam wie er wirkte.

Sie schlüpfte aus ihrem Oberteil und war unglücklich, dass sich ihre leicht gepushten Brüste herabsenkten. Nervös schaute sie sich nach einer Ablage dafür um, fand aber keine. Aus einem dummen Impuls heraus, reichte sie es Ronan, da er ihr auf der Party angeboten hatte, es zu halten, und hätte sich im selben Moment ohrfeigen können.

Sein Lächeln hatte etwas Diabolisches. »Nein, kleine unerfahrene Sub. Im Club begegneten wir uns auf Augenhöhe. Das ist im Separee anders. Hier bin ich der Herrscher und du meine Sklavin.« Seine Stimme gewann an Schärfe. »Mit solchen Frechheiten verdienst du schon die erste Bestrafung, aber ich verzeihe dir ein letztes Mal. Beim nächsten Fehler werde ich nicht milde mit dir sein. Hast du das verstanden?«

»Entschuldigung, Herr.« Kate schämte sich für diesen Patzer, ebenso dafür, dass er ihr die Unerfahrenheit anmerkte. Erneut suchte sie nach einer Ablage, überlegte kurz, ob sie die Korsage auf den Boden fallen lassen sollte, und entschied sich am Ende dafür, sie ins Regal auf die Toys zu legen. Das tat sie aber so ungeschickt, dass das Oberteil herunterrutschte und vor ihre Füße fiel. Rasch hob sie es auf, klopfte einige Flusen ab und schob es diesmal ganz nach hinten ins Fach.

Sie vermied es tunlichst, Ronan anzusehen, öffnete ihren Rock und stieg heraus. Unauffällig, so hoffte sie zumindest, trocknete sie ihre feuchten Handflächen an dem Stoff ab und legte ihn auf die Korsage.

»Behalte die Netzstrumpfhose und die High Heels an«, befahl er in einem Ton, der ihr bewies, dass er schon viele Befehle erteilt hatte. »Spreiz deine Beine und lass deine Arme an den Seiten hängen, damit ich mich jederzeit an dir bedienen kann.«

Aufgeregt stellte sie sich breitbeinig hin, und da er murrte, öffnete sie ihre Schenkel noch etwas weiter. Nun nahm sie wieder die Strumpfhose, die auf ihre geschwollene Scham drückte, wahr. In einem weiteren Punkt unterschied sich dieses Liebesspiel von denen, die sie bisher erlebt hatte: Ronan blieb angezogen, während sie fast nackt vor ihm stand. Mit ihrer Kleidung verlor sie ihren Schutz. Er konnte ihre erigierten Brustspitzen sehen, die Gänsehaut, die vor erregender Angst ihren Körper überzog, und ihre hochrote Mitte. Sie hatte sich noch nie zuvor entblößter gefühlt.

Ausgiebig betrachtete er sie von allen Seiten, und Kate wünschte sich einmal mehr größere Brüste und eine weiblichere Taille zu haben. An ihr war nicht viel dran, das ließ sich nun mal nicht ändern. Sie war nicht zufrieden damit, hatte sich aber abgefunden, jungenhaft gebaut zu sein. Das machte sie nicht weniger weiblich. Aber würde sie Ronan genügen?

»Du trägst mehr Schmuck als ein Weihnachtsbaum.« Er strich über ihre Ohrmuschel mit den vier Ohrringen und ihren Arm hinab zu den sechs Ringen an ihren Fingern.

»Soll ich sie ausziehen, Herr?«, fragte sie, hob ihre Hände und senkte sie schnell wieder, denn sie zitterten.

Sein Blick verdüsterte sich. »Habe ich dir das etwa befohlen?«

»Nein, Herr.« Machte sie denn alles falsch? Kate saugte die Innenseite ihrer Wange ein und hielt sie mit den Zähnen fest. Sie ärgerte sich darüber, dass diese Situation sie derart aus der Fassung brachte, immerhin hatte sie jahrelang davon geträumt.

»Du bist zu aufgewühlt, um dich wirklich fallen zu lassen.«

Es war eine Feststellung, keine Frage. »Daher werde ich dir einen Sklavennamen geben. Er hilft dir, dich von deinem Alltags-Ich zu lösen und besser in deine Rolle als Devote zu schlüpfen. Von nun an bist du nicht länger Kate, sondern die Lustdienerin Jewel.«

»Oh, das ist … Ist das nicht …?«, stammelte sie hilflos und wünschte sich, den Mund nicht einmal aufgemacht zu haben.

»Gefällt er dir nicht? Das macht nichts, denn das muss er nicht, du hast einfach dankbar den Namen zu tragen, den ich dir verleihe.«

»Er ist sehr hübsch«, beeilte sie sich zu sagen. »Ich dachte nur, Sklavennamen klängen demütigend.«

»Es macht doch viel mehr Spaß, eine Göttin in die Knie zu zwingen«, erklärte er, legte eine Hand auf ihre Schulter und drückte sie herunter, bis Kate vor ihm kniete.

Ein wundervolles Gefühl ergriff Besitz von Kate. Sie schaute zu Ronan auf, als würde sie ihn anbeten. Anders als die meisten Frauen in dieser Situation fühlte sie sich in keinster Weise erniedrigt, denn sie war endlich da, wo sie sein wollte. Ronan mit seinem dunklen Haarzopf, der aufrechten Haltung und dem festen Blick erinnerte sie an einen Musketier – stolz und stark. Allerdings schützte er seine Königin nicht mit seinem Leben, sondern er unterwarf sie.

Obwohl sie vor ihm kauerte, fühlte sie sich gefestigter als noch kurz zuvor. Sie streckte ihren Rücken durch und öffnete ihre Schenkel, um ihn zufriedenzustellen und attraktiv für ihn zu sein. Anerkennend nickte er, ein anzüglicher Glanz trat in seine Augen, als er ihre Spalte musterte. Jewel, der Name hallte in ihr wider. Sie war nun eine echte Sklavin und Sub. Nun konnte sie die Frau aus ihren Tagträumen sein, jemand anderes – mutiger und zügelloser – und doch sie selbst bleiben.

Ein magisches Band verband sie mit Ronan. Sie berührten einander, ohne sich gegenseitig anzufassen, auf einer emotionalen Ebene. Die sexuelle Spannung war nahezu greifbar.

Sanft vergrub er seine Hand in ihrem Bob, zog ihren Kopf zu seinem Hosenschlitz und drückte ihren Mund auf seinen Schritt. Kate küsste sein noch von Leder verhülltes Glied. Mit ihren Lippen versuchte sie, es zu massieren, aber die Hose saß zu stramm, weil der Schaft angeschwollen war. Das zeigte ihr, dass sie ihn ebenso sehr erregte wie er sie. Spontan leckte sie über die Wölbung und konnte selbst nicht fassen, was sie da tat. Sie neckte den Penis mit ihren Zähnen und schaute zu Ronan auf, doch er übte Druck auf ihren Hinterkopf aus, damit sie fortfuhr. Geflissentlich, wie es sich für eine gute Lustdienerin gehörte, stimulierte sie seinen Schwanz, als wäre er nackt. Aber eben die Tatsache, dass er das nicht war, verlieh dem Akt etwas Obszönes.

Als Ronan sie behutsam an ihren Haaren zurückzog, prickelten ihre Lippen herrlich. Sie befeuchtete sie mit der Zunge, während er in die hinterste Ecke ging und dort auf einem Ast, der in Kniehöhe angebracht worden war, Platz nahm. »Komm her zu mir, Jewel.« Als sie sich erheben wollte, fügte er laut hinzu: »Auf allen vieren!«

Empört setzte sie an, um zu widersprechen, doch sie brachte keinen Ton heraus. Ihr Mund war trocken. Sie hatte Durst, wagte jedoch nicht, um etwas zu Trinken zu bitten, denn sie traute es Ronan zu, dass er ihr den Napf neben dem Eingang mit Wasser füllte und ihr vorsetzte.

Die Kate, die alleine in die Großstadt gezogen war, wäre Ronans Anweisung vermutlich nur in ihren Fantasien gefolgt. Jewel dagegen, frisch geboren und kaum zu bremsen vor Neugier, ging auf alle viere und atmete tief durch. Sie konzentrierte sich auf die Hitze in ihrem Schoß, das verführerische

Pochen dort unten, und hoffte, dass es stärker war als die Scham, die ihre Glieder zu lähmen drohte.

Die erste Vorwärtsbewegung fiel ihr schwer. Ihre Handflächen schienen am Boden festzukleben. Es fühlte sich an, als wären ihre Kniescheiben mit einem Mal aus Blei. Dennoch schaffte sie es und bewegte sich ein kleines Stück weiter. Unkoordiniert manövrierte sie Arme und Beine vorwärts. Anstatt die verführerische Tigerin zu geben, tapste sie herum wie ein blindes Kätzchen. Sexy sah anders aus, aber vor ihm zu kriechen machte sie an und ihren Herrn hoffentlich auch. Es dauerte ewig, bis sie bei Ronan ankam, dabei war der Schiffscontainer nicht größer als eine Garage.

»Schau mich an«, forderte er sie mit sanfter Stimme auf.

Verlegen hob sie ihren Kopf und ließ ihn sogleich wieder sinken.

Ronan legte zwei Finger unter ihr Kinn und hob es hoch. Tief blickte er ihr in die Augen, es ging Kate durch und durch. »Es ist noch geiler, wenn du mich ansiehst. Tu es beim nächsten Mal die ganze Zeit. Solltest du meinen Befehl missachten, werde ich dich mithilfe des Stricks, den du mir jetzt holen wirst, zu einem Tisch verschnüren und dich in den Club bringen, damit die Gäste auf dir ihre Drinks abstellen können.«

Er war noch anziehender, wenn er streng mit ihr sprach, stellte sie fest und fragte sich, was er mit der Sisalschnur vorhatte. Sie stützte sich auf einem Bein ab, um aufzustehen, doch er zürnte: »Auf allen vieren selbstverständlich!«

Ein neuer Schwall Hitze stieg in ihre Wangen. Unbeholfen kroch sie zurück zum Eingang und wusste, dass er sich daran erregte, wie sich ihm ihr Po auf unanständige Weise darbot, ihre Mitte bei jeder Bewegung aufklaffte, und ihre geschwollenen Schamlippen sich durch die Netzstrumpfhose abzeichneten. Sich dessen bewusst zu sein, fachte das Feuer zwischen ihren Schenkeln noch mehr an.

Am Regal angekommen, streckte sie ihre Hand aus, um die Kordel zu greifen, aber Ronan donnerte: »Mit dem Mund!«

Ungläubig starrte sie ihn an. Mit aufrechtem Oberkörper und gleichwohl locker saß er dort, aber seine Finger strichen kaum merklich über die Wölbung in seiner Hose. »Komm zu mir, Jewel«, säuselte er. »Apportiere das Seil.«

Noch immer haderte sie. Würde sie sich derart gehen lassen können? Oder war der Augenblick gekommen, in dem sie sich eingestehen musste, dass sie nicht stark genug war, um ihre Fantasien wahr werden zu lassen?

»Bist du bereit dazu, für deinen Herrn Opfer zu bringen? Wirst du für mich über deinen eigenen Schatten springen, wenn ich es dir befehle?« Mit ruhiger Stimme forderte er sie heraus: »Zeig mir, wie sehr du dienen möchtest.«

Seine Worte reizten sie viel mehr, als jede Drohung es vermocht hätte. Ihr Herz wummerte in ihrem Brustkorb, als sie sich vorneigte und das dünne Tau zwischen die Zähne nahm. Keuchend vor innerer Anspannung richtete sie sich wieder auf. Feuchtigkeit rann ihre Schenkel hinab. Obwohl sie sich gerade erniedrigte, spürte sie auch Stolz, der ihr Kraft schenkte. Sie hatte es getan! Sie hatte sich überwunden und kehrte zu ihrem Herrn zurück. Es fiel ihr schwer, ihn anzuschauen, weil das ihre Beschämtheit vergrößerte, aber auch ihre Erregung wuchs dadurch. Seinem Blick zu begegnen, machte ihr bewusst, dass sie, eine junge moderne Frau, gerade wie ein Hündchen vor einem Fremden kroch, einem Mann, der ihre Neigung kannte und sie deshalb leicht manipulieren konnte.

Bei ihm angekommen, hockte sie sich vor ihn hin und schaute erwartungsvoll zu ihm auf. Der Sisalstrang hing aus ihren Mundwinkeln. Ihr Brustkorb wogte auf und ab. Ronan ließ sie zappeln und ergötzte sich an ihrem Anblick. Provozierend rieb er über seinen Phallus, der sich deutlich unter der Hose abzeichnete. Klebte ihre Zunge eben noch am Gaumen, so lief ihr nun erstaunlicherweise das Wasser im Mund zusammen.

Irgendwann – Kate kam es wie Minuten vor, aber vermutlich war maximal eine vergangen – streichelte er ihren Schopf, als würde er mit dieser Geste seinen Hund loben. »Brav, Jewel. Das hast du gut gemacht. Nun lass mich prüfen, wie geil du davon geworden bist.«

Ohne ihre Reaktion abzuwarten, legte er seine Hand auf ihren Venushügel. Er spreizte Zeige- und Mittelfinger ab und führte sie über die Schamlippen bis zur feuchten Öffnung. Dort zupfte er an der Strumpfhose.

Kate biss fester auf den Strick. Es heizte ihre Lust an, wie selbstverständlich er sich an ihrem Körper bediente. Als ihr Herr hatte er natürlich jedes Recht dazu. Es war unverschämt und dreist, aber Jewel sehnte sich genau danach. Um nichts in der Welt hätte sie ihn abgewehrt!

Durch die groben Maschen konnte er problemlos in sie eindringen. Schmatzend nahm ihre Mitte seine beiden Finger in sich auf. Er führte sie tief ein, zog sie wieder heraus und drückte sie erneut provozierend langsam und lüstern in ihr Inneres. Das wiederholte er einige Male und beobachtete mit sichtlichem Vergnügen Kates wachsende Unruhe, weil seine Schamlosigkeit sie anmachte, aber auch ihre Verlegenheit, da er über sie verfügte, als sei sie sein Eigentum, und sie genoss es.

Ronan entfernte sich aus ihr und betrachtete die Feuchtigkeit auf seiner Hand. »Du bist die geborene Liebesdienerin! Hier haben wir den Beweis.«

Er nahm ihr das Seil ab. Bevor sie wusste, wie ihr geschah,

steckte er ihr seine Finger zwischen die Lippen. Kate schreckte zurück, sodass sie sogleich wieder hinausglitten, aber da hatte sich schon ihr eigener Geschmack in ihrem Mund ausgebreitet. Schockiert wagte sie zuerst nicht, ihn zu schließen. Doch dann stellte sie fest, wie aphrodisierend es auf sie wirkte. Ihr Schoß schien überzulaufen, als wollte er ihr zuflüstern: Koste noch mehr. Aber lag das nun an dem Gout oder an dem Tabubruch an sich?

Während sie noch über diese Frage nachgrübelte, half Ronan ihr auf die Füße. Er führte sie zu der Liebesschaukel. »Mach es dir bequem«, sagte er ironisch und ließ Kate aufhorchen. Was führte er im Schilde? Mit rasend pochendem Herzen nahm sie in dem schwankenden Netz Platz. Konzentriert hob Ronan ihr rechtes Bein an, bis ihr Fuß zur Decke zeigte, strich zärtlich über ihre Wade hinauf bis zu ihren High Heels und band mithilfe des Stricks ihr Fußgelenk an eine der vier Trossen an den Ecken der Sitzfläche. Mit dem anderen Ende fesselte er ihr linkes Bein an ein zweites Drahtseil. Er ging zum Regal und ließ seinen Blick über die Toys gleiten. Sein Blick erhellte sich, und er griff ein Halsband und ein Paar Handschellen aus breiten Lederbändern. Zufrieden brummend stellte er sich an Kates Seite.

Unsicher, ob sie Ronan so sehr vertraute, dass sie bereit war, sich von ihm bewegungsunfähig machen zu lassen, betrachtete sie skeptisch ihre Fesselung.

»Hab keine Angst, entspann dich. Ich werde die Situation nicht ausnutzen«, sagte er und streichelte liebevoll ihre Halsbeuge. Seine Hand wanderte über ihr Dekolleté tiefer, fand ihre Brustspitzen und zwirbelte sie sachte, bis Kate seufzte und ihren Kopf voller Genuss in den Nacken legte.

Ein letzter Rest Zweifel blieb jedoch bestehen, denn womöglich beruhigte er sie nur, um an sein Ziel zu kommen.

Aber Ronan hatte sich bisher als einfühlsamer Dominus gezeigt, daher beschloss sie, das Risiko einzugehen und sich ihm auszuliefern. Furcht hatte sie all die Jahre davon abgehalten, ihren erotischen Fantasien nachzugehen. Jetzt war Schluss damit!

Bereitwillig streckte sie ihm ihre Arme entgegen. Er nickte anerkennend und schloss die durch eine Gliederkette verbundenen Lederbänder um ihre Handgelenke. Behutsam zog er ihr das Halsband an und hakte die Kette in den kleinen Ring an der Vorderseite.

Nun konnte Kate weder ihre Arme, noch ihre Beine dazu nutzen, ihn abzuwehren, sollte er Dinge mit ihr tun, die sie nicht wollte.

»Erinnere dich an das Safeword.« Laszív knetete er ihre Beine, nah an ihrem Geschlecht. »Wann immer du es aussprichst, binde ich dich sofort los.«

Kate war so gefangen in dem Spiel und von ihren Gedanken und Gefühlen gewesen, dass sie diese verbale Reißleine völlig vergessen hatte. Erleichtert dachte sie an *Zimmerservice*, der Begriff zauberte ein Lächeln auf ihr Gesicht, und das tat gut.

Doch just in dem Moment, in dem sie sich entspannte, riss Ronan plötzlich ihre Strumpfhose kaputt, genau zwischen ihren Schenkeln, und legte ihren Schoß frei.

Erschrocken hielt Kate einige Sekunden die Luft an.

»Ich kaufe dir eine Neue«, sagte er entspannt und kraulte ungeniert ihre Schamlippen, die noch praller wirkten, da der Netzstoff sie einrahmte.

Was meinte er damit? Einen Shop hatte sie im *Wild Side* nicht entdeckt. Wollte er sie etwa wiedersehen? Oder hatte er sie lediglich beruhigen wollen?

Mit seinen Daumen schob er ihre geschwollenen Lippen

weit auseinander. Der Anblick musste geradezu obszön sein. Kate fiel das Atmen mindestens so schwer wie ihm, obwohl sie, halb liegend, halb sitzend, ihre Spalte nur von oben sah. Seine Finger tasteten sich höher, langsam, als hätten sie alle Zeit der Welt, das machte Kate rasend, denn ihre Erregung war schon weit fortgeschritten. Als sie von zwei Seiten auf ihre empfindsamste Stelle drückten, vorsichtig und dennoch mit genau dem richtigen Druck, der Kate nicht wehtat, sondern sie anmachte, bäumte sie sich auf. Stöhnend wand sie sich, dabei bewegte Ronan seine Daumen nicht einmal.

»Wehe du kommst vor mir, Sklavin!« Zur Warnung presste er etwas fester zu, aber nur den Bruchteil einer Sekunde lang.

Kate verzog ihr Gesicht und gab einen Laut von sich, der sowohl nach Schmerz als auch nach Lust klang. Während sie beobachtete, wie er seine Lederhose öffnete, pochte ihre feuchte Öffnung so intensiv, als wollte sie die Aufmerksamkeit auf sich ziehen. Sein erigierter Schaft sprang heraus, Kate konnte sich kaum an ihm satt sehen, so wunderschön war er. Steil stand er von seinen Lenden ab. Die Haut wirkte samtig. Kein einziges Haar spross auf Glied und Hoden. Kate wusste einen gepflegten Liebhaber zu schätzen und hätte den Schwanz gerne geschmeckt, aber noch lieber wollte sie von ihm ausgefüllt werden, denn seine Größe war vielversprechend.

Ronan blieb beherrscht und gab ihr Zeit, sein Geschlecht zu betrachten. Möglicherweise erregte er sich auch daran. Langsam wurde Kate ungeduldig. Durch das Treiben im Club und das Vorspiel fühlte sie sich überreif. Da endlich drang er in sie ein, aber keineswegs stürmisch, sondern langsam, Stück für Stück und genießerisch. Kate verteufelte seine beneidenswerte Selbstkontrolle in diesem Augenblick.

»Du siehst mich wütend an, das würde ich an deiner Stelle

lassen, sonst gehe ich an die Bar ein Ale trinken und lasse dich unbefriedigt hier hängen«, knurrte er, worauf Kate innerlich seufzte. »Ich sehe dir an, dass du wild von mir gevögelt werden willst. Aber du würdest nach drei Stößen kommen und nicht das volle Potenzial eines Höhepunktes erreichen.«

Alles in ihrem Unterleib zog sich zusammen. Sie hörte seine Worte wie durch Watte hindurch. Der Orgasmus baute sich quälend langsam auf. Ronan fuhr fort, in sie einzudringen, erhöhte das Tempo aber nicht. Wie um alles in der Welt konnte er sich derart kontrollieren und zurückhalten, obwohl er doch selbst geil war? Er musste doch auch nichts mehr wollen, als zu kommen? Dieser Mann war unglaublich! Sie näherten sich dem Ziel, allerdings genauso bedächtig wie sie eben noch vor Ronan gekrochen war. Flehend sah sie ihn an. Wie gutaussehend er war, gekleidet in Szene-Kleidung und trotzdem stilvoll! Er stieß in sie hinein und stand dennoch aufrecht da. So stolz, so kraftvoll und athletisch! Er gefiel ihr viel zu gut und es war für sie unvorstellbar, dass sich ihre Wege bald wieder trennen würden.

Ihr Unterleib verkrampfte sich, ein untrügerisches Zeichen, dass das *grande finale* bevorstand. Sie drückte ihren Rücken durch und schob Ronan ihre Spalte entgegen. Als der Orgasmus sie erfasste, war das nicht, als würde eine Monsterwelle über ihr zusammenbrechen – schön, aber schnell vorbei –, sondern wie Wogen warmen Wassers, die in kleinen Dosen über sie hinwegschwappten und sie dennoch – oder gerade deshalb – erschütterten wie elektrische Stöße. Kate konnte nicht mehr aufhören zu zucken. Winselnd hing sie in der Liebesschaukel und vermochte nicht zu sagen, ob Ronan schon gekommen war oder nicht. Die Lust berauschte sie. Trunken vor Ekstase stöhnte sie kehlig, bis er sich zurückzog.

Sie hielt ihre Augen geschlossen, als er ihre Fesseln löste, sie aufsetzte und an seinen Oberkörper drückte. Zärtlich streichelte er über ihre Haare. Es dauerte eine Weile, bis sie wieder ruhig atmete. Tief inhalierte sie seinen Duft. Sie genoss es, seinen stählernen Brustkorb an ihrer Wange zu spüren und wünschte sich, er würde sein transparentes Hemd ausziehen. Sein Schaft an ihrer Spalte erschlaffte.

»Ich möchte mich waschen«, keuchte Kate. Sie musste dringend etwas trinken.

»Die Toiletten sind gleich neben dem Ausgang.« Er löste sich von ihr und trat zurück, damit sie aufstehen konnte. »Dort gibt es auch Duschen.«

Scheu lächelte sie und kleidete sich an. Plötzlich hatte sie es eilig, dem Separee zu entfliehen, weil sie keine Ahnung hatte, was sie sagen sollte. Was erwartete Ronan jetzt nach dem Sex von ihr? Bestimmt keine Sätze wie: »Du bist ein toller Dom«, das wusste er selbst.

Bevor sie den Container verließ, rief er ihr hinterher: »Wir sehen uns an der Bar.«

Unsicher nickte sie nur und setzte ihren Weg fort. Ganz bestimmt würde er dort nicht erscheinen, er hatte ja bekommen, was er wollte. Auf einen Absacker und Verlegenheitsgespräche konnte er bestimmt verzichten und sie auch. Er kannte sich im *Wild Side* aus, er war ein Jäger und sie vermutlich nur eine Beute von vielen.

Als sie den Club betrat, fiel die Magie der Session endgültig von ihr ab. Trubel und dasselbe hemmungslose Treiben, wie das eben im Separee zwischen Ronan und ihr, fand in jedem Käfig statt. Ihr wurde plötzlich klar, dass das, was sie soeben erlebt hatte, nichts Besonderes war, erst recht nicht für einen Dominus wie Ronan. Wohl aber für sie selbst! Sie fühlte sich anders – gereifter und erfahrener, vielleicht sogar ein wenig weiblicher.

»Da bist du ja.« Milow hielt sie am Arm fest. Sie war an ihm vorübergegangen und hatte ihn nicht einmal wahrgenommen. »Geht es dir nicht gut? Du siehst blass aus.«

Erschöpft, dachte sie und bemühte sich ein verschmitztes Grinsen zu unterdrücken. »Nur müde.«

Er gähnte und riss dabei seinen Mund so weit auf, dass sie seine Zahnfüllungen zählen konnte. Sein rabenschwarzer Pony klebte an seiner Stirn. Der schwarze Kajalstrich unter seinem linken Auge war zerlaufen. »Ich auch und du kannst dir gar nicht vorstellen, wie sehr. Gehen wir?«

»Nichts lieber als das.« Weil sie befürchtete, man könnte das Loch in der Mitte ihrer Strumpfhose sehen, zog sie ihren Rocksaum nach unten, und schleppte sich neben ihrem Freund zur Garderobe.

Sie schaute über ihre Schulter zurück, aber Ronan sah sie nirgends. Wahrscheinlich räumte er das Separee auf und suchte danach erst einmal das WC auf. Oder er hatte den Hinterausgang genommen, dachte sie und spürte ein Ziehen in ihrem Brustkorb. War das etwa Sehnsucht nach ihm? Das konnte unmöglich sein. Sie kannte ihn doch gar nicht. Wieviel Zeit mochten sie zusammen verbracht haben, anderthalb Stunden vielleicht? Was wusste sie schon von ihm?

Und weshalb drehte sich ihr ganzes Denken um ihn? Während der Heimfahrt mit der Underground, ließ er sie nicht los, dabei war sie feige vor ihm geflüchtet, keine fünf Minuten, nachdem sie den *Affenkäfig* verlassen hatte.

Sie sollte glücklich sein, eine erotische Fantasie in die Tat umgesetzt zu haben, eigentlich sogar zwei: eine SM-Party zu besuchen und sich einem Mann zu unterwerfen. Doch sie war unzufrieden, denn sie hatte den Eindruck, eine Sehnsucht durch eine neue ausgetauscht zu haben.

In der Birch Road angekommen, fiel ihr Blick auf den Küchenschrank, in dem noch immer die Wunschliste lag. Zwei Punkte konnte sie abhaken. Eine erfolgreiche Nacht, oder etwa nicht? Dennoch war ihr nicht nach Jubeln zumute. Aufbrausend schleuderte sie ihre High Heels in die Ecke.

Ronan hatte sie zur Sklavin gemacht, aber nicht ihrer Würde beraubt. Er war ihr erster richtiger Dominus gewesen, dafür würde er immer einen besonderen Platz in ihren Erinnerungen haben. Aber sie würde ihn niemals wiedersehen, so lief das nun mal auf solchen Veranstaltungen. So hatte sie es ja selbst geplant gehabt! Damit kam sie jedoch nicht klar, wie sie nun feststellte, denn sie konnte Gefühle und Sex einfach nicht trennen. Es kam für sie nicht in Frage, den Club noch einmal zu besuchen, um Ronan dort zu suchen. Das wäre ihr zu peinlich, und sie befürchtete, von ihm für diese Sentimentalität ausgelacht zu werden oder ihn vielleicht sogar beim Spiel mit einer anderen Sub anzutreffen.

Keine weiteren Experimente! Kate öffnete den Hängeschrank, nahm die Liste heraus und zerriss sie.

5

40 Minuten zuvor

Wie ein ausgesetzter Köter stand Ronan vor dem Club. Er packte den Griff der Peitsche, die er aus Verärgerung im Vorübergehen von einem der Tische genommen hatte, so fest, dass sein Handgelenk weiß hervortrat. Zornig schaute er Kate, die neben diesem Punk über den Pier in Richtung U-Bahn-Station ging, hinterher. War er doch ihr Freund? Führten sie eine offene Beziehung? Kate floh vor ihm, Ronan, wie ein gehetztes Tier, dabei war er geradezu zahm mit ihr umgegangen. Aber vor allen Dingen hatte sie seine Einladung, sich an der Bar zu treffen, angenommen, und jetzt versetzte sie ihn eiskalt.

Sie hatte sich ihm unterworfen und mit ihm geschlafen. Bedeutete ihr das nichts? Hatte sie nicht auch bemerkt, dass etwas Besonderes zwischen ihnen vor sich ging? Er war ein Narr! Normalerweise vögelte er bei Sessions seine Sklavin nie. Es gab andere Wege und Mittel, um einen Höhepunkt herbeizuführen. Aber er hatte sich mit Kate vereinen wollen, hatte sie besitzen müssen!

Sie dagegen hatte ihn ausgenutzt, um Erfahrungen zu sammeln und nichts weiter, so schätzte er die Situation ein. Kein Interesse an einer langfristigen Beziehung. Solche Gäste gab es im *Wild Side* zu Hauf, im Grunde wusste er das. Nicht jeder betrachtete die Party als ernsthafte Kontaktbörse. Er empfand es als schwierig, eine Partnerin zu finden, die dieselbe Neigung wie er hatte. Seit der Trennung von Page, die ihn ausgerechnet kurz vor Heiligabend wegen eines anderen Mannes verlassen hatte, lebte er sein Verlangen nach BDSM auf einschlägigen Events aus.

Aber solch ein Knistern wie das zwischen ihm und seiner Jewel hatte er das erste Mal verspürt. Er glaubte, dass sie ebenso empfand, da sie so heftig auf ihn reagiert hatte. Möglicherweise hatte er ihr zu viele Freiräume gelassen, durch die sie ihm nun entschlüpft war. Vielleicht brauchte Kate es strenger – härter. Das konnte sie haben!

Gereizt schwang er seine Peitsche durch die Luft, sodass einige Gäste, die rauchend vor der Lagerhalle in der Nachtkälte zitterten, zurückwichen.

Ronan nahm ihre Verfolgung auf.

6

»Bist du jetzt nicht doch froh, dass ich dich nach Hause fahre?« Mit einem selbstgefälligen Grinsen schaltete Henry Faulkner den Scheibenwischer auf die höchste Stufe. »Es regnet wie aus Eimern.«

Kate bereute es bereits, dass sie sich von dem Sohn ihres Chefs dazu hatte überreden lassen. Genervt fuhr sie die Fensterscheibe an der Beifahrerseite einen Daumenbreit herunter, damit wenigstens etwas frische Luft in den Vauxhall Insignia strömte.

Als Henry an einer Ampel halten musste, holte er einen Kamm aus der Innentasche seiner Tweedjacke, schaute in den Rückspiegel und kämmte sich. »Ich weiß doch, wie du tickst. Zuerst zierst du dich, aber am Ende bist du doch glücklich, nachgegeben zu haben.«

Um keine patzige Antwort zu geben, biss sich Kate auf die Unterlippe. Als ob er sie gut kennen würde! Dass er sie einmal nackt gesehen hatte, bedeutete gar nichts. Das hatte sie Samstagnacht mal wieder festgestellt. Heute, zwei Abende später, dachte sie immer noch an Ronan. Bestimmt hatte er sie längst vergessen.

Henry steckte den Kamm wieder weg. Ungeduldig, da sie immer noch schwieg, trommelte er mit seinen Händen, die in braunen Wildlederhandschuhen steckten, auf dem Lenkrad herum. »Manche Frauen brauchen eben ein bisschen Druck.«

Diese Anspielung hätte er sich sparen können! Verärgert

blinzelte sie ihn an. Doch anstatt endlich Ruhe zu geben, freute er sich wohl über ihre Aufmerksamkeit, denn sein Lächeln wurde noch breiter. Wie hatte sie sich nur derart in ihm täuschen können? Ihre erotischen Fantasien trugen die Schuld daran, dass sie ihn falsch eingeschätzt hatte. Anfang des Jahres hatte er sie in der Goldschmiede immer öfter herumkommandiert, und sie war dem Trugschluss erlegen, er könnte dominant veranlagt sein, dabei wollte er sie lediglich necken, um mit ihr anzubändeln.

»Bist du sicher, dass du zurück in dieses Kaff ziehen willst?« Er drehte den Oberkörper zu ihr und stützte seinen Ellbogen auf die Rückenlehne. Seine Stimme wurde butterweich. »Hält dich wirklich nichts in London?«

Er schien sie mit seinem Blick auf dem Beifahrersitz festtackern zu wollen. Obwohl es stickig im Auto war, schloss Kate ihre Regenjacke, weil sich die Spitze ihres Büstenhalters auf ihrer weißen Bluse abzeichnete. Henry war ja nicht unattraktiv. Er achtete stets darauf, gepflegt zu sein, durch die leichte Solariumbräune wirkte er frisch, seine Hemdkragen waren gestärkt, seine Schuhe poliert, und er hatte sie von Anfang an höflich behandelt, doch eben jene Freundlichkeit bröckelte, weil er sie nicht dauerhaft an sich binden konnte. »In einem Monat bin ich weg, gewöhn dich an den Gedanken.«

»Black Elder liegt nicht auf einem anderen Kontinent.« Seine Augenbrauen schnellten in die Höhe. »Wie lange braucht man mit dem Auto dorthin?«

»Ich fahre mit dem Zug.« Sie mochte es nicht, schnippisch zu klingen, aber anders hielt sie Henry nicht auf Distanz. Erst letzte Woche hatte er sie gegen die Anrichte in der kleinen Kaffeeküche gedrängt. Da sie ihn abwehrte, griff er ihr Handgelenk, drehte ihr den Arm auf den Rücken und schmiegte sich an ihre Vorderseite, weil er glaubte, ihr Widerstand gehöre mit zum Balzverhalten. Mit ihrer freien Hand ohrfeigte sie ihn, und er ließ sie sofort verdattert los.

Henry und sie passten nicht zusammen, das hatte sie ihm bereits nach der enttäuschenden Nacht im Februar klipp und klar gesagt. Eine Weile hatte er sich auf dezente Flirtversuche beschränkt, doch jetzt, da ihr endgültiger Abschied nahte, wagte er sich weiter vor. Zu weit für Kates Geschmack.

Die Ampel schaltete auf grün, und Henry fuhr los. »Deine Widerspenstigkeit gefällt mir nicht!« Sein strenger Ton verfehlte seine Wirkung.

Wieder einmal vermischte er Alltag und Liebesspiel. Aber war das ein Wunder? Er hatte ihr nicht nur den Hintern versohlt, weil sie ihn bei ihrem ersten und einzigen Mal darum bat, sondern er war auch ihr Chef. Seit ihrer Kündigung bei *Faulkner & Son* schlich er um sie herum, wie ein Drohn, der scharf darauf war, seinen Rüssel in ihren Nektar zu tauchen. Oft wies Kate ihn in die Schranken, aber er schien unbelehrbar, deshalb suchte sie die Nähe zu seinem Vater Harrison, da Henry sich in seiner Anwesenheit zusammenriss.

Seufzend fuhr er den Insignia in eine Lücke am Straßenrand, als würde er es bedauern, dass die Fahrt schon zu Ende war. »Tut mir leid, dass ich dich nicht bis vor die Haustür bringen kann, aber da ist kein Platz frei.«

Er schaltete den Motor aus, was Kate gar nicht passte, da es wohl bedeutete, dass er sich noch mit ihr unterhalten wollte. Wahrscheinlich hatte er aus diesem Grund auch nicht in zweiter Reihe gehalten, um sie schnell herausspringen zu lassen.

Der Fluchtgedanke, den sie schon seit der Abfahrt hegte, wuchs. Sie schaute zum Eingang des Apartmenthauses, in dem sie wohnte. Ein Mann lehnte lässig an der Wand neben dem Eingang, geschützt durch das Vordach. War das nicht …? Sie legte ihre Hand an die Innenseite des Fensters, als könnte sie die Tropfen außen an der Scheibe fortwischen, um klarer zu sehen.

Zu ihrer Überraschung zwang Henry ihr nicht weiterhin ein Gespräch auf, sondern schlug ihr vor: »Ich begleite dich zur Haustür.«

Sie sah ihn nicht einmal an, als sie antwortete: »Deine teure Tweedjacke wäre binnen Sekunden durchnässt«, denn der Fremde dort draußen bannte ihren Blick. Hoch gewachsen, stolze Haltung und vollkommen in Schwarz gekleidet, so viel konnte sie ausmachen, kamen ihr bekannt vor.

Henry neigte sich zu ihr und sprach – für Kate unangenehm – sinnlich: »Dann trocknet sie eben auf deiner Heizung, während du uns einen Tee aufbrühst.«

Hatte er noch etwas gesagt? Seine Worte drangen nicht mehr zu ihr durch, weil sie sich darauf konzentrierte, trotz der nassen Scheibe das Gesicht des Mannes zu erkennen. Wünschte sie es sich nur, oder stand tatsächlich Ronan vor ihrem Haus?

Henry gab ein verärgertes Schnaufen von sich und beugte sich so weit über ihren Schoß, um besser hinaussehen zu können, dabei berührte sein Arm den ihren. »Kennst du den Typ?«

»Ich kann nicht einmal erkennen, wer das ist.« Die Hitze in ihren Wangen strafte sie Lügen, denn der Mensch da vorne musste wirklich der Mann sein, dem sie sich im Club hingegeben hatte – ihr erster Dominus. Kate glaubte nicht an Zufälle. Wie hatte er sie gefunden? Und was wollte er von ihr?

»Ich bring dich bis in deine Wohnung, kein Widerspruch!«, sagte Henry, und Kate hörte die Freude heraus, weil er endlich einen Grund gefunden hatte, sie zu begleiten. Er legte die Hand auf ihren Oberschenkel, eine Geste, die ihr zeigen sollte, dass er sie beschützte, vermutete sie. »Wer weiß, was das für ein Abschaum ist!«

Energisch schob sie seine Hand weg. »Unsinn! Er wartet sicher nur auf jemanden.« Auf mich? Ihr Gesicht fühlte sich heiß an.

»Du strahlst ja regelrecht. Du kennst den Kerl doch, oder? Bist du seinetwegen so zickig zu mir?« Grob packte er ihren Oberarm. »Was ist mit uns?«

»Es gibt kein *uns*. Wie oft muss ich dir das noch sagen? Lass mich endlich in Ruhe, Henry!«, fuhr sie ihn an und riss sich von ihm los. Sie zog ihre Kapuze über den Kopf und stürmte aus dem Wagen.

»Ach, komm schon, du willst doch nur, dass ich um dich kämpfe«, hörte sie ihn noch rufen, bevor sie die Autotür zuwarf.

Ihr Herz pochte im Rhythmus ihrer schnellen Schritte, als sie durch den strömenden Regen auf Ronan zueilte. Krampfhaft hielt sie gleichzeitig die Kapuze und ihren kleinen Rucksack fest und drängte sich neben ihm unter das Dach über dem Eingang. Da nicht viel Platz war, musste sie eng an ihn heranrücken.

»Du kommst spät«, sagte er trocken.

Er ist tatsächlich meinetwegen hier! Nun, da sie dicht vor ihm stand, erkannte sie, dass er gar nicht Schwarz trug. Die Schultern seiner grauen Jacke wiesen ebenso feuchte Flecken auf wie der Saum seiner anthrazitfarbenen Jeans. Er sah elegant, aber leger gekleidet aus. Und so gut, dachte sie. »Woher willst du das wissen?«

»Normalerweise wärst du schon vor fünfzehn Minuten zuhause gewesen.« Durch die Feuchtigkeit krausten sich seine offenen Haare leicht. In sanften Wellen fielen sie ihm in den Nacken. Ein britischer Adonis, kam es Kate in den Sinn. Anders als bei ihrem ersten Zusammentreffen, war er an diesem Tag rasiert.

»Spionierst du mir hinterher?«, fragte sie scharf und schob energisch die Kapuze von ihrem Kopf.

»Der Hausmeister hat es mir verraten.« Lässig stellte Ronan den Kragen seines weißen Hemdes, das unter der Jacke zum Vorschein kam, auf. »Er weiß anscheinend ziemlich genau, wann jeder kommt und geht.«

Kate schnaubte. »Nigel soll lieber das Kellerschloss reparieren und nicht ständig versäumen, die Container für die Müllabfuhr an die Straße zu stellen, anstatt so neugierig zu sein.« In der gläsernen Haustür sah sie mit Schrecken ihr Spiegelbild. Ausgerechnet an diesem Tag hatte sie auf Make-up verzichtet, lediglich ihre Wimpern stark getuscht und ihren Bob wie die Filmstars der Stummfilmzeit mit einem breiten Tuch zurückgebunden. Dieses Styling hatte sie als chic empfunden, nun kam sie sich vor, als hätte Ronan sie beim Putzen ihres Apartments überrascht.

»Lag bestimmt daran, dass du heimgebracht wurdest, denn wie ich hörte, kommst du immer mit der Underground um dreiundzwanzig Minuten nach sechs in der Angel Tube Station an.« Mit zusammengekniffenen Augen beobachtete er Henry, der langsam an ihnen vorbeifuhr, sie durch das Fenster angaffte, und dann so stark aufs Gas drückte, dass die Reifen auf der nassen Fahrbahn quietschend durchdrehten. »Wer war das?«

Geht dich nichts an, wollte sie sagen, stattdessen kam ihr: »Mein Chef«, über die Lippen und als müsste sie sich rechtfertigen: »Er hat mich gefahren, damit ich bei dem Regen nicht fast die komplette Islington High Street hochlaufen muss. Was machst du hier? Wie hast du mich gefunden?«

»Ich halte meine Versprechen.« Er zog den Reißverschluss seiner Jacke auf, griff hinein und zog eine Packung, die unter seinem Arm klemmte, hervor. »Ganz im Gegensatz zu dir.«

Überrascht nahm Kate die grobmaschige Netzstrumpfhose,

und hielt sie mit zwei Fingern, als handelte es sich um ein Sextoy. Erinnerungen an ihre lustvollen Stunden erwachten in ihr, und es waren nicht nur Bilder in ihrem Kopf, sondern sie meinte sogar ihre eigene Feuchte zu schmecken und Ronans Körperduft zu riechen. Eigentlich hätte sie die Strumpfhose, die er zerrissen hatte, um sie zu vögeln, wegwerfen sollen. Stattdessen hatte Kate sie gewaschen und in ihre Nachtkonsole gelegt wie ein Souvenir. »Was meinst du damit?«

»Lass uns reingehen.« Er streckte seinen Arm aus, damit der Ärmel seiner Jacke hochrutschte, und sah auf seine Armbanduhr. »Ich stehe schon seit zwanzig Minuten hier draußen.«

Obwohl sie sich aufgeregt fühlte wie ein Teenager, der unerwartet auf seinen Schwarm trifft, brauchte sie absichtlich länger, um ihr Schlüsselbund in ihrem Rucksack zu finden. Sollte sie ihn wirklich mit in ihre Wohnung nehmen? Außer, dass er SM praktizierte, wusste sie gar nichts von ihm. Er tat gelassen, dennoch spürte sie, dass er aus irgendeinem Grund sauer auf sie war. Dabei hatte sie ihm im Club einen unkomplizierten und angenehmen Abschied bereitet. Keine zähe Unterhaltung, kein Betteln um ein Wiedersehen. Außerdem hatte sie sich selbst davor bewahrt, von ihm an der Bar versetzt zu werden. Das hätte sie gekränkt. Wieso nur? Sie war doch selbst nur auf Lust ausgewesen.

Tief durchatmend holte sie die Schlüssel hervor und schaute zu Ronan auf. Sein Blick ging ihr durch und durch.

Irgendwie hatte er sie aufgespürt, was in einer Millionenstadt wie London ein Kunststück war. Ein Teil von ihr reagierte geschmeichelt, weil ein selbstbewusster und attraktiver Mann wie er sich die Mühe machte, sie – die unscheinbare Kate aus der Kleinstadt, die keine Erfahrung in Unterwerfung hatte – zu suchen. Die Sklavinnen mussten doch bei ihm Schlange stehen. Aber er hatte *sie* gesucht! Dieser Gedanke brachte überraschenderweise nicht ihren Schoß dazu, wie wild zu pochen, sondern ihr Herz.

Ein anderer Teil von ihr fühlte sich hingegen verfolgt. Sie hörte Pops Stimme in ihrem Kopf: »Pass auf dich auf, Kate. London ist ein Moloch! Die Menschen sind nicht so aufrichtig wie in Black Elder. Viele wollen dir das Geld aus der Tasche ziehen oder dir an die Wäsche. Merk dir das.« Zweifel nagten an ihr. Erst letzten Dienstag hatte sie von einer Frau in Soho gelesen, die sich wegen eines Stalkers an die Polizei gewandt hatte. Sie sagten ihr, sie könnten ihr nicht helfen, da nichts Konkretes vorgefallen sei. Zwei Tage später lag sie auf der Intensivstation, da der Mann sie überfallen hatte.

Aber dann wurde ihr klar, wie dumm dieser Vergleich war! Ronan belauerte sie nicht heimlich, sondern er stand vor ihr und suchte offenbar eine Aussprache. Außerdem bewies das Wummern in ihrem Brustkorb ihr, wie sehr sie mit ihm zusammen sein wollte. Wenn sie ihn jetzt wegschickte, würde sie ihn nie wiedersehen!

Sie war stolz, dass sie es schaffte, die Haustür aufzuschließen, ohne sich vor Nervosität lächerlich zu machen. Ihr fiel weder der Schlüssel aus der Hand, noch traf sie das Schloss nicht beim ersten Mal. Äußerlich gefasst trat sie vor Ronan in den Vorraum ein und hielt ihm die Tür einladend auf.

Während er ihr folgte, sperrte sie bereits ihren Briefkasten auf. Da die Goldschmiede samstags bis vier Uhr nachmittags besetzt war – Kate und Henry wechselten sich wöchentlich ab –, öffnete *Faulkner & Son* montags erst zur Mittagszeit. Beim Verlassen des Hauses am Vormittag hatte sie rasch die Post durchgeschaut, sich entschieden, den Brief ihrer Grandma erst am Abend zu lesen, und hatte ihn zurück in die Metallbox geworfen. Gewiss befand sich eine Einladung zu Clodaghs Geburtstag darin, aber Kate wollte nicht am sechzehnten

Oktober nach Black Elder fahren, wenn sie doch ohnehin zwei Wochen später für immer heimkehrte.

Sie unterdrückte ein Seufzen, als sie die Post durchschaute, doch außer Werbung fand sie – nichts. Ein zweites Mal prüfte sie die Flyer und faltete sogar die Prospekte auf, aber der Brief klemmte nicht dazwischen. Stirnrunzelnd schloss sie die Metallbox und betrachtete sie. Sie war so alt und verbeult, dass die Tür kaum noch schloss, und der Einwurfschlitz weiter aufklaffte, als es normal war. Jemand mit geschickten Händen konnte den Inhalt herausfischen. Ronan besaß solche Hände, sie erinnerte sich, wie er sie mit wenigen Berührungen ihrer Mitte unglaublich erregt und wie schnell und gekonnt er sie an die Liebesschaukel gefesselt hatte. Seine Finger waren lang und feingliedrig, und auf ihrem Briefkasten stand ihr voller Name. Hatte einer der anderen Bewohner ihn etwa hereingelassen? Hatte er im Treppenhaus auf sie gewartet und die Zeit genutzt, um ihre Post zu lesen, bis Nigel ihn ertappte und vor die Tür setzte? Oder hatte der Hausmeister selbst ihr einen Streich gespielt, um sich an ihr zu rächen? Immerhin besaß er Schlüssel für alle Briefkästen.

Besorgt schritt sie die Stufen hinauf. Es konnte jeder im Haus, jeder Besucher, Handwerker oder Kurierfahrer gewesen sein. Ronan zu beschuldigen wäre unfair gewesen. Außerdem konnte sie ihn schlecht fragen, ob Clodaghs Sendung zufällig in der Innentasche seiner Jacke steckte. Aber vielleicht würde sie später die Gelegenheit dazu bekommen, seine Taschen zu durchsuchen.

Unglücklicherweise hängte er sie über den Küchenstuhl und nicht an die Garderobe. Kate fragte sich, ob er das Kleidungsstück im Auge behalten wollte.

Absichtlich führte sie ihn nicht in ihr Wohnzimmer, die Atmosphäre dort war zu gemütlich und privat für eine klärende Aussprache. Ihre Küche dagegen fungierte gleichzeitig als ihr Büro. Ihr Laptop lag meistens auf dem Tisch, hier erledigte sie ihre Korrespondenz. An diesem verregneten Montagabend jedoch gab es da nur einen kleinen Stapel mit Altpapier. Ihren Rechner hatte sie gestern mit ins Wohnzimmer genommen, um neben dem Fernsehen nach Ronan im Zusammenhang mit der Londoner SM-Szene zu googeln. Erfolglos. Hatte er zu diesem Zeitpunkt schon gewusst, wo sie wohnte?

Sie stellte ihren Rucksack unter das Fenster und legte ihre Regenjacke darüber. In ihrer Chaos-Wohnung fielen die zwei Gegenstände mehr oder weniger auch nicht weiter auf. Kate schob die Unordnung gerne auf ihren Schuhkarton von Apartment, aber in diesem Moment wünschte sie sich aufrichtig, sie wäre ordentlicher. »Wie hast du mich gefunden?«

»Ich bin dir vom *Wild Side* aus hinterhergegangen.« Missbilligend rümpfte er die Nase und korrigierte sich: »Euch. Wer ist dieser Punk, mit dem du auf der Party warst, wirklich?«

Er hatte sie heimlich verfolgt, das schockierte sie nun doch, genauso, dass er es so offen zugab. Aus diesem Grund klang sie schnippisch: »Milow, mein bester Freund, das sagte ich doch bereits. Warum glaubst du mir nicht? Denkst du, ich würde einfach so zuschauen, wie sich mein Lebenspartner mit einem Mann und einer Frau vor Publikum vergnügt?«

»Folglich bist du eher der eifersüchtige Typ?« Sein Schmunzeln sagte ihr, dass sich ihr Gespräch nicht länger um Milow drehte.

Verlegen ging sie zur Anrichte, füllte den Wasserkocher und stellte ihn an, nur um etwas zu tun zu haben. »Einen schwarzen Tee?«

»Gerne.« Er atmete tief ein und wieder aus. »Hör mal, Katie.«

Katie, hatte er sie wirklich so genannt – so zärtlich, beinahe liebevoll? Um ihr Strahlen zu verbergen, wandte sie ihm den

Rücken zu und füllte losen Assam Tee in das Sieb ihrer weißen Porzellankanne.

»Es tut mir leid, dass ich dir heimlich gefolgt bin, um herauszufinden, wo du wohnst. Das war falsch, aber du hast mich im Club stehen lassen wie einen Idioten.«

Sie fuhr herum. »Ich wollte uns das Auseinandergehen nur erleichtern.«

»Wohl eher dir«, warf er ihr vor, stellte sich hinter einen Stuhl und stützte sich auf die Rückenlehne. »Wir hatten uns an der Bar verabredet, aber du hast mich sitzen lassen, ich vermute, weil du bekommen hattest, was du wolltest, aber so lasse ich mich nicht behandeln.«

»*Du* hast mich abgeschleppt, schon vergessen?« Keinesfalls wollte sie wie eine sexgeile Schlampe dastehen. »Wahrscheinlich war ich nicht einmal deine erste Eroberung in dieser Nacht, vielleicht nicht einmal die letzte.«

Er kniff seine Augen zusammen und knurrte: »Pass auf, was du sagst, sonst könnte ich mich dazu hinreißen lassen, dir deinen süßen kleinen Po zu versohlen.«

Sie errötete, denn obwohl er verstimmt war, schwang deutlich auch ein erotischer Unterton in seiner Drohung mit. »Du kennst dich im *Wild Side* aus, du warst nicht das erste Mal dort. Wie viele Sklavinnen vor mir hast du schon im Separee unterworfen?«

»Weniger als du glaubst.«

Also ließ er sich tatsächlich durch die SM-Szene treiben. Es tat weh, seine lockere Einstellung bestätigt zu wissen. Im nächsten Moment schimpfte sie sich naiv. Natürlich war sie nicht seine erste Lustdienerin gewesen, nur weil er ihr erster Dom war. Warum nagte dieser Gedanke nur derart an ihr?

Seufzend fuhr er sich durch seine Haare. »Warum bist du abgehauen? Du hättest dich wenigstens verabschieden können.«

Das Wasser kochte, aber sie ignorierte es. Aus verletzter Eitelkeit, vielleicht auch ein wenig aus Eifersucht, fuhr sie ihn an: »Wir waren durch, oder etwa nicht?«

»So geht man nicht auseinander, nicht einmal nach einem One-Night-Stand!« Übelgelaunt schob er den Stuhl ein Stück nach vorne.

Endlich gab er es zu! Sie war nur ein netter Zeitvertreib für ihn gewesen. Anscheinend hatte er am Ende der Session so etwas wie Dank und Anerkennung erwartet, und da sie ihn ohne Kniefall und Lobgesang stehen gelassen hatte, war er eingeschnappt. Der Kocher stellte sich automatisch aus. Noch immer stiegen Dampfschwaden auf, jedoch beruhigte sich das Wasser langsam. Einige Sekunden lang war es still im Raum, sogar der Regen hatte aufgehört, gegen das Fenster zu trommeln. Umso schärfer klangen ihre Worte, als sie schließlich trotzig sagte: »Du warst nur ein Punkt auf meiner Liste mit erotischen Wünschen, und der war abgehakt.«

»Wie bitte?« Fassungslos verschränkte er seine Arme vor dem Brustkorb.

Aus dem Augenwinkel heraus schaute sie zu dem Altpapierstapel. Oben auf den Zeitungen und der Werbepost lagen noch immer die Papierfetzen ihrer Liste. »Wir wollten beide Sex. Den hatten wir. Es gab nichts mehr zu besprechen.«

»Ich war nur … du hast eine …?« Er folgte ihrem Blick. Bevor sie reagieren konnte, hatte er schon die vier Schnipsel gegriffen. Kopfschüttelnd legte er sie wie ein Puzzle auf den zerkratzten Buchentisch und las. »Du hast mich benutzt! Hast mir die unerfahrene, schüchterne Sub vorgespielt, dabei hast du es faustdick hinter den Ohren. Du weißt genau, was du willst, und wie du es erreichst.«

»Nein, das stimmt nicht.« Plötzlich fühlte sie sich schlecht. Ihr Trotz verpuffte. Warum hatte sie nicht den Mund gehalten? Er bekam ein völlig falsches Bild von ihr. »Wie du siehst, habe ich die Liste zerrissen. Ich bin nicht stark genug, um das durchzuziehen.« Weil Sex ohne Gefühle für sie nicht funktionierte, aber genau das glaubte er nun von ihr.

»Offensichtlich bringst du nichts zu Ende, weder das …«, er schnaubte verächtlich, »Abarbeiten der Punkte, noch die Session mit mir. Wärst du meine Sklavin …«, mit dem Zeigefinger tippte er gegen seine Lippen und tat, als würde er grübeln, »eigentlich bist du das sogar noch, denn wir haben das gemeinsame Liebesspiel nie offiziell beendet.«

»Wir waren fertig«, protestierte sie, doch bei der Vorstellung, immer noch an ihn gebunden zu sein, wurde ihr heiß.

»Eine Session endet nicht mit dem Orgasmus. Man redet darüber, tauscht sogar Zärtlichkeiten aus, um trotz Lustschmerz und erotischer Folter mit einem positiven Gefühl auseinanderzugehen. Das hast du verpatzt, Jewel«, seine Stimme wurde dunkel und rau, »daher gehörst du immer noch mir.«

Sie bekam eine wohlige Gänsehaut und fragte sich, warum seine Mitteilung ihr keine Angst einjagte. Vielleicht weil seine Miene keinen Ansatz von Grausamkeit zeigte, und seine Körpersprache keine Gewaltbereitschaft signalisierte. Gelassen stellte er den Stuhl beiseite, sodass sich nichts mehr zwischen ihnen befand. Er musterte sie frivol von der konservativen weißen Bluse über den knielangen grünkarierten Rock bis zu den Pumps; das alles trug sie nur, wenn Harrison Faulkner sie für den Verkauf einteilte. In der Werkstatt reichten Jeans und Pullover.

»Du wirst endlich lernen, Projekte durchzuziehen«, verkündete er unheilvoll und kam auf sie zu. »Ich werde dir helfen, deine verdammte Liste abzuarbeiten.«

Das würde er tun? Aber was kostete es sie? »Was hast du davon?«

»Das ist ganz einfach. Unsere Session wird so lange andauern, bis alle Punkte erfüllt sind.« Er drängte sie zurück, sodass sie bald mit dem Rücken an der Anrichte stand, und sah auf sie herab, ohne sie anzufassen oder sich an sie zu schmiegen. »Ich werde dir die Abgründe der Wollust zeigen und alle die obszönen und schamlosen Fantasien wahr werden lassen, von denen du träumst.«

»Wo ist der Haken?«, brachte sie mühsam heraus, denn seine Nähe raubte ihr den Atem. Es passte keine Fingerspitze mehr zwischen sie. Mit jeder Faser ihres Körpers spürte sie seine dominante Ausstrahlung. Er brauchte sie nicht zu berühren und übte dennoch Einfluss auf sie aus – durch Gesten, durch Blicke und durch seine warme, erotische Stimme. Allerdings war er dadurch nur noch gefährlicher. Selbstverständlich konnte sie ihn in die Hölle schicken. Nichts und niemand vermochte sie dazu zu zwingen, auf sein Angebot einzugehen. Aber es reizte sie ungemein!

Überlegen lächelte er, denn er ahnte wohl, dass er sie bereits am Haken hatte. »Du wirst dich nach meinen Regeln richten. Ich bin dein Lehrer, dein Mentor, dein Herr und Meister – dein Gott.«

Ihre Beine zitterten vor Aufregung, sie hielt sich unauffällig rechts und links an der Arbeitsfläche fest. »Sprichst du von einer 24/7 Beziehung?« Vierundzwanzig Stunden an sieben Tagen der Woche, das überschritt ihre Fantasien bei weitem. Sich einem Mann zu unterwerfen, kam für sie nur während erotischer Spiele in Frage. Im Alltag ließ sie sich garantiert nichts vorschreiben.

»Beziehung?«, echote er und hob eine Augenbraue. »Denkst du schon so weit?«

Verärgert stellte sie sich auf die Zehenspitzen, um sich größer zu machen und dichter an sein Gesicht heranzureichen.

»Es ging immer nur um Sex, sowohl bei dir als auch bei mir.«

»Bedeutet das, du lässt dich auf die Vereinbarung ein, Katie?«, säuselte er verführerisch wie Kaa die Schlange aus dem Dschungelbuch, eine Geschichte, die Kate als Kind geliebt hatte. »Wirst du dich meinen Vorgaben beugen, um am eigenen Leib zu erfahren, was eine Sub auf der dunklen Seite der Erotik erlebt? Oder hast du nicht den Mumm und möchtest dich doch lieber weiterhin deinen Tagträumen hingeben? Niemand zwingt dich dazu, deinen Gelüsten jetzt nachzugehen. Du bist noch jung, kannst noch fünf Jahre warten oder zehn. SM kennt keine Altersbegrenzung, und London ist voller dominanter und pseudodominanter Männer, die nur darauf warten, eine hübsche, willige Frau in die Finger zu kriegen.«

So einfach war das nicht, aber das wollte sie ihm nicht auf die Nase binden. Wenn er von ihrem Ultimatum bis zu ihrer Rückkehr nach Black Elder erfuhr, hätte er sie noch mehr in der Hand, als er es sowieso schon hatte, da er aufgrund der Sexliste jede einzelne ihrer Fantasien kannte. Außerdem – es war verrückt – aber sie vertraute ihm trotz allem.

Er sprach leise, beinahe hypnotisch: »Du wirst nicht wissen, wie ich deine Fantasien umsetze. Nur weil dort steht, dass du einmal erleben möchtest, wie es sich anfühlt, wenn deine Brüste abgebunden werden, heißt das nicht, dass ich sie danach ausschließlich liebkose. Vielleicht hänge ich Gewichte an die Nippel oder schlage deinen Busen. Könntest du deinen freien Willen aufgeben?«

Schwer atmend rieb sie über ihre Oberarme als wäre ihr kalt, dabei war ihr doch so heiß. Furcht breitete sich in ihr aus, aber gleichzeitig erregten Ronans Worte sie. Plötzlich hatte sie einen Geistesblitz. *Zimmerservice*, schoss es ihr durch den Kopf. Ein Hoffnungsschimmer. »Gilt das Safeword weiterhin?«

»Schlaue Katie.« Er lächelte anerkennend und nickte. »Selbstverständlich, alles andere wäre unverantwortlich.«

Natürlich wusste sie nicht, ob er sich daran halten würde. Wenn er sie fesselte, konnte er tun und lassen mit ihr, was er wollte, allerdings lag ja gerade darin der Reiz. Ungeachtet des Restrisikos, war sie nicht ganz so hilflos, wie er es darstellte. Mit einem Mal betrachtete sie Ronan mit anderen Augen: Möglicherweise war er ihre letzte Chance auf tabulose Abenteuer. Wie konnte sie ihn da wegschicken, zumal er eine faszinierende Wirkung auf sie ausübte wie kein Mann zuvor? Er brauchte sie mit seinen außergewöhnlichen Augen nur anzusehen, und ihre Haut prickelte, als würde er sie von Kopf bis Fuß streicheln.

»Einverstanden«, sagte sie mit erstaunlich fester Stimme. Adrenalin brandete durch ihre Adern.

»Gut, dann wirst du mich jetzt erst einmal dafür entschädigen, dass du mich im Club sitzengelassen hast.« Er nahm einen Kochlöffel, den sie zwar gespült, aber nicht weggeräumt hatte, von der Arbeitsfläche hinter ihr. »Ich kann es kaum erwarten, dich auf meinem Schoß zappeln zu haben. Deine Schreie werden die schönste Musik in meinen Ohren sein.«

»He«, rief sie, versuchte jedoch nicht, ihm den Holzlöffel zu entwenden. Sie nahm sich fest vor, in Zukunft mehr Ordnung zu halten, denn jedes herumliegende Teil konnte von Ronan zweckentfremdet werden. Vermutlich würde er sie von nun an öfter besuchen, ein Gedanke, der ihr trotz der drohenden Bestrafung durchaus gefiel. »Das ist nicht fair.«

Blitzschnell schob er ihren Rock hoch. Während er sich auf einen Stuhl setzte, zog er sie gleichzeitig geschickt mit sich, und schon lag sie auf seinen Knien. »Die Session war noch nicht vorbei, also habe ich das Recht dazu, das mit dir zu tun. Wenn du schön artig bist und deine Sühne bereitwillig hinnimmst, erfülle ich vielleicht sogar nebenbei einen der Punkte auf deiner verdammten Liste.«

»Auf keinen Fall werde ich schreien.« Kate richtete ihren Oberkörper auf, doch Ronan griff in ihren Nacken und drückte ihren Kopf sanft aber bestimmend hinunter.

»Du wirst sogar um Gnade betteln, wenn dein Hintern erst einmal glüht.«

»Den Gefallen tue ich dir bestimmt nicht. Und noch etwas.« Widerspenstig stemmte sie sich an den Stuhlbeinen ab, doch gegen seine Kraft kam sie nicht an. Aber das Gefühl der Machtlosigkeit löste keineswegs Panik in ihr aus, vielmehr ein erregendes Prickeln in ihrer Mitte. »Dich als Gott anzubeten, würde mir im Traum nicht einfallen!«

»Meinst du, du kannst dir in deiner Lage solche Frechheiten erlauben?« Er lachte und schob im selben Moment ihren Slip herunter.

Das Kribbeln in ihrer Spalte schwoll an, umso mehr, als er den langen schlanken Löffelgriff zwischen ihre Pobacken versenkte.

»Jetzt wirst du dafür bezahlen, dass du dich mir gegenüber respektlos verhalten hast.« Zärtlich streichelte er über ihre Gesäßhälften, doch auf Kate wirkten die Liebkosungen unheilvoll. »Ich will dich nicht zähmen. Auch 24/7 käme für mich niemals in Frage. Ich sagte dir doch, dass ich es bevorzuge, Göttinnen zu unterwerfen, selbstbewusste Frauen, die mir im Alltag auf Augenhöhe begegnen. Wenn sie widerspenstig sind, wie du es bist, lässt mich allein der Gedanke, sie bald vor mir knien zu sehen, hart werden.«

Er kniff in ihren Hintern. Je unruhiger Kate hin und her rutschte, desto fester hielt er sie im Nacken fest. Eigentlich hätte sie wütend auf ihn sein sollen, weil das Liebesspiel im Club sehr wohl zu Ende und ihr abschiedloses Auseinandergehen ein Missverständnis gewesen war. Doch sie empfand nicht einmal Verärgerung, denn in diesem Augenblick wollte sie nirgendwo anders sein als auf seinem Schoß, hilflos und mit nacktem Unterleib.

Damals hatte sie Henry dazu gebracht, ihr den Po zu versohlen, kein Highlight, an das sie sich gerne zurückerinnerte. Die Situation war eher peinlich gewesen. Es hätte sie warnen müssen, dass sie ihn dazu überhaupt erst auffordern musste. Schon sein vor Geilheit triefender Blick ließ sie zweifeln und dämmte ihre Lust, denn er kam ihr vor wie ein Teenager, den ein Mädchen das erste Mal ran ließ. Die Enttäuschungen gingen weiter. Er legte sie nicht übers Knie, sondern setzte sich neben sie aufs Bett und rollte sie auf den Bauch. Während seine Hand völlig unrhythmisch auf ihren Hintern klatschte, dachte sie die ganze Zeit nur darüber nach, ob sie ihm vorspielen sollte, dass es sie anmachte, oder ob es einen Weg gab, das Trauerspiel abzubrechen, ohne dass es peinlich für sie beide wurde. Als er sie irgendwann fragte: »Bist du endlich so weit? Kann ich dich jetzt ficken?«, war sie völlig genervt ins Badezimmer gegangen, um zu duschen, damit er ihre Tränen nicht bemerkte. Sie weinte nicht seinetwegen. Auf keinen Fall! Er war ein Griff ins Klo. Sondern weil wieder einmal ihre Hoffnung auf einen dominanten Liebhaber zerplatzt war.

Bei Ronan war alles anders. Deutlich spürte sie seine Überlegenheit. Er fragte nicht, sondern unterwarf sie einfach, er streichelte und zwackte sie, bis sich ihr Po anfühlte als würde eine Ameisenstraße darüberführen, und zwischendurch rieb er immer wieder kurz den Löffel durch ihre Spalte.

Als der erste Schlag mit der flachen Hand erfolgte, stöhnte sie auf, nicht etwa um ihrer Rolle gerecht zu werden. Gedanken, wie sie sie bei Henry gehegt hatte, kamen ihr erst gar nicht. Sie reagierte ganz natürlich auf ihn, ebenso ihr Körper. Erneut schlug er zu, auf dieselbe Stelle, jedoch fester als zuvor. Sogleich kraulte er die brennende Haut so lange, bis der leichte Schmerz abebbte, als könnte er ihn am eigenen Leib spüren. Der dritte Schlag erfolgte mit dem Holzlöffel. Kate schrie auf, erschrocken und weil es wehgetan hatte, und ärgerte sich, da Ronan triumphierend lachte. Murrend kniff sie ihre Lippen zusammen, schon setzte er nach.

Immer schneller hieb er zu, mal fester, mal sanfter, sodass Kate nie sicher sein konnte, wie schmerzhaft es sein würde. Binnen kurzer Zeit brannte ihre Kehrseite und ihre Spalte ebenso. Mit jedem Schlag erregte er sie mehr. Obwohl sie unruhig auf seinem Schoß zappelte, ihn zum Teufel wünschte, mit der rechten Hand versuchte, nach ihm zu schlagen und mit der linken auf seinen Unterschenkel boxte, begleitet von ihren eigenen Schmerzenslauten, spürte sie, wie unfassbar feucht sie war. Ihr Schoß pochte intensiv und stand in Flammen. So heiß, ihr war so schrecklich heiß!

Da Ronan ihre Schenkel etwas öffnete und sachte auf ihre geschwollenen Schamlippen schlug, stöhnte Kate lauter, als sie zuvor geschrien hatte. Sie dachte an Amos und hoffte, dass er gebannt einen seiner Horrorfilme verfolgte, und nichts hörte. Der Holzlöffel traf immer wieder auf ihre Möse und kitzelte eine Lust heraus, die Kate kaum für möglich gehalten hatte. Der Schmerz setzte Adrenalin frei, das wiederum für einen zusätzlichen Kick sorgte und ihre Erregung in die Höhe schraubte. Das Tuch, das ihre Haare zurückhielt, rutschte von ihrem Kopf und fiel zu Boden, es kümmerte sie nicht. Berauscht wehrte sie sich nicht mehr und ließ geschehen, was ohnehin geschehen würde, weil ihr Herr und Meister es so wollte. Welch bittersüße Qual, welch höllisch geile Tortur! Konnte man jemanden gleichzeitig verfluchen und anbeten?

War es möglich, nur durch Lustschmerz einen Orgasmus zu bekommen?

Als sie schon glaubte kurz davor zu sein, hörte Ronan auf. Er legte den Löffel auf den Tisch und streichelte ihre brennenden Gesäßhälften. Er küsste sie sogar, und seine Küsse waren ebenso gefühlvoll wie die Berührungen seiner Hände. Seine Lippen streiften ihre Pobacken, seine Zunge glitt über die sicherlich feuerroten Halbmonde und tauchte dazwischen. Kate hielt den Atem an, so überrascht war sie, als er ihre Backen auseinanderzog und seine Zungenspitze um ihre enge Öffnung kreisen ließ. Ihr Muskel prickelte angenehm, verursacht durch die sanfte Berührung, aber auch durch den Tabubruch. Schließlich drang Ronan auf obszöne Weise sogar in sie ein. Tief bohrte er seine Zunge in ihre Hinterpforte und bewegte sie darin hin und her. Er entfernte sich aus ihr und drang erneut ein. Einige Male nahm er sie auf diese obszöne Art und Weise und entlockte ihr laszive Seufzer, die Kate, soweit sie sich erinnerte, noch nie von sich gegeben hatte. Es war ein sanftes Spiel, ein leises dazu, doch ebenso außergewöhnlich wie die Schläge zuvor.

Abrupt hörte er auf und schob sie von seinem Schoß, sodass sie sich von einer Sekunde zur anderen vor ihm kniend wiederfand. Wie ein Schoßhündchen blickte sie zu ihm auf.

»Nachdem ich dich so verwöhnt habe, bist du dran«, er tippte ihr auf die Nasenspitze. »Denn Schläge sind wie Streicheleinheiten für Sklavinnen.«

Sie setzte sich auf ihre Waden, doch ihr Po tat so weh, dass sie ihren Oberkörper wieder erhob. Durch den kurz aufwallenden Schmerz kribbelte ihre Scham auch wieder stärker. »Ich mag beides«, sagte sie impulsiv, wurde sich erst danach bewusst, welches Bekenntnis sie ihm geliefert hatte, und errötete.

»Deine Vorlieben zählen nicht, denn du hast mir zu dienen und ausschließlich meine Wünsche zu erfüllen!« Er stand auf und knöpfte seinen Schritt auf. Erigiert sprang sein Glied heraus. Bevor sie ihrer Verärgerung Luft machen konnte, schob er es zwischen ihre Lippen. Dann sagte er etwas, das seine Aussage Lügen strafte: »Und jetzt halte still, damit ich deinen Mund benutzen kann«, denn dieser Punkt stand weit oben auf ihrer Sexliste.

Folgsam presste sie ihre Lippen auf seinen Schaft, während er immer tiefer eindrang, doch ihr Lächeln erstarb, als der Würgereiz einsetzte. Augenblicklich zog er sich zurück, bis nur noch die Penisspitze in ihr war. Er legte eine Hand unter ihr Kinn, hob es an und ließ sie dort, die andere vergrub er in ihren Haaren, um ihren Kopf zu fixieren. Behutsam fuhr er ein zweites Mal in sie hinein, entfernte sich, bohrte sich beim nächsten Mal bis in ihren Rachen und glitt wieder hinaus, da ihre Augen feucht wurden.

Ernst sah er sie an, doch seine Stimme vibrierte lüstern. »Du wirst lernen, mich tiefer aufzunehmen.«

Zaghaft nickte sie, und als er sie erneut eroberte, gelang es ihr bereits, den Reiz etwas länger zu unterdrücken. Er wiederholte das Training, bis ihre Lippen geschwollen waren. Dann drang er nicht mehr so weit ein, erhöhte aber das Tempo. In einem schnellen Stakkato nahm er sie oral. Sie hatte nicht erwartet, dass es so anstrengend sein würde, ihren Mund einfach nur geschlossen zu halten. Aber ihr Kiefer verkrampfte sich, ihre Mundhöhle fühlte sich trocken an, und sie verspürte das Bedürfnis, den Eindringling, so köstlich er auch schmeckte, herauszudrücken. Sein Schwanz wurde immer härter, es fiel ihr zunehmend schwerer, ihre Lippen auf ihn zu drücken und ihn nicht ihre Zähne spüren zu lassen, nicht etwa, weil das unweigerlich eine weitere Strafe nach sich gezogen hätte, sondern weil sie ihm nicht wehtun wollte. Aber sein Stöhnen klang wundervoll in ihren Ohren. Wie er auf sie herabschaute! Nicht geringschätzig, sondern stolz. Allein der Gedanke, dass sie ihn derart erregte, machte sie glücklich, aber das Schöne war, dass diese Erniedrigung, die sie gerade erfahren durfte, auch ihre Lust neu anfachte. Sie hatte nie auf einen Ritter in schimmernder Rüstung gewartet, sondern immer von einem Mann geträumt, der sie seinem Willen unterwarf – so wie Ronan.

»Nun lutschst du ja doch«, murrte er und entzog ihr seinen Schaft. »Deine Erziehung wird schwierig werden. Und langwierig. Und hart für dich.«

Kate wurde mulmig, da er ihr auf die Füße half, sie bis vor den Tisch führte und mit dem Oberköper darauf niederdrückte. Mit einem Fuß schob er ihre Beine auseinander. Was hatte er vor? Würde er ihr den Fehler sofort heimzahlen? Besorgt schweifte ihr Blick zum Kochlöffel, im selben Moment drang Ronan mit einem heftigen Stoß bis zu seiner Peniswurzel in ihre feuchte Mitte ein. Seufzend bäumte sich Kate auf, aber er brauchte sie nur am Rücken zu berühren, und sie legte sich wieder hin. Als er sie vögelte, war das so kraftvoll, dass sie sich an der Platte festhalten musste, doch das nutzte wenig, denn der ganze Tisch rutschte einen halben Schritt weit über den Boden, bis er an die Wand stieß. Noch kein Mann zuvor hatte sie so hart genommen, kompromisslos und besitzergreifend, ganz anders als beim ersten Mal im *Wilde Side,* aber ebenso ekstatisch. Sie konnte nicht anders als laut zu stöhnen. Am Anfang bemühte sie sich wirklich leise zu sein, doch sie verlor den Kampf, gab schließlich auf und ließ sich gehen.

Hatte sie ein Kratzen an der Wohnungstür gehört? Oder spielte ihre Angst, sie könnten gestört oder gar ertappt werden, ihr einen Streich? Sie lauschte, zumindest bemühte sie sich, doch die animalischen Laute von Ronan und das feuchte Klatschen von Haut auf Haut machten es unmöglich.

Plötzlich klingelte es. Zögerlich glitt er langsamer in sie hinein und wieder heraus, aber nur wenige Stöße lang, denn als es ein zweites Mal schellte, stieß er umso gewaltiger zu und betrachtete Kates Versuche, ihn zu schlagen, wohl als Anfeuerung. Zu allem Übel hörte sie Nigels Stimme im Treppenhaus und spürte, wie der Höhepunkt nahezu greifbar war. Nicht jetzt, bitte, nicht jetzt, dachte sie verzweifelt, aber je mehr sie sich gegen den Orgasmus wehrte, desto schneller kam er auf sie zugerast und erfasste sie schließlich wie ein Hochgeschwindigkeitszug in voller Fahrt. Sie wimmerte, Ronan stöhnte laut, das ganze Haus musste die Laute hören, gewiss jedoch Nigel auf dem Flur.

Zuckend fand sie sich kurz darauf in Ronans Armen wieder, er hatte ihren Oberkörper aufgerichtet und schmiegte sich an ihren Rücken. Sein warmer Atem strich über ihren Nacken.

Zuerst glaubte sie, es wäre nur eine zufällige Berührung gewesen, wie seine Lippen ihre Ohrmuschel gestreift hatten, doch dann küsste er ihre Halsbeuge, ihren Nacken und ihre Schulter. Sie hatte sich immer schon gefragt, wie sich Herr und Sklavin nach einer Session verhielten, denn SM-Geschichten hörten immer unmittelbar nach der Klimax auf. Deshalb war sie im Club vor Ronan davongelaufen. Weil sie glaubte, er hätte bekommen, was er wollte. Weil es nichts mehr zu sagen gab. Aber er begehrte weitaus mehr als nur einen One-Night-Stand, so schien es jedenfalls, und benutzte nun auch keine Worte, um das Liebesspiel im Einklang zu beenden, sondern streichelte sie beruhigend und zupfte mit seinem Mund zärtlich an den Härchen in ihrem Nacken.

»Wollen wir herausfinden, wer uns belauscht hat?«, flüsterte er in ihr Ohr.

Über ihre Schulter hinweg sah sie ihn an, doch da drängte er sie schon unnachgiebig zum Ausgang. Wollte er ihren Nachbarn zeigen, dass sie ihm gehörte? Oder machte ihn diese Form der Demütigung an? Er ignorierte ihr Zetern und ihre Gegenwehr. Seine eben noch liebevolle Umarmung wirkte nun wie ein Schraubstock, aus dem es kein Entkommen gab. Verzweifelt riss sie ihren Rocksaum nach unten, doch Ronan hielt ihn an ihrer Hüfte zusammengerafft fest. Feuchtigkeit rann an ihren Oberschenkeln hinab, einem Teil von ihr – Jewel – gefiel diese Unverschämtheit auch noch.

Obwohl Kate gegen ihn ankämpfte, schaffte er es, die Tür einen Spaltbreit zu öffnen. Einen Arm um ihre Taille geschlungen, einen um ihren Hals, hielt er sie fest. Fassungslos spähte sie hinaus, aber glücklicherweise war niemand zu sehen oder zu hören. Sie entspannte sich und blieb selbst noch locker, als Ronan die Tür ganz aufschwang. Immerhin befanden sie sich im obersten Stockwerk und konnten sich schnell tiefer in das Apartment zurückziehen, sollte jemand die Treppen emporsteigen.

Doch dann bemerkte Kate die Teepackung auf der Fußmatte, genau dort, wo vor drei Wochen ein Strauß Lilien gelegen hatte. Ihr Blick glitt zur gegenüberliegenden Tür. Im vierten Obergeschoss, zudem einen Schritt hinter dem Eingang stehend, konnte niemand sie in diesem schamlosen Aufzug sehen – bis auf Amos. Beobachtete er sie gerade durch den Spion? Musterte er ihren vom Sex geröteten Schoß?

Wütend biss sie in Ronans Arm, sodass er aufjaulte.

7

Während die Anwohner des Stadtbezirks Islington beim Starbucks gegenüber sogar trotz Nieselregen bis auf den Bürgersteig Schlange standen, um einen überteuerten Kaffee zu kaufen, waren Kate und Milow die einzigen Besucher im *The Royal Teapot*. Die Besitzerin Dottie weigerte sich, trotz der mauen Umsatzzahlen, etwas anderes als Tee auszuschenken. Jedes Mal, wenn sie das betonte, bemerkte Kate ihren neidischen Blick auf die andere Straßenseite. Immerhin bot sie etwas Neumodisches, so nannte sie es, wie Chai Latte an, aber den bekam man drüben auch.

Nachdem Kate den Duft von schwarzem Tee, Milch und indischen Gewürzen tief eingeatmet hatte, betrachtete sie das Café. In all den Jahren hatte sich die verstaubte Einrichtung nicht geändert. Ihr machte das nichts aus, viele der Gastronomiebetriebe in Black Elder hatten denselben nostalgischen Charme. Aber die hippen Londoner standen auf Princess Catherine und die Prinzen William und Harry und nicht auf die Queen, deren Konterfei hier die Wände zierte. Die Sitzgelegenheiten bestanden aus einem Sammelsurium von Sofas und Sesseln, die ihre besten Tage lange hinter sich hatten. Dicke Teppiche und Läufer dämpften die Geräusche, sodass es auf Kate den Anschein machte, als würde die ältere Dame einige Millimeter über dem Boden schweben. Demonstrativ stellte sich Dottie hinter den Tresen und schaute zum Eingang, das Serviertablett noch in der Hand, allzeit bereit, neue Gäste zu empfangen.

»Hörst du mir überhaupt zu?« Milow seufzte theatralisch. »Wir können gern gleich über deine neue Bekanntschaft reden, aber jetzt muss ich dir erst alles von Blaine erzählen, sonst platze ich.«

Kate fühlte sich ertappt und nippte an ihrem Getränk. Der Arbeitstag war anstrengend gewesen, nicht wegen der arbeitsintensiven Mokume Gane Eheringe, die sie angefertigt hatte, sondern wegen Henrys bohrender Fragen, wer denn der Kerl vor ihrem Haus gewesen sei, was sie mit dem Typ zu schaffen hatte und ob sie mit ihm fremdginge. Letzteres meinte er im Scherz, doch seine Worte klangen bissig. Er durchschaute, dass sie den Fremden sehr wohl kannte. »Wie kommst du darauf, dass ich jemanden kennengelernt habe?«

»Du hast schon lange nicht mehr so zufrieden ausgesehen.« Immer wieder drehte er sein Glas auf der Stelle.

Er kannte sie einfach zu gut. Glücklich lächelte sie. Die gemeinsamen Stunden mit Ronan waren grandios gewesen, aber nicht nur das, er berührte etwas in ihr, das ihr weitaus gefährlicher erschien, als erotische Hemmungslosigkeiten mit ihm zu teilen. Schließlich war er ein Unbekannter, sie wusste rein gar nichts über ihn. Außerdem sollte sie sich nicht zu fest an ihn binden, denn in weniger als einem Monat würde sie London verlassen. Zu spät, dachte sie, und ihr Lächeln erstarb. Vom ersten Augenblick an war mehr zwischen ihnen gewesen als nur Sex, und dieses wundervolle Gefühl, das ahnte sie, verankerte sich mit jedem Mal, wenn sie ihn wiedertraf, noch fester. Aber wo sollte das hinführen?

»Ist Blaine dir im *Wilde Side* nicht aufgefallen? Du *musst* ihn gesehen haben, er sieht so gut aus!« Aufgeregt gestikulierte Milow, während er ihn beschrieb: »Wunderschöne braune, schulterlange Haare, Augen, die sexy leuchten, eine tolle

Haut, braun und samtig weich, und volle Lippen, wie man sie selten bei Männern findet. Klingelt es bei dir?«

Kates Erinnerungen an Blaine waren eher weniger gut, von seinem penetranten Männerparfüm bis hin zu seiner unverschämten Anmache, aber sie beschloss, ihrem besten Freund nichts davon zu berichten, weil er im Siebten Himmel schwebte. Verliebt bis über beide Ohren! Auf keinen Fall würde sie ihm beichten, beobachtet zu haben, wie sich die beiden Männer auf der Party vergnügt hatten, das war ihr zu unangenehm. Bei dem Gedanken an die geschälte Ingwerwurzel wurde ihr heiß, und sie öffnete die obersten Knöpfe ihrer Bluse. Es mischte sich jedoch auch Neugier darunter. Was mochte Ronan noch alles mit ihr vorhaben?

Milow seufzte, als könnte er nicht verstehen, dass ihr dieser Augenschmaus entgangen war. »Zwischen uns hat es sofort gefunkt. Ich kann es noch gar nicht glauben. Eigentlich bin ich nur deinetwegen mit zu der SM-Party gekommen. Und dann so was! Kannst du dir vorstellen, dass er in einem Schlachtbetrieb arbeitet?«

»Tatsächlich?« Nein, dieser rostbraune Body in Ledershorts passte nicht zwischen herabbaumelnde Schweine- und Kuhhälften. Doch dann stellte sie ihn sich mit blutverschmiertem nackten Oberkörper und Hackebeil in der Hand vor wie Patrick Bateman in dem Film *American Psycho*. Vielleicht war diese Kombination doch möglich.

»Er wollte wissen, ob es mir unangenehm sei, dass er keinen Bürojob hat«, erzählte Milow weiter. »Ist das nicht süß? Ich sagte ihm, dass ich doch auch nur nachts durch die Clubs tingele und Adam-Lambert-Songs nachsinge, worauf er meinte, dann würden wir uns ja bestens ergänzen – er könnte kräftig zupacken, und ich sei sicherlich gut mit dem Mund.«

Beinahe verschluckte sie sich an ihrem Chai Latte.

Er schob seine schwarze Lederjacke von den Schultern und ließ sie über die Rückenlehne seines Sessels fallen, mit dem Futter nach außen. »Tut mir leid, dass ich mich erst heute bei dir gemeldet habe. Letzten Sonntag habe ich fast komplett verschlafen.« Entschuldigend zuckte er mit den Achseln, »und gestern traf ich mich mit Blaine. Okay, um acht erst, aber ich musste mich auf das Date vorbereiten, du weißt schon, von oben bis unten rasieren, Haaransatz nachfärben, Augenbrauen zupfen ...«

»Was Mädels eben so machen«, neckte sie ihn. Schon jetzt konnte sie den Namen *Blaine* nicht mehr hören.

»Ich wollte halt vorbereitet sein.« Er zwinkerte und grinste. »Blaine hat mich ins Macey's ausgeführt, jawohl, in ein Restaurant, nicht in irgendeine Bar oder einen Pub. Er zündete sogar die Kerze auf dem Tisch an.« Verstohlen schaute er sich nach Dottie um, doch sie spülte gerade die unbenutzten Teekannen, die aufgrund fehlender Kundschaft auf einem Regal über dem Tresen verstaubten. Er neigte sich vor und flüsterte: »Den ganzen Abend hat er nur einmal die Hand auf meinen Oberschenkel gelegt. Ist das nicht anständig?«

Bevor sie etwas erwidern konnte, fügte er hinzu: »In der Gay-Szene ist es oft so, dass man zuerst fickt und dann überlegt, ob man sich wiedertreffen möchte oder gar mehr füreinander empfindet. Aber Blaine hat sich zurückgehalten, es war wie ein Date, richtiggehend romantisch.«

Stumm nickte sie und nippte an ihrem Getränk. Sie vermied es, ihn darauf hinzuweisen, dass die beiden Männer sehr wohl zuerst intim geworden waren, denn damit hätte sie sich verraten. Manchmal rückte Milow die Wahrheit etwas zurecht und trug allzu gern eine rosarote Brille. Außerdem hatte sie nicht über ihn zu urteilen! Fast schämte sie sich dafür, bei ihrem zweiten Treffen wieder mit Ronan geschlafen zu haben, ohne dass sie sich erst einmal näher kennengelernt hatten. Von Romantik keine Spur, nur Sex.

Milow kippte die Hälfte seines Chai Latte herunter, als wäre der Tee ein starker Drink, den er dringend brauchte. »Er hat mich heute zu sich nach Hause eingeladen«, sagte er, warf einen Blick auf seine Armbanduhr und wischte sich den Milchbart ab. »Um neun Uhr. Ich bin so nervös wie vor einem Auftritt in der Wembley-Arena – nicht, dass ich jemals dorthin eingeladen worden wäre oder das je passieren wird.«

»Bestimmt machst du ihn genauso verrückt wie er dich«, rang sich Kate ab, denn sie konnte nicht einschätzen, wie ernst es Blaine meinte, immerhin hatte er sie im Club ebenfalls angebaggert. Möglicherweise war er nicht auf ein Geschlecht fixiert und hatte mit ihr nur in dieser Samstagnacht Spaß haben wollen. Mit Milow schien ihn mehr zu verbinden. Ein Pluspunkt für ihn, ein Minuspunkt für Ronan. Es verstimmte sie, dass ihr Freund bereits wusste, wo sein Schwarm wohnte, während Ronan ihr lediglich seine Handynummer gegeben hatte. War das nicht ein deutliches Zeichen dafür, dass er beabsichtigte, ihre Liaison unverfänglich zu halten?

»Zum Abschied haben wir wild geknutscht. Er machte den ersten Schritt!« Seine Wangen röteten sich leicht, aber nicht vor Scham, sondern weil er, so schien es für Kate, an diesen schönen Moment zurückdachte, denn für eine Weile war sein Blick verträumt. »Er ist der beste Küsser der Welt! Und ein Kuss bedeutet doch etwas, nicht wahr? Die meisten Schwulen belassen es für gewöhnlich beim Blowjob oder dem Rein-Raus-Spiel. Aber er hat seine Val-Kilmer-Lippen auf meine gepresst und so zärtlich mit mir gezüngelt, dass mein Schwanz steif wurde. Kannst du dir das vorstellen? Normalerweise bin ich nicht so leicht erregbar, aber er hat es echt drauf. Wow!«

Erst durch Milows Schwärmerei wurde Kate bewusst, dass sie Ronan noch nicht auf den Mund geküsst hatte, nur auf die Fingerspitzen und seinen Schritt, als er noch seine Lederhose trug, und er hatte mit seinem Mund lediglich ihren Hintern und ihren Ringmuskel berührt. Das klang im ersten Augenblick intim, das war es auch, aber es hatte nur etwas mit Gefühl im Sinne von Lust zu tun, nicht mit Zuneigung. Sex war alles, was sie verband. Wieso störte sie diese Erkenntnis? Alles hatte schließlich mit ihrer vermaledeiten Strichliste begonnen. Sie hatte nicht nach einem Freund gesucht, sondern nach tabulosen Abenteuern, und die hatte sie bei Ronan gefunden. Warum wollte sie auf einmal mehr?

Typisch weibliches Verhalten, dachte sie. Kaum lernte sie jemanden kennen, klammerte sie. Nein, so wollte sie nicht sein. Mühsam unterdrückte sie ein gequältes Stöhnen und schaute auf die Wanduhr über dem Tresen. Es war erst zwanzig vor acht und schon fast dunkel. In etwas mehr als vier Stunden war der Dienstag vorbei, und sie hatte Ronan nicht gesehen. Ein verlorener Tag. Sie verging fast vor Sehnsucht, aber sie würden sich erst am Wochenende wiedertreffen. Wie sollte sie das nur aushalten?

Was machte er bis dahin, was arbeitete er, wo wohnte er und vor allen Dinge, war er liiert? Sie hatte nicht fragen wollen, um nicht wie eine Klette auf ihn zu wirken und ihn dadurch abzuschrecken. Ein wenig mochte sie sein mysteriöses Auftreten sogar, denn von selbst gab er nichts von sich preis. Hatte das einen Grund? Oder interpretierte sie zu viel hinein, wie Frauen es gerne taten?

»Ich gehe bei Dottie bezahlen, du bist eingeladen.« Schwungvoll erhob sich Milow. »Du hörst mir ja doch nicht zu, *monkeybutt*. Muss ein toller Hecht sein, den du dir geangelt hast, wenn du an nichts anderes mehr denken kannst als an ihn.« Er knuffte sanft ihre Schulter, holte seine Geldbörse aus der Gesäßtasche und schlenderte zu Dottie. Die Besitzerin der Teestube eilte zu der altmodischen Kasse neben dem Eingang, deren Geldschublade noch mit einer Handkurbel geöffnet wurde, als wäre sie im Stress.

Kate stand auf, zog ihr Regencape über und nahm Milows Lederjacke. Dann folgte sie ihm zur Theke. Sie blieb hinter ihm stehen und schaute gedankenversunken aus der gläsernen Tür. Womöglich tat sie Blaine unrecht. Er machte alles richtig, zumindest bei Milow. Nur weil er sich ihr gegenüber wie ein Arsch verhalten hatte, bedeutete das nicht, dass er schlecht für ihren Freund oder per se ein Schuft war. Im Club waren sich ihre Blicke nach der Gay-Session einige Sekunden lang begegnet, und sie hatte befürchtet, er könnte Milow nur vorführen, um ihr eins auszuwischen. *Sieh her, was du verpasst hast!* Vielleicht sogar, um ihn öffentlich zu demütigen, um Kate ihre Abfuhr heimzuzahlen. Nun glaubte sie nicht mehr daran, dass diese Vermutungen zutrafen. Während des öffentlichen Liebesspiels war er nicht zu weit gegangen, er hatte Milow Lust verschafft und war selbst dabei leer ausgegangen. Außerdem, warum hätte er sich weiterhin mit ihm treffen sollen?

Bald würde sie Milow erklären müssen, dass Blaine kein Unbekannter für sie war. Aber nicht an diesem Abend, entschied sie, als sie ihm seine Jacke reichte und ihm für den Chai Latte dankte. Sie wollte sein junges Glück nicht trüben.

Ihre Wege trennten sich. Es hatte aufgehört zu regnen. Die nasse Fahrbahn glänzte und spiegelte die Schaufensterbeleuchtung der Geschäfte. Die Luft roch feucht. Bibbernd rieb sich Kate über ihre Oberarme, eilte die Islington High Street entlang und bog in die Birch Road ab. Als sie ihr Haus fast erreicht hatte, sah sie Nigel auf dem Bürgersteig stehen. Er bemerkte sie, hob rasch, so schien es, eine Hand zum Abschiedsgruß und schlurfte in seinen ausgelatschten Slippern wieder ins Haus. Ein Wagen scherte aus der Reihe parkender Autos. Als das Fahrzeug an ihr vorbeifuhr, versuchte sie den Fahrer zu erkennen, aber es war zu dunkel, und er drehte sein Gesicht weg. Absicht oder Zufall? Kate versuchte noch das Kennzeichen zu erspähen, aber er bog bereits um die Ecke und verschwand im nächsten Moment. Sie konnte nur mit Sicherheit sagen, dass es sich um einen Vauxhall Insignia handelte, einen blütenweißen – wie ihn Henry Faulkner fuhr.

Sie lief die letzten Meter, schloss die Tür auf und klopfte gleichzeitig wie von Sinnen dagegen, um den Hausmeister davon abzuhalten, in sein Kellerbüro zu verschwinden. Warum war er überhaupt noch hier? Normalerweise machte er um fünf Uhr Feierabend.

»He, Sie schulden mir eine Erklärung«, rief sie, noch während sie eintrat und sich in der Türöffnung aufbaute, was bei ihrer geringen Größe nicht sehr imposant war, aber das kümmerte sie nicht. Wenn du sauer bist, siehst du wie ein aggressiver Pinscher aus, hatte Milow mal zu ihr gemeint. Jetzt verließ sie sich darauf, dass er sie nicht nur aufgezogen hatte.

Nigel drehte sich auf dem unteren Treppenabsatz zu ihr um und hob überrascht seine Augenbrauen. Trotz kühler Temperaturen trug er nur ein verwaschenes T-Shirt, das früher einmal jeansblau gewesen sein musste und sich über seinen Wanst spannte. Der Saum stand ab, sodass ein Stück seines Bauchs zu sehen war. »Ich bin gar nicht mehr da.«

»Komisch, ich sehe Sie aber noch.« Hatte sie eben noch gefröstelt, so schwitzte sie nun nach ihrem Sprint. Sie öffnete ihr Cape, aber das brachte nur wenig Erleichterung. »Was wollte mein Chef hier?«

Er raschelte mit dem Bund Schlüsseln in seiner Hand und tat dann so, als würde er einen bestimmten suchen. »Wovon reden Sie?«

»Sie haben einige Sekunden zu lang gezögert und sich damit verraten«, zischte sie. Irgendetwas stimmte hier nicht. Auf sie hatte es gewirkt, als wäre Henry schnell abgefahren, damit sie sich nicht trafen. Hätte er etwas von ihr gewollt, hätte er sie angerufen. »Was hatte er hier verloren?«

»Ich weiß nicht, was Sie meinen.«

»Was wollte er hier? Was haben Sie mit ihm zu schaffen?« Da er nicht antwortete, kramte sie in ihrer Tasche nach ihrem Handy und hielt es provokant hoch. »Vielleicht sprechen Sie lieber mit der Hausverwaltung als mit mir.«

»Immer mit der Ruhe.« Träge kam er die Treppe hoch und machte eine beschwichtigende Geste. »Mr Faulkner wollte nur wissen, wer der Kerl war, der gestern Abend nach der Arbeit hier auf Sie gewartet hat. Mehr nicht. Alles easy.«

»Woher kennen Sie seinen Namen?« Sie trat in den Vorraum, ließ die Haustür los und erschrak, als sie hinter ihr ins Schloss fiel.

»Erinnern Sie sich an die Lilien, die vor einigen Wochen auf ihrer Matte lagen?« Selbstgefällig lächelte er. »Ich hatte ihn reingelassen, für ein paar Pfund, versteht sich, damit er seinen kleinen Liebesbeweis hinterlassen konnte.«

Die Blumen stammten von Henry? Sie versuchte, sich ihr Staunen nicht anmerken zu lassen, denn sie war nicht nur davon ausgegangen, dass sie von Amos kamen, sondern hatte sich selbstverständlich bei ihm bedankt. Statt das Missverständnis aufzuklären, hatte er nur gegrinst, wie er es meistens tat. Auch Henry hatte nicht nachgefragt, ob sie den Strauß gefunden hatte. War ihm seine Aktion im Nachhinein peinlich? Zu dumm, nun musste sie ihm morgen erklären, warum sie seine Überraschung nie erwähnt hatte. Sicherlich würde er die Situation ausnutzen und als Wiedergutmachung fordern, dass sie mit ihm ausging. Aber das konnte er sich abschminken! Auf jeden Fall spionierte er ihr nach, dabei ging ihn ihr Privatleben nichts an.

»Sie sollten Mr Faulkner nehmen, er hat Geld und Manieren. Dieser neue Typ …« Nigel zog ungeniert seine Nase hoch. »Er hat den bösen Blick.«

»Wie bitte?« Kate griff ihren Rucksack fester.

Sein Lachen klang im Treppenhaus unerträglich laut. Noch unangenehmer war es, als er aufhörte und es abrupt still wurde. »Er starrt einen so lange an, bis man wegguckt. Normalweise schafft mich niemand. Ich spiele das mit allen. Auch Sie schauen als Erste weg. Aber der da gestern hat nicht einmal mit der Wimper gezuckt. Das ist mir nicht geheuer.«

Kate bekam eine Gänsehaut. Sie fühlte sich krank, fror inzwischen wieder und wünschte sich nichts lieber als eine heiße Dusche. Diese Temperaturschwankungen setzten ihr zu.

Plötzlich schallte lautstark die Stimme eines grantigen, alten Mannes aus der Wohnung im Erdgeschoss, der sich in miesepetriger Art über alles und jeden beschwerte. Mrs Screwdriver schaute wohl ihre Lieblings-Sitcom *One Foot in the Grave* und hatte mal wieder vergessen, ihr Hörgerät einzuschalten, vermutete Kate. Nigel nahm die Ablenkung zum Anlass, in sein Büro zu verschwinden.

Verstimmt stieg sie in die vierte Etage hoch. Sie hängte ihr Regencape an die Garderobe, ließ ihre Tasche auf den Boden fallen und schleuderte ihre Schuhe den Gang hinunter. Was sollte sie nur mit Henry machen? Sie fand, er ging zu weit. Es hatte ihn nicht zu interessieren, mit wem sie sich traf. Auf der anderen Seite hatte er nichts wirklich Schlimmes angestellt, sondern lediglich Nigel ausgequetscht, der ohnehin nichts über Ronan wusste. Es war eine nette Geste gewesen, ihr Blumen vor die Tür zu legen, und aus Verlegenheit, so nahm sie an, nicht nachzufragen, ob sie sie gefunden hatte, war schon irgendwie süß. Dennoch fühlte sie sich verfolgt.

Aber lohnt es sich, in den letzten Wochen vor ihrem Umzug noch Stress zu machen, fragte sie sich, als sie ins Wohnzimmer schlenderte. Eher nicht, dachte sie, setzte sich auf das Sofa und legte ihre Füße auf den Couchtisch. Die Zusammenarbeit mit ihm wurde ohnehin immer schwieriger, deshalb, und weil ihr Arbeitszeugnis noch ausstand, wollte sie nicht noch einen Eklat riskieren.

Ihr Blick fiel auf den Laptop am Tischrand. Es stand zwar noch genauso, wie sie ihn stehen gelassen hatte, aber der Deckel war nicht ganz geschlossen. Das passierte ihr nie, weil das alte Notebook so seine Macken hatte!

Alarmiert öffnete sie es, und tatsächlich erschien die Systembenachrichtigung, dass der Computer unsachgemäß heruntergefahren worden war. Er machte immer Probleme, wenn er zugeklappt wurde, bevor er ausgeschaltet war. Jemand musste sich daran zu schaffen gemacht haben! Oder trug sie selbst die Schuld, war sie in Eile und daher unachtsam gewesen?

Während er hochfuhr, dachte sie an den Brief von Clodagh, der nicht wieder aufgetaucht war. Mochte sie heute Morgen auch von ihrer Routine abgewichen sein, den Brief hatte sie definitiv in der Hand gehalten. »Möchten Sie die Sitzung wieder herstellen?«, stand auf dem Bildschirm. Stirnrunzelnd klickte Kate auf *Ja!*, worauf sich ihr Browser öffnete und eine Website anzeigte, die sie noch nie besucht hatte.

Jemand musste in ihrer Wohnung gewesen sein und ihren Computer benutzt – gar durchsucht? – haben.

Fassungslos starrte sie auf das Display. Sie lehnte sich zurück und fühlte sich wie gelähmt. Dann sah sie sich um, ob die Sofakissen noch auf ihrem Platz lagen oder sonst irgendetwas verrückt war, fand aber kein Anzeichen.

Bildete sie sich das alles nur ein? Spann ihr Laptop nun endgültig? Möglicherweise hatte sie sich auch einen Trojaner eingefangen, und ein Hacker hatte ihre Dateien auf Passwörter oder Kontodaten geprüft.

»Das ist doch viel zu abwegig.« Mit einer Geste wischte sie den Gedanken fort.

Ihr fiel eine Möglichkeit ein, die viel näher lag. Henry. Nach der Arbeit war sie von der Angel Tube Station nicht erst nach Hause, sondern sofort zum *The Royal Teapot* gegangen. Vielleicht war er ihr gefolgt, hatte beobachtet, dass sie sich mit Milow traf und hatte sich spontan entschlossen, Nigel aufzusuchen. Er hätte genug Zeit gehabt, ihren Rechner nach E-Mails von Konkurrenten und ihren Browserverlauf zu durchsuchen. In ihre Wohnung zu gelangen, stellte das geringste Problem dar, der Hausmeister war schnell zu bestechen, wie sich bei den Lilien gezeigt hatte. Aber hat Henry auch die nötige kriminelle Energie, fragte sich Kate und setzte sich im Schneidersitz hin. Er mochte sich in etwas verrannt haben, was sie beide betraf, den Kunden von *Faulkner & Son* gegenüber jedoch verhielt er sich stets aufrichtig.

»Dieser neue Typ hat den bösen Blick. Er hat nicht einmal mit der Wimper gezuckt. Das ist mir nicht geheuer«, erinnerte sie sich an Nigels Worte. Normalerweise gab sie nicht viel auf das, was er von sich gab, aber nun wurde ihr flau im Magen.

Henry kannte sie seit Jahren, Ronan erst seit Samstagnacht. Seit er in ihr Leben getreten war, passierten seltsame Dinge – erst der verschwundene Brief, nun der Einbruch. Sie legte den Hinterkopf auf die Rücklehne und dachte an den gestrigen Abend zurück. Nach dem Sex hatte sie ihn kurz alleine gelassen. Sie war ins Bad gegangen, während er Tee zubereitete, um diesmal nicht wortlos auseinanderzugehen, sondern noch ein wenig zusammenzusitzen.

Das Wasser hatte so lange gebrodelt, bis der Temperaturschalter den Kocher automatisch abstellte, fiel ihr nun wieder ein. Sie erinnerte sich daran, das brodelnde Geräusch im Bad gehört und gehofft zu haben, dass Ronan das Küchengerät bis zum Rand der Anrichte vorzog, damit der Dampf die Verkleidung des Regals darüber nicht noch mehr auflöste.

Es hatte lange gesprudelt, weil der Sieder recht verkalkt war. Doch Ronan schien das nicht bemerkt zu haben. Als wäre er gar nicht in der Nähe gewesen. Sondern anderweitig beschäftigt.

8

Unter Ächzen trug Ronan die Leiche weg. Er hatte nicht erwartet, dass sie so schwer sein würde. Als er in den Keller zurückkehrte, betrachtete er den Steinaltar in der Mitte des Raums und überlegte, ob er das Blut wegschrubben sollte, ließ es dann jedoch bleiben, da ihm die Zeit davonlief. Es würde Kate abschrecken, keine Frage, aber es war getrocknet, und er würde ihre Aufmerksamkeit ohnehin rasch auf andere Dinge lenken.

In weniger als einer Stunde würde seine Jewel auf dem Stein liegen. Vor seinem inneren Auge sah er sie nackt vor sich, wie sie an ihren Fesseln zerrte, wimmerte und ihn mit ihren Kulleraugen flehend anschaute.

Fest kniff er durch seine Jeans hindurch in seine Hoden, um sich nicht augenblicklich in seine Hose zu ergießen. Obwohl es interessant gewesen wäre herauszufinden, ob er allein durch die Fantasie, Kate einer lustvollen Folter zu unterziehen, einen Höhepunkt haben konnte.

Er packte seine Tasche auf den Altar und öffnete den Reißverschluss. Sorgfältig legte er die Instrumente auf die Streckbank, die daneben stand, und grübelte darüber nach, welche Hilfsmittel zum Einsatz kommen sollten. Schon der Anblick würde Kate Angst bereiten. Sein Unterleib prickelte, wenn er sich ihr entsetztes Gesicht vorstellte. Er neckte eben gerne. Und er fügte ihr gerne Schmerzen zu. Einzeln nahm er die Utensilien in die Hand, wog und betrachtete sie. Welches Werkzeug würde sie nicht ertragen? Was wäre zu sanft?

Sein Schwanz zuckte. Er nahm sich vor, sich Erleichterung zu verschaffen, sobald er mit den Vorbereitungen fertig war, sonst fiel er womöglich über Kate her wie ein pubertärer Teenager, sobald sie sich gegenüberstanden, und das würde der halbe Spaß sein, denn er hatte vor, sich viel Zeit mit ihr zu lassen. Wenn er sie sah, würde sein Schaft sowieso sofort wieder steif werden.

Er konnte es kaum erwarten, Kate in die Finger zu bekommen, hier, wo sie niemand hörte, außer ihm, wo er mit ihr tun und lassen konnte, was er wollte, und wo sie ihm vollkommen ausgeliefert war, so wie sie es sich wünschte. Geradezu liebevoll strich er über seine Foltergeräte.

Um sich von seiner Ungeduld abzulenken, brachte er den Wärter um die Ecke und widmete sich der Gefangenen in der Zelle.

9

Kate hatte den Treffpunkt für einen makabren Scherz gehalten, sie hatte erwartet, dass Ronan mit seinem Wagen an dem ehemaligen Fabrikgebäude in der Tooley Street, vor dem sie aufgeregt auf ihn wartete, vorbeikam und sie zu einem Szene-Club oder einem SM-Event fuhr. Immerhin war es Freitagnacht, und die Hauptstadt pulsierte. Doch zu ihrer Überraschung öffnete er Punkt Mitternacht die Tür des London Dungeon und bat sie, in das Gruselkabinett einzutreten.

»Arbeitest du hier?« Neugierig musterte sie seinen schwarzen Umhang. Die Kapuze verdeckte einen Großteil seines Gesichts, was ihr nicht recht war, konnte sie doch gerade mal seinen Mund sehen. Immerhin war er leicht nach oben gewölbt. Sein Lächeln beruhigte sie etwas, trotzdem schlug ihr Herz kräftig in ihrem Brustkorb.

»Nein«, antwortete er knapp und ging voran. »Folge mir, Jewel.«

Er nannte sie bei ihrem Sklavennamen, also spielten sie bereits. Das machte sie noch nervöser. Gerne hätte sie sich erst akklimatisiert. Das Museum war schon durch seine Darstellungen über reale und fiktionale Mörder wie *Jack the Ripper* und *Sweeney Todd*, Pest, Brände und einige Gräueltaten aus der Geschichte Großbritanniens schaurig genug, aber die leeren Räume machten die Atmosphäre gespenstisch. Außer ihnen schien keine Menschenseele hier zu sein. Zum einen wunderte das Kate nicht, schloss doch das Dungeon um diese

Jahreszeit schon um halb sechs abends. Zum anderen musste jemand Ronan hineingelassen haben, und dieser Jemand beobachtete sie doch sicherlich, damit sie nichts zerstörten. Sie spähte in die dunklen Ecken, entdeckte aber niemanden. »Wie bist du dann an den Schlüssel gekommen?«

Er schritt auf das *Labyrinth der verlorenen Seelen* zu, und Kate fürchtete schon, er könnte sie in die Dunkelheit und zu den Spiegelwänden, die schaurige Gestalten reflektierten, bringen, die kannte sie von einem Besuch vor zwei Jahren, aber er ließ den Eingang links liegen. »Sagen wir einfach, ich habe ihn mir geborgt.«

Bewies das seine kriminelle Energie? Oder war die Wahrheit viel harmloser? Die ganze Woche über hatte sie gegrübelt, ob sie ihn auf den verschwundenen Brief und den ausspionierten Laptop ansprechen sollte, und sie hatte sich immer noch nicht entschieden. Auf der einen Seite hatte sie keinerlei Hinweise darauf, dass er mit diesen seltsamen Vorfällen in Verbindung stand. Sie wusste nur, dass sie ihn mochte und nicht zerstören wollte, was sich zwischen ihnen anbahnte. Auf der anderen Seite zerrte es an ihren Nerven, dass irgendjemand ihr nachspionierte. Erste Zweifel kamen auf. Sollte sie Ronan noch tiefer in ihr Leben – ihre Gefühlswelt – eindringen lassen? Aber diese Location machte ihr nun eine Aussprache ohnehin unmöglich, denn dies waren nicht der richtige Ort und die richtige Zeit, um darüber zu sprechen. »Von einem Freund, der hier jobbt?«

Kurz blieb er vor der Kulisse des altertümlichen Operationssaals stehen und betrachtete scheinbar interessiert die Patientin, die diesen Eingriff garantiert nicht überleben würde, wäre sie denn echt. Kate riss ihre Augen auf. Er hatte doch nicht etwa vor, sich in diesem Setting zu amüsieren? Erregten ihn all das Blut und die Innereien? Erleichtert atmete sie aus, als er weiterging. Bevor er sich umwandte, hatte sie noch sein breites Grinsen erhascht. Sie kam zu dem Schluss, dass er sie nur auf eine falsche Fährte hatte locken wollen. Aber wohin wollte er dann? Mit jeder Szenerie, die sie passierten, stieg ihre Unruhe.

»Ich muss dir gar nichts erklären, seit du dem Sklavenvertrag zugestimmt hast.«

»Welchem Sklavenvertrag?«, echote Kate entrüstet. Einige Sekunden lang war nichts zu hören, außer ihrer Schritte. Normalerweise schwirrten Schauspieler in Horror-Kostümen um die Besucher wie Motten um das Licht, doch auch von ihnen keine Spur.

»Ich helfe dir, deine Liste mit erotischen Wünschen wahr werden zu lassen, aber wie das ablaufen wird, bestimme ich, darüber waren wir uns einig.« Über seine Schulter hinweg sah er sie kurz an. »Im juristischen Sinne reicht eine mündliche Zusage, sie ist bindend.«

Kate bekam eine Gänsehaut, nicht etwa wegen der Figuren des skurrilen Museums, denn diese waren zu dilettantisch gefertigt, um echt zu wirken, sondern wegen der gruseligen Atmosphäre. Durch das gedämpfte Licht gab es zu viele Schatten, in denen sich jemand oder etwas verstecken konnte, die Stille war unheimlich, und die Frage, was Ronan hier wollte, beschäftigte sie so sehr, dass sie beinahe mit ihm zusammengestoßen wäre, als er plötzlich stehen blieb.

Der Schauplatz vor ihnen sah genauso grausig aus wie alle anderen, aber irgendetwas war anders. In dem von drei Backsteinmauern eingegrenzten Raum hatte man die Nachbildung einer mittelalterlichen Folterkammer aufgebaut. Ein ovaler Findling mit vier daran verankerten Lederfesseln lag im Zentrum. Links davon befanden sich eine Streckbank und dahinter eine Gefängniszelle, deren Tür offen stand. Ketten hingen von den Wänden. Ob die Spinnweben in den Ecken auf mangelnde Hygiene zurückzuführen oder Dekoration waren, vermochte Kate nicht zu sagen.

Doch ihr fiel auf, was sie an dieser Kammer des Schreckens störte, etwas, das augenblicklich dazu führte, dass sie sich innerlich anspannte, das jedoch auch ein intensives Prickeln zwischen ihren Schenkeln erwachen ließ – es fehlten die Figuren. Sie hatte schon lange davon geträumt, in einem Mittelalterkeller lustvoll versklavt zu werden, allerdings dachte sie dabei an einen Themenraum in einem SM-Club. Dieses Szenario vor ihr war keine sterile Kopie, es war lebensechter! Ihre Haut kribbelte ekstatisch.

»Was schaust du so entsetzt?«, fragte er amüsiert. »Macht dich das bisschen Grusel schon bange?«

Kate hörte die Herausforderung deutlich heraus, daher straffte sie sich, was bei ihrer geringen Größe allerdings kaum auffiel. »Natürlich nicht. Das ist alles nur Plastik und Farbe.«

»Dann wirst du dich gleich freiwillig auf den Steinaltar legen, wo normalerweise die künstliche Leiche liegt?«

»Da ist Blut drauf!«, sagte sie empört, obwohl sie natürlich wusste, dass es unecht war.

»Filmblut. Ich wollte es nicht abkratzen, denn wenn wir fertig sind, muss ich alles wieder so herstellen, wie es war, und ich habe keine Ahnung, wo die Betreiber die rote Farbe aufbewahren.« Er lüftete seine Kapuze, darunter trug er sein Haar zusammengebunden, aber eine Strähne hatte sich gelöst und verlieh ihm etwas Verwegenes. »Du sollst dich ja nur dazwischen und nicht einmal darauf legen. Den Einsatz kann ich von dir verlangen. He, ich habe sogar die Figuren weggeräumt, damit wir Platz zum Spielen haben, und sie sind nicht aus leichtem Plastik, wie ich dachte, nicht einmal die Gefangene in der Zelle, die man von der Absperrung aus kaum sieht.«

Als hätte er diesen Auftritt geübt, schob er in einer geschmeidigen Geste das Cape von seinen Schultern. Darunter trug er nur einen römisch anmutenden Lendenschurz, den sein Schaft bereits anhob, und kniehohe, gebundene Lederschuhe.

Welch ein Augenschmaus! Genüsslich betrachtete sie seinen athletischen Körper. Seine Beine waren kräftig gebaut, aber nicht zu muskulös. Um zu verbergen, wie sehr er sie beeindruckte, sowohl mit seinem attraktiven Aussehen und seinem originellen Outfit, wie mit der Wahl ihres Spielzimmers, frotzelte sie: »Armer Gladiator.«

»Ich bin ein Carnifex!«, knurrte er, stellte sich breitbeinig hin und stemmte die Hände in die Seiten. »Ein Scharfrichter, verdammt.«

»Ach, das sollst du darstellen.« Sie gluckste, aber in Wahrheit war sie beeindruckt, weil er sich solche Mühe mit den Vorbereitungen für ihr drittes Treffen gegeben hatte. Ihre erste geplante Session. Und schon der zweite Punkt auf ihrer Liste, den er ihr bewusst erfüllte, wenn auch ein wenig anders als sie im Sinn gehabt hatte – eine verschärfte Version ihres Wunsches.

Welch eine außergewöhnliche Location, dachte sie atemlos, welch ein außergewöhnlicher Mann!

»Na, warte«, grollte er. Er zog eine blutrote Henkersmaske aus einer Sporttasche, die er hinter der Streckbank verborgen hatte, und streifte sie über. Sie reichte ihm bis auf seine durchtrainierte Brust und ließ nur Augen und Mund frei. Er legte den Kopf etwas schräg. »Du zitterst ja. Hast du Angst vor mir?«

Sie presste ihre Lippen aufeinander und schüttelte ihren Kopf. Er wirkte so viel gefährlicher mit der Kapuze. Als er ihr Kinn anhob, kämpfte sie dagegen an, nicht vor Lust zu erbeben.

»Du flunkerst deinen Herrn an, ein Kapitalverbrechen für

eine Sub«, sagte er ruhig. Sein Blick brannte sich in den ihren. »Ich werde deine Lügen im Keim ersticken und dir deine Widerspenstigkeit austreiben.«

Er fuhr mit seinem Daumen über ihre Unterlippe. Instinktiv öffnete sie ihren Mund, und sein Finger glitt hinein. Während sie daran saugte, schaute er ihr tief in die Augen. Ihr ganzer Körper reagierte so stark auf Ronan wie auf keinen Liebhaber zuvor. Das Prickeln, das ihre Wirbelsäule hoch und runter floss, bewies ihr, dass Dominanz und Unterwerfung und auch ein kleines bisschen Lustschmerz die Form von Liebesspiel war, die sie regelrecht gefangen nahm und er der Richtige, um sie anzuleiten – phantasievoll, kreativ und gleichsam zärtlich und fordernd.

Langsam nahm er den Daumen aus ihrem Mund und zog den Reißverschluss ihrer Regenjacke auf. Als sie ihm zur Hand gehen wollte, wehrte er ab: »Ich entkleide dich wie eine Puppe. Das ist meine Bühne, ich werde dich ausziehen, dich drapieren und zum Teil dieses Szenarios machen.«

Noch war sie Kate MacLynn, doch er schälte Jewel aus ihr heraus. Ihre Jacke fiel zu Boden. Beim Aufknöpfen ihres navyblauen Minikleides ließ er sich alle Zeit der Welt. Erst zum Schluss öffnete er die weiße Siebzigerjahre-Schnalle ihres breiten Gürtels. Der Stoff glitt über ihre Schultern, sodass sie entblößt vor ihm stand. Augenblicklich erigierten ihre Brustspitzen, nicht etwa weil es kühl gewesen wäre – denn das Gegenteil war der Fall, im London Dungeon herrschte eine stickige Schwüle –, sondern weil Ronan ihre Rundungen musterte.

»Wie schön, du hast meinen Befehl, keine Unterwäsche zu tragen, befolgt.« Sinnlich streichelte er ihre Brüste, ihren Bauch und ihren Venushügel. »Im Sommer wirst du auch tagsüber nackt unter deinen Kleidern sein, damit du ständig an mich denkst.«

Kate errötete, nicht nur, weil seine schamlosen Worte sie anmachten, sondern auch weil sie in einem dreiviertel Jahr längst wieder in Black Elder leben würde. Anscheinend ging er, was sie beide betraf, nicht von einem kurzfristigen Vergnügen aus. Diese Erkenntnis wärmte ihr Herz, aber es lag ein Schatten über ihrer Freude.

Seine Ankündigungen wischten die finsteren Gedanken fort: »Deine verborgene Nacktheit wird dich an meine Berührungen und meine Schläge erinnern und daran, dass ich jederzeit und überall vor dir stehen und dich auf die Knie zwingen könnte.«

Bei der Vorstellung überlief sie eine wohlige Gänsehaut. Egal, ob er etwas mit dem verschwundenen Brief und dem ausspionierten Laptop zu tun hatte und was die Zukunft für sie bereithielt, in dieser Nacht wollte sie sich vollkommen auf ihn einlassen!

Bereitwillig ließ sie sich auf ihren High Heels zur Gefängniszelle führen. Als sie an der Streckbank vorbeikamen, bemerkte Kate erst, dass etwas darauflag. Der Schein der schwarzen Kerze, die recht mittig stand, fiel auf eine Reihe von Requisiten, die bei einer SM-Session üblich waren. Schlaginstrumente, Nippelklemmen, ein Knebel, ein Riesendildo, ein Analplug aus Latex und vieles mehr warteten nur darauf, an ihr benutzt zu werden. Würde sie alle zu spüren bekommen? Oder plante Ronan einige wenige auszuwählen und sie kosten zu lassen?

Er zerrte sie weiter, sie hatte gar nicht gemerkt, dass sie langsamer gegangen war. Außerdem tat ihre Unterlippe weh, weil sie darauf gebissen hatte. Besänftigend leckte sie mit der Zungenspitze über die Stelle. Ihre Aufregung wuchs mit jeder Sekunde. Ebenso ihre Lust. Ihre Mitte war bereits feucht. Der sanfte Luftzug, der beim Gehen entstand, streichelte sie dort unten, und es tat so gut. Wann würde Ronan ihren Schoß berühren? Ließ er sie erst stundenlang leiden oder hatte er vor, sie nur mit seinen Instrumenten intim anzufassen? Sie verzehrte sich nach seinen langgliedrigen Fingern, seiner starken Hand, die so unendlich liebevoll sein konnte. Aber sie sehnte sich auch danach, seine Härte zu spüren. Männer, die kuscheln wollten, hatte sie zur Genüge gehabt. Diesmal wollte sie alles, das volle Programm, die ganze Bandbreite von Zärtlichkeit bis lustvoller Qual!

Als er ihr befahl, sich auf Brusthöhe von außen am Zellengitter festzuhalten, einen Schritt zurückzutreten und sich vorzuneigen, hoffte sie inständig, dass sie nicht zu gierig gewesen war und ihr Mut sie nicht verlassen würde. Sie krallte sich so fest, dass ihre Handgelenke weiß hervortraten, schaute über ihre Schulter zurück, um zu sehen, welches Werkzeug Ronan von der Streckbank nahm, aber er brauchte länger, und sie bemühte sich, sexy auszusehen. Sie streckte ihren Hintern heraus, spreizte die Beine und wölbte ihren Rücken, um ihren Busen gut zur Geltung zu bringen. In diesem Moment kam sie sich vor wie eins der Models in diesen Hochglanz-SM-Aufnahmen, die sie sich gerne in Fotobüchern oder im Internet anschaute, mochte sie auch nicht so lange Beine, nicht so wohlgeformte Brüste und nicht so langes seidiges Haar haben. Aber darum hatte Kate die Frauen auch nie beneidet, sondern um ihre Freizügigkeit und ihre Courage. Plötzlich wurde ihr bewusst, dass sie nicht länger neidisch zu sein brauchte, denn sie erlebte nun in der Realität das, wofür die Modelle nur auf gestellten Fotos posierten.

Sie stellte Skulptur und Leinwand in einem dar, während Ronan die Position des Künstlers einnahm. Er setzte sie in Szene und zeichnete ihren Körper, nicht etwa mit Farbe, sondern mit Striemen, Wachs und Feuchtigkeit.

Als er zu ihr zurückkehrte, trug er nicht nur ein Gerät, sondern gleich drei. Kate riss die Augen auf, brachte jedoch keinen Ton heraus. Er legte zwei der Schlaginstrumente auf den Stein und schwang das dritte in der Hand, als wollte er es testen, aber Kate ahnte, dass er damit nur ihre Furcht schüren wollte. Und dieser Teufelskerl war erfolgreich darin! Unruhig verlagerte sie ihr Gewicht von einem Fuß auf den anderen. Die zirka sechzig Zentimeter langen Lederriemen – es mussten zwischen zwanzig und dreißig Stück sein – verpassten ihren Po jedes Mal nur knapp. Ihre Gesäßhälften kribbelten. Ihre Spalte pulsierte. Und sie haderte, ob sie Ronan verfluchen oder ihm huldigen sollte. Auf der einen Seite schürte er ihre Angst gehörig, auf der anderen erfüllte er nur ihre Wünsche, denn auf ihrer Strichliste stand schwarz auf weiß, dass sie Spanking erleben wollte. Einmal trafen die Spitzen sie an der Seite, und sie schrie auf, was ihr im nächsten Augenblick peinlich war, denn es hatte gar nicht wehgetan. Wütend blinzelte sie Ronan an, denn mit Sicherheit war es kein Zufall gewesen und erst recht keine Ungeschicklichkeit, sondern pure Absicht.

Mit einer Sanftheit, die im Kontrast zu dem Gerät in seiner Hand stand, streichelte er ihren Rücken. »Ich wärme dich mit dem Flogger auf. Der Schmerz wird sich Stück für Stück steigern und nicht allzu stark sein. Es ist eher so, dass sich die Haut allmählich heiß anfühlt. Entspann dich, Jewel.«

Schon schwang er das Instrument und ließ es auf ihren Hintern klatschen. Ohne Pausen bearbeitete er sie damit. Hieb auf Hieb trafen sie, bald bezog er auch ihren Rücken und ihre Oberschenkel mit ein. Tatsächlich waren die Schläge gut zu ertragen, sodass Kate bald locker ließ. Ihr Po wurde warm und mit ihm ihr Schoß. Viele Minuten vergingen, vielleicht sogar eine Viertelstunde, Kate vermochte es nicht zu sagen, sie verlor jegliches Zeitgefühl, da sich alles in ihr auf die Hiebe konzentrierte. Dadurch konnte sie sich jedoch auch an den sich langsam aufbauenden Lustschmerz gewöhnen, sowie an die psychische Ausnahmesituation, geschlagen zu werden. Ihre Kehrseite glühte immer stärker, und dieses Feuer sprang auf ihre empfindsamste Stelle über und erregte sie. Bevor dieses wundervolle Brennen zur Qual wurde, hörte Ronan auf.

Tief atmete Kate durch. Sie spürte etwas an ihrem Bein und schaute hinab. Ronan strich mit einem ledernen Griff, jedoch nicht dem des Floggers, an ihrem Oberschenkel hinab, genau parallel zu den Tropfen ihrer Feuchtigkeit, die aus ihr herausflossen.

»Du bist so leicht zu erregen.« Ein amüsiertes Lächeln lag in seiner Stimme. »Jetzt allerdings wirst du ein wenig mehr ertragen müssen. Die Peitsche, die ich für dich ausgesucht habe, ist etwas härter als der Flogger, aber dennoch eine für Anfänger. Du musst die Zähne zusammenbeißen. Aber das wirst du gerne für mich tun, nicht wahr?«

Nicht nur für dich, sondern auch für meine eigene Lust, dachte sie aufmüpfig, behielt es aber für sich, denn er wusste ohnehin, dass sie sich nicht mit ihm traf, um allein ihn zu befriedigen, sie wollte vor allen Dingen ihre Neugier und sich selbst zufriedenstellen. Sie hatte von Meistern gehört, die von ihrer Sub verlangten, sich vollkommen aufzugeben und wie eine lebendige Lovedoll zu ihrem Vergnügen zur Verfügung zu stehen. Manche sollten sogar vor ausnahmslos jedem Mann buckeln, eine völlig abwegige Vorstellung für Kate. Das widerstrebte ihr aufs Äußerste und entsprach nicht ihrer Auffassung von SM – und glücklicherweise auch nicht der von Ronan, er war ein guter, besonnener Dominus. »Ja, Herr.«

Er trat zurück. Einige Atemzüge lang geschah nichts, das machte sie wahnsinnig. Es fiel ihr schwer, sich nicht umzuschauen und zu prüfen, was er tat. Brav wartete sie auf den ersten Schlag. Ihr Brustkorb wogte auf und ab. Ihre Handflächen wurden feucht und drohten abzurutschen, sie musste die Gitterstäbe fester umfassen.

Als die Riemen der Peitsche ihren Hintern das erste Mal streiften, keuchte Kate auf. Es fühlte sich an wie Holzwolle, die über ihre Haut gerieben wurde, ein kleiner, harmloser Vorgeschmack darauf, was sie in wenigen Sekunden erwartete – und beunruhigend. Beim zweiten Schlag biss sie die Zähne zusammen, denn der Lustschmerz war stärker als zuvor. Hatte beim Flogger noch ihre ganze Kehrseite köstlich geglommen, so brannte nun zwar nur die Stelle, die das Leder berührt hatte, aber dieses Brennen war durchdringend und anhaltend. Ronan zog die Quirt ein weiteres Mal über ihr Gesäß und entlockte Kate einen Laut, der zwischen unterdrücktem Schrei und Stöhnen lag. Sie vermutete, dass bereits Striemen zu sehen waren, denn sie spürte ein kribbeliges Nachglühen auf ihren Pobacken, eine Art Knistern, wie Brause, die sich im Mund auflöst, nur stärker, als würde sie mit einem Zahnstocher gepiekst, es tat weh, ging aber nicht unter die Haut. Das änderte sich beim vierten Hieb. Kate schrie auf. Sie verkrampfte sich, ließ jedoch rasch wieder locker, da es sie erstaunte, wie heftig ihre Scham pochte, fast so, als wäre sie direkt gepeitscht worden. Ihr Hintern schmerzte, als hätte Ronan Brennpaste darauf geschmiert und angezündet.

Kate tanzte auf der Stelle und stöhnte gequält. In ihrem Kopf tobte ein Wirbelsturm, laut und faszinierend. Er forderte ihre ganze Konzentration, ihre ganze Kraft ein. Die Innenseiten ihrer Oberschenkel glänzten von ihrer Feuchtigkeit. Mit jedem Schlag floss mehr aus ihr heraus. Ihre Spalte stand ebenso in Feuer wie ihr Po. In einem Moment fürchtete sie, es nicht mehr ertragen zu können, als müsste sie sich umdrehen und ihre Rückseite zum Schutz gegen die Zellenwand drücken, und dann wieder ersehnte sie den nächsten schmerzhaften Kuss der Peitsche. Niemals jedoch wäre es ihr eingefallen, das Safeword auszusprechen. Sie dachte zwar daran, das ja, rief es sich auch in Erinnerung und klammerte sich an den Gedanken, dass nicht nur Ronan, sondern auch sie der Qual jederzeit ein Ende setzen konnte. Aber sie zog nicht die Reißleine, sondern verließ sich auf ihren Herrn.

Erst als er ihren Po liebkoste, wurde ihr bewusst, dass er aufgehört hatte, sie zu züchtigen. Selbst das Streicheln tat weh, obwohl er nur sanft über ihre Haut strich. Er küsste ihren Nacken, flüsterte immer wieder »Scht«, sodass sie sich fragte, wie laut sie eigentlich gejammert hatte. Noch immer rang sie nach Atem. Sie genoss Ronans Nähe. Seine Berührungen besänftigten sie. Der Sturm in ihrem Inneren flachte langsam ab, nicht aber der Brand, den er in ihrer Mitte entfacht hatte. Er hätte nur den Griff der Peitsche auf ihren Kitzler zu drücken brauchen, und sie wäre augenblicklich gekommen.

Doch er berührte nicht einmal ihren Schoß, sondern sagte leise, wobei das erotische Timbre in seiner Stimme so gar nicht zu seinen Worten passte: »Zum Abschluss wirst du die Tawse zu spüren bekommen. Nur einen Schlag auf jede Pobacke, aber den werde ich voll durchziehen. Es wird sehr schmerzhaft werden, bereite dich darauf vor.«

Fassungslos schüttelte sie ihren Kopf. Sie sah ihn flehend an. Nicht noch mehr. Flogger und Peitsche waren eine Erfahrung gewesen, die sie nicht missen wollte, peinigend und geil. Aber was jetzt auf sie zukam, klang grausam.

»Zum einen will ich, dass du mir zeigst, wie sehr du von mir dominiert werden möchtest. Beweise mir, dass du es wirklich willst und dass du mir vertraust, denn ich werde dich bis an die Grenze des Erträglichen führen, aber nicht darüber hinaus«, flüsterte er gleichsam streng und verführerisch. »Zum anderen muss ich dir vor Augen führen, was dir bei einer ernsthaften Strafe blüht. Das bisschen Poversohlen letzten Montag war Spielerei. Es diente nur dazu, uns beide in Stimmung zu bringen. Die Tawse jedoch wird dich Gehorsam lehren.«

Kates Mund war trocken. Es gab so viel, was sie Ronan sagen wollte, aber ihr Hals war wie zugeschnürt. Sie konnte weder darum betteln, sie zu verschonen, noch an seine Vernunft appellieren, dass er sie doch erst bestrafen durfte, wenn sie etwas verbrochen hatte. Aber noch hatte sie sich keines Vergehens schuldig gemacht. Dann jedoch fiel ihr ein, dass es nicht einmal einen Fehltritt brauchte, denn als ihr Meister besaß er das Recht, sie zu züchtigen, wann es ihm passte. Die emanzipierte Frau in ihr war zornig darüber und begehrte sich aufzulehnen, doch Ronan vergnügte sich nicht mit ihr, sondern mit ihrem Alter Ego Jewel, und die Sklavin in ihr machte es an, ihm ausgeliefert zu sein. Es gehörte mit zum Spiel, es war das, was sie immer ersehnt hatte, also musste sie auch die Konsequenzen tragen und es durchziehen. Nicht wegen Ronan, sondern um ihrer selbst willen.

Ängstlich beobachtete sie aus dem Augenwinkel heraus, wie er die Quirt weglegte und dafür eine Klatsche nahm. Sie erinnerte an einen breiten braunen Gürtel, der allerdings in der Mitte gespalten war.

Kates Beine zitterten. Ronan schien eine Ewigkeit zu brauchen, um den Riemen zu packen und ihre Gesäßhälften anzuvisieren. Sie keuchte, obwohl gar nichts geschah. Unruhig richtete sie ihren Oberkörper etwas weiter auf und griff in eine höhere Sprosse des Gitters, nur um dann doch wieder die alte Position einzunehmen. Ihr wurde übel vor Aufregung, und dennoch pulsierte das Blut durch ihre Mitte. Kurz knabberte sie an der Innenseite ihrer Wange, ließ es aber lieber wieder, um sich nicht vor Schreck selbst zu beißen. Das Warten machte sie verrückt! In der einen Sekunde war ihr heiß, in der anderen eiskalt.

Als sie sich gerade wünschte, es möge endlich geschehen, traf die Tawse auf ihre linke Pobacke. Zuerst erfüllte ein sattes, dumpfes Klatschen die Stille, dann gellte ihr Schrei durch das leere Gebäude. Hätte sich jemand im Dungeon befunden, vielleicht derjenige, der Ronan die Tür aufgeschlossen hatte, wäre er ihr spätestens jetzt zur Hilfe geeilt, aber es kam niemand. Sie biss fest die Zähne zusammen, bis ihr Kiefer wehtat, aber er schmerzte nicht annähernd so stark wie ihre Kehrseite. Sie winkelte ihr Bein an, presste ihre Oberschenkel aneinander und stand eine Weile wie ein Flamingo da, versunken in ihre Qual.

Währenddessen streichelte Ronan die pochende Pobacke. Kate hatte sogar das Gefühl, einen Kuss zu spüren, war sich aber nicht sicher. Mit der Fingerspitze umkreiste er ihre Hinterpforte und lenkte sie vom Schmerz ab, indem er sie an dieser tabubehafteten Stelle berührte. Es kitzelte angenehm. Langsam entspannte sie sich wieder. Ihre enge Öffnung nahm seinen Finger problemlos auf. So penetrierte er sie eine Weile, bis sie wohlig seufzte. Ihn in sich zu spüren, tat so gut. Es war seltsam, dass genau zwischen ihren brennenden Gesäßhälften es nun wundervoll prickelte.

Sein Finger glitt aus ihr heraus. Er trat zurück. Kate hatte so sehr gehofft, er könnte den zweiten Hieb vergessen oder sich entschieden haben, Gnade walten zu lassen, und würde stattdessen mit einem kräftigen Stoß in sie eindringen, ob nun in die Feuchte oder in die Enge, das war ihr egal. Hauptsache er ließ die Tawse fallen. Stattdessen schwang er den Riemen einige Male durch die Luft, Kate hörte das Surren des Leders und erschauderte. Sie stellte sich breitbeinig hin, änderte ihre Meinung und schloss voller Furcht ihre Beine, wodurch sie wieder ihre Lust intensiv wahrnahm. Dann öffnete sie die Beine erneut.

Bevor sie weiter herumzappeln konnte, knallte das Leder auf ihr rechtes Hinterteil. Der Schmerz schraubte sich zu einem Crescendo hoch. Sie kreischte gellend, danach kam nur noch ein heiseres Röcheln aus ihrer Kehle. Kurz schloss sie ihre Augenlider, und dennoch flackerte etwas in der Dunkelheit auf, Irrlichtern gleich. Ihr Kitzler pulsierte im selben Takt wie ihr Herz. Das Blut rauschte durch ihre Kehrseite und ihre Spalte. Erschöpft ließ Kate ihren Kopf hängen, betrachtete ihre nassen Oberschenkel und hatte nicht einmal mehr die Kraft, verlegen zu sein. Ihre Augen wurden feucht, aber sie weinte keine einzige Träne und war unglaublich stolz auf sich. Sie hatte es überstanden! Während der Schmerz noch nachhaltig hämmerte, kam sie sich unendlich stark vor, als könnte sie nun alles überstehen, da sie die Schläge mit der Tawse ausgehalten hatte. Auch Flogger und Quirt hatten sie weder mürbe gemacht, noch in die Knie gezwungen.

Obwohl die Pein entsetzlich gewesen war, glaubte sie nicht, dass Ronan entgegen seiner Ankündigung voll durchgezogen hatte. Aber sie war klug genug, das nicht anzusprechen, zumal seine Botschaft bei ihr angekommen war. Es gab Schmerzen, die das Adrenalin übersprudeln ließen und köstlich waren, und welche, die Höllenqualen hervorriefen. Beides konnte er für sich nutzen.

Wenn ich ihn lasse, fügte sie in Gedanken rebellisch hinzu.

»Das hast du gut gemacht, du bist tapfer.« Sein Lob klang aufrichtig. »Jetzt weißt du, was dich erwartet, solltest du mich herausfordern oder dich gegen mich auflehnen. Fügst du dich mir hingegen folgsam, werde ich dich mit Lust belohnen und zwar mit einer, die dir nicht jeder schenken kann, die hemmungslos und obszön ist, wie das hier.«

Etwas drang von hinten in sie ein. Schmatzend nahm ihre feuchte Mitte es auf. Es fühlte sich kühl an wie ein Spekulum. Doch wie sie zwischen ihre geöffneten Schenkel blickte, als Ronan den unbekannten Gegenstand gerade aus ihr herauszog, erkannte sie eine Spreizbirne. Ungläubig beobachtete sie, wie das mittelalterliche Folterinstrument wieder in sie hineinglitt. Es bestand aus vier metallenen Schalen, die zusammen wie eine Birne aussahen. Ronan hielt sie an der Schraube, die aus dem verjüngten Ende herausragte, fest. Indem man diese drehte, öffnete sich die Hülle wie eine Blüte mit vier Blättern und spreizte Mund, Vagina oder Anus, da sie, wie Kate gelesen hatte, mit einem Gewindemechanismus im Inneren verbunden war. Aber Ronan nutzte sie nur als Griff.

Das erleichterte sie nur kurz, denn just als sie ihre Bedenken ausschaltete und sich der elektrisierenden Penetration ergab, entfernte er das Instrument aus ihr. Er wechselte seine Haltung. Im nächsten Moment übte er Druck auf ihren Ringmuskel aus. Kate versteifte sich. Er hatte doch wohl nicht vor, mit der Spreizbirne ihre enge Öffnung aufzudehnen? Der Gegenstand war viel zu groß. Das würde Kate nicht ertragen, schon gar nicht, wenn sich das Gerät entfaltete.

Ronan packte ihren Nacken und presste das mittelalterliche Gerät gegen ihren Eingang. Energisch und dennoch behutsam drehte er es nach rechts, dann wieder nach links und bohrte es auf diese Weise tiefer in sie hinein. Kate stöhnte vor Anstrengung, denn sie versuchte locker zu lassen. Erst als sie sich bewusst wurde, dass sie so nur das Gegenteil erreichte, tat sie gar nichts mehr, sondern stand einfach nur da und ließ ihren Herrn über ihren Körper bestimmen. Schweiß perlte von ihrer Stirn. Sie fürchtete, den Eindringling nicht aufnehmen zu können und Ronan zu enttäuschen. Keineswegs drückte er die Birne gewaltsam in sie hinein, sondern zog sie immer wieder ein Stück heraus, um sie ein bisschen tiefer wieder hineinzuschieben, und erregte sie damit. Je erregter sie wurde, desto mehr entspannte sie sich. Und je entspannter sie wurde, je tiefer konnte er die Birne einführen. Ihr Muskel prickelte, aber wehrte sich auch immer wieder gegen das Eindringen. Es handelte sich jedoch nur um ein kurzes Aufbäumen, denn gleich gab sie wieder nach, und die Lust spülte allen Protest weg.

Als die Metallfrucht plötzlich ganz hineinglitt, hielt Kate die Luft an und horchte in sich hinein, aber es fühlte sich nicht unangenehm an und tat auch nicht weh. Etwas machte sie jedoch stutzig. Die dickste Stelle des Werkzeugs hatte sie durchaus nicht so weit aufgedehnt, wie sie erwartet hatte. Es schien vielmehr kleiner zu sein. Vielleicht hatte ihre feuchte Mitte es geschmeidig gemacht und angewärmt.

Plötzlich stützte sich Ronan neben ihr am Zellengitter ab. Die Spreizbirne hielt er immer noch in der Hand.

»Was …?« Überrascht drehte sie sich zu ihm um. Das amüsierte Funkeln in seinen Augen machte sie skeptisch. Sie warf einen Blick an ihm vorbei zur Streckbank. Der Analplug, der daraufgelegen hatte, war verschwunden. Er musste ihn heimlich genommen, hinter ihrem Rücken auf den Stein gelegt und die Metallbirne durch ihn ausgetauscht haben. »Du hast mich reingelegt.«

Um sie in die Irre zu führen und ihre Furcht anzuheizen, hatte er sie in dem Glauben gelassen, er würde die große, brutal aussehende Birne in ihr versenken. Dabei steckte nur ein kleiner Latexplug in ihr.

»Schuft!«, zischte sie impulsiv. Nun, da sie wusste, wie harmlos das Spiel war, konnte sie endlich die Lust, die der Stopfen auslöste, genießen. Er fühlte sich an wie Ronans verlängerter Arm. Durch ihn spürte sie seine Macht, hier hatte sie den Beweis dafür, dass er Einfluss auf ihren Körper nehmen konnte, selbst wenn er sie nicht anfasste, und dass er sich ihrer vollkommen bemächtigen durfte, selbst dieser tabubehafteten Öffnung.

»Du vergreifst dich im Ton.« Ronan kniff die Augen zusammen, drängte sie mit dem Rücken gegen das Gitter und kam dicht an sie heran. »Anscheinend hast du die Lektion mit der Tawse noch nicht begriffen.«

»Doch, habe ich«, beeilte sie sich zu antworten und schaute zu ihm auf. Die Maske flößte ihr immer noch Respekt ein.

Sie schenkte ihm diesen Kleinmädchen-Blick, mit dem sie bei Männern für gewöhnlich den Beschützerinstinkt auslöste, aber er beeindruckte ihn nicht. Seine Stimme gewann sogar noch an Schärfe: »Wahrscheinlich muss ich sie wiederholen, damit du sie verinnerlichst.«

»Bestimmt nicht.« Instinktiv legte sie schützend die Hände an ihre Gesäßhälften. Jede Berührung tat immer noch weh.

»Wirst du dich trotz Kunstblut artig auf den Steinaltar legen?«

Kate erinnerte sich daran, dass es getrocknet war und sie nicht unmittelbar darauf liegen würde, und nickte eifrig. Statt sie am Arm zu packen und grob dorthin zu zerren, trat er lediglich zur Seite und verschränkte die Arme vor seinem ansehnlichen Brustkorb. Sie verstand, einmal mehr wollte er testen, wie bereitwillig sie war. Wie auf rohen Eiern ging sie auf ihren High Heels an die Seite des ovalen Steins. Dort angekommen, sah sie die Fesseln, vier Lederschlaufen an den schmalen Seiten, die hatte sie ganz vergessen. Ihre Körpertemperatur stieg um einige Grad an. Ein neuerliches Prickeln erfasste sie.

Sie atmete tief durch und setzte sich auf den Findling. »Autsch«, sagte sie tonlos. Ihr Hintern rebellierte gegen den Druck ihres Gewichts. So wurde sie wieder an die Schläge erinnert. Der Schmerz kehrte zurück, blieb aber bittersüß. Wie eine Antwort pulsierte ihr Schoß.

Ungeduldig räusperte sich Ronan, worauf Kate sich in die Mitte des Felsbrockens legte. Er trat an das Kopfende, hob ihre Arme an und fesselte ihre Handgelenke. Während er zum entgegengesetzten Ende ging, glitten seine Fingerspitzen über die Landschaft ihres Körpers. Sachte band er die Ledermanschetten um ihre Fußgelenke. Man konnte meinen, er wolle vermeiden ihr wehzutun, doch dass er damit kein Problem hatte, hatte Kate bereits am eigenen Leib erfahren. Viel eher signalisierte seine Behutsamkeit die Ruhe vor dem Sturm. Seine zur Schau gestellte Gelassenheit machte sie nervös. Die Henkersmaske verstärkte ihre Unruhe noch, nahm sie ihr doch die Möglichkeit, seinen Gesichtsausdruck zu deuten, und gerade deswegen stellte sie eine delikate Komponente in Ronans SM-Menü dar.

Sein Lächeln wirkte maliziös. Er nahm die schwarze Stumpenkerze von der Streckbank, schwenkte sie und betrachtete das flüssige Wachs. Böse Vorahnungen erwachten in Kate, die Kerze schien nicht nur Dekoration zu sein.

Langsam streckte er seinen Arm aus und hielt sie über Kates Busen, dann über ihren Bauch und ihre Scham. Kate atmete immer hektischer. Mit aufgerissenen Augen starrte sie die Flamme an. Ihr Puls raste. Sie bekam eine Gänsehaut, obgleich sie schwitzte. Erst als ihre Handgelenke wehtaten, merkte sie, dass sie an ihren Fesseln zerrte. Aber sie jammerte nicht, kein Wort kam über ihre Lippen. Auch versuchte sie keineswegs, ihm sein Vorhaben auszureden, nicht da sie vermutlich ohnehin keinen Erfolg gehabt hätte, sondern weil sie ihn gar nicht davon abhalten wollte.

Er brauchte eine gefühlte Ewigkeit, um den Stumpen soweit zu drehen, dass sich einige heiße Tropfen lösten, die nun ihr Dekolleté besprenkelten. Scharf sog sie Luft durch ihre Zähne ein. Schon folgte der nächste Wachsregen, der schwarze Punkte auf ihre Brüste malte.

»Ah«, machte sie und verzog ihr Gesicht. Glücklicherweise ebbte der Schmerz rasch ab. Das wusste auch Ronan, denn er goss alsbald einen ganzen Schwall über ihren Busen, sodass sie sich aufbäumte. Er hinterließ eine Wachslinie bis hinab zu ihrem Nabel und machte daraus einen Pfeil. Leise wimmerte Kate. Die Haut an ihrem Bauch tat nur leicht weh, aber ihre Mitte war viel empfindlicher. Ängstlich versuchte sie ruhiger zu atmen, was nicht gelang, und bewegte instinktiv ihren Unterleib von der darüber schwebenden Kerze weg, doch die Fesseln beschränkten ihre Bewegungsfreiheit, und so stieß sie bald an ihre Grenzen.

Kurz bevor Ronan den Stumpen kippte, hielt er seine Hand höher. Nur wenige Tropfen trafen auf Kates äußere Schamlippen, aber die reichten aus, um ihr kurz die Luft zu rauben. Als sie wieder durchatmete, stöhnte sie gleichsam gequält wie lustvoll. Schwarzes Wachs regnete auf die Innenseite ihrer Schenkel herab. Sie keuchte, spürte, wie die Pein ihre Lust emporpeitschte und wand sich lasziv auf dem Steinaltar.

Das nahm er wohl zum Anlass die Kerze wegzustellen und auf den Granit zu steigen. Seinen Lendenschurz brauchte er gar nicht anzuheben, das tat schon sein Schwanz. Mit einem kräftigen Stoß drang er in Kate ein. Für einen Moment schloss sie ihre Augen. Da er sie ganz ausfüllte, spürte sie auch den Analplug stärker. Bewusst konzentrierte sie sich auf ihren Unterleib. Sie genoss es, von ihm penetriert zu werden, erregte sich an dem zusätzlichen Druck zwischen ihren Pohälften, der wie das Salz in der Suppe war, und ließ sich vollkommen fallen.

Mit geschickten Wellenbewegungen bohrte er sich in sie hinein. Als sie ihre Augen öffnete, schwebte sein maskiertes

Gesicht über ihr. Sie schauten sich an, und sein vor Verlangen getrübter Blick berührte sie so tief in ihrem Inneren, dass sie ihren Kopf anhob, um ihn durch den Mundschlitz hindurch zu küssen. Doch er vergrub seine Hand in ihren Haaren und zog ihren Kopf zurück auf den Altar, als wollte er ihr beweisen, dass nicht sie, sondern er das Spiel diktierte.

Angestachelt durch ihr eigenmächtiges Handeln, nahm er sie heftiger. Seine Knie werden bald bluten, wenn er so weitermacht, kam ihr in den Sinn, so hart vögelte er sie. Das waren ihre letzten Gedanken, bevor der Sinnesrausch jegliches Denken unmöglich machte, denn Ronan kratzte das Wachs von ihren Brüsten, während er weiterhin in sie eindrang, und der Schmerz ließ sie einen Sprint auf den letzten Metern zum Höhepunkt hinlegen.

Kates Körper war trunken vor Erregung, jede Faser, jede Pore sog sich damit voll. Die Welt verblasste. Schließlich atmete sie bis in ihr Zwerchfell ein und kam. Für sie existierte nur noch der Orgasmus, der sie berauschte, als würde sie in Feuerwasser baden. Ekstatisch riss sie an ihren Arm- und Beinmanschetten, doch die Bewegungseinschränkung machte es nur noch schlimmer, sie kitzelte auch das letzte bisschen Lust aus ihr heraus.

Wie durch Watte hörte sie Ronans Schreie. Mit geschlossenen Augen lag sie da, völlig erschöpft. Satt und glücklich. Er schmiegte sich an sie, legte sich auf sie, ohne sie mit seinem Gewicht zu belasten. Sie spürte seinen erhitzten Brustkorb, auch sein Atem beruhigte sich nur langsam. Sein erschlaffendes Glied lag auf ihrer Spalte, als könne es nicht von ihr lassen, als suchte es noch immer ihre Nähe, genauso wie der Rest ihres Herrn, obwohl sie beide bekommen hatten, was sie wollten.

Als er sich von ihr löste und sie von ihren Handfesseln befreite, seufzte sie enttäuscht darüber, dass die Session vorbei war. Er quittierte dies mit einem sinnlichen Lachen, worauf sie ihre Augen mühsam öffnete. Achtlos warf er die Henkersmaske fort und fuhr sich durch seine Haare, das Band im Nacken hatte sich gelöst, und seine Frisur sah wild aus. Dann widmete er sich den Fußmanschetten. Sie ließ ihn gewähren, ohne sich zu rühren. Behutsam entfernte er das verbliebene Kerzenwachs von ihrer Vorderseite, drehte sie auf den Bauch und zog den Plug heraus. Er hob ihren Oberkörper an und setzte sie an den Rand. Dann strich er über ihren Bob, spreizte ihre Beine und stellte sich dazwischen. Er küsste ihren Mund, ihre Augenbrauen und ihre Stirn.

»Zieh dich an«, sprach er leise und nahm ihr Gesicht in beide Hände. »Ich bringe dich zum Ausgang, denn es wird mich einige Zeit kosten, hier aufzuräumen.«

Sie stand auf, und er hielt sie weiterhin fest, als wollte er abwarten, ob ihr Kreislauf stabil war. »Soll ich dir nicht helfen?«

Kopfschüttelnd reichte er ihr das Kleid. »Du kannst doch kaum die Augen aufhalten. Geh ins Bett und schlaf dich aus. Das hast du dir verdient.«

War das derselbe Mann, der sie mit der Tawse geschlagen hatte? Ronan hatte sich bei keiner ihrer Sessions grausam verhalten, dennoch war der Vergleich zu Dr. Jekyll und Mr Hyde nicht ganz abwegig. Er passte besser ins London Dungeon als es auf den ersten Blick den Anschein machte. Tagsüber Gentleman, nachts Dominus. Bei dem Gedanken wurde ihr mulmig, denn sie musste plötzlich wieder an den verschwundenen Brief und den heimlich durchsuchten Laptop denken. Warum fiel ihr das ausgerechnet jetzt ein?

Seufzend zog sie sich an und schlüpfte in ihre Regenjacke. Dass jemand sie ausspionierte, ärgerte sie, dass womöglich der Mann, den sie über alle Maßen begehrte, dahintersteckte, belastete sie. Genau das waren die Gründe, weshalb sie immer wieder daran erinnert wurde. Der Verdacht gärte in ihr. Er würde nicht eher Ruhe geben, bis sie Gewissheit hatte. *Aber nicht jetzt*, ermahnte sie sich, *nicht ausgerechnet jetzt!*

Seite an Seite gingen sie zum Vorderausgang. Ronan trug noch immer den Lendenschurz, seine Lederschuhe knarzten bei jedem Schritt.

»Wie bist du denn nun an den Schlüssel für das Dungeon gekommen?«, fragte sie betont unauffällig und ahnte, dass sie damit den Kampf gegen sich selbst verloren hatte. *Frauen müssen immer bohren*, hatte Milow einmal zu ihr gemeint, *ihr könnt die Dinge nicht auf sich beruhen lassen.* Wie sich zeigte, hatte er recht. Dies war der falsche Moment und der falsche Ort, und trotzdem konnte sie ihren Mund nicht halten. Weil sie sich zu Ronan hingezogen fühlte. Und weil sie wollte, dass er ihr seine Unschuld beteuerte, damit sie sich nicht nur körperlich, sondern auch emotional näher kommen konnten, denn insgeheim hatte sie diesen Punkt schon ihrer Wunschliste hinzugefügt.

»Wir sind hier drin. Reicht das nicht?«

»Wir dürften aber nicht hier drin sein.« Die Wahrscheinlichkeit war hoch, dass sie sich ohne Erlaubnis im Museum aufhielten. Es entsprach nicht ihrem Charakter, etwas Gesetzwidriges zu tun.

»Was man darf und was nicht, liegt im Ermessen des Betrachters.« Er zwinkerte ihr zu. »Man darf auch keinen anderen Menschen auspeitschen, und dich hat es erregt.«

Sie errötete. Gleichzeitig ärgerte es sie, dass er nicht auf ihre Frage einging. »Der Schlüssel …«

»Musst du immer alles genau wissen? Kannst du dich nicht mal auf jemanden einlassen?« Auf mich, wollte er wohl sagen. Diese unausgesprochenen zwei Worte hingen wie ein Vorwurf im Vorraum, den sie gerade durchquerten.

»Es geht nicht um dich«, log sie, »sondern nur darum, ob wir verhaftet werden könnten, sollte uns ein Nachtwächter oder Bobby erwischen.«

»Ach, Katie, du hast einen Hang dazu, aus einem Liebesstück ein Drama zu machen.« War das eine Anspielung darauf, dass sie das *Wild Side* ohne Verabschiedung verlassen hatte? Sein Lächeln wirkte bemüht. Als er sah, dass sie es nicht erwiderte, wurde er ernst. »Hat dir die Location nicht gefallen?«

Der Reißverschluss ihrer Jacke hakte. Sie musste daran reißen, um ihn hochziehen zu können. »Doch, aber …«

»Du möchtest Abenteuer erleben«, unterbrach er sie, und es klang ein wenig gereizt, »aber das kann man nur, wenn man die Kontrolle aufgibt.«

»Einbruch ist nicht das, was ich mir unter einem Abenteuer vorstelle.« Sie erschrak über die Lautstärke ihrer Stimme. So energisch hatte sie nicht klingen wollen, aber nun war das Kind bereits in den Brunnen gefallen, denn Ronans Miene versteinerte.

Abrupt blieb er einige Schritte vor der Tür stehen. »Was soll diese Unterhaltung eigentlich?«

»Hast du den Schlüssel gestohlen?«, fragte sie geradeheraus und stemmte die Hände in die Hüften.

Bestürzt hob er seine Augenbrauen. »Erst wirfst du mir vor eingebrochen zu sein, nun Diebstahl. Geht das nicht ein wenig zu weit?«

»Warum antwortest du mir nicht einfach?«

»Weil die Location eine Überraschung für dich sein sollte und ich mir nicht gerne in die Karten gucken lasse.«

Sie druckste herum, überlegte, ob sie es wagen sollte oder nicht, fasste sich schließlich ein Herz und rückte mit der Sprache heraus. Angriff ist die beste Verteidigung, sagte ihr Pop immer, und dies war eins der wenigen Male, wo sie auf ihn hörte. »Warst du am Montag an meinem Laptop?«

Er riss seine Augen auf. »Wie bitte?«

»Als ich mich im Badezimmer frisch machte.« Ihre Kehle war trocken. »Nach dem Sex.«

Fassungslos schnaubte er. »Warum sollte ich das tun?«

»Jemand hat in meinem Notebook herumgeschnüffelt. Und der Brief meiner Granny ist auch verschwunden.«

»Und du vermutest, dass ich es war.« Er griff ihren Arm, führte sie zum Ausgang und öffnete die Tür. Dichter Nieselregen färbte die Nacht grau. In der Tooley Street war es ruhig, aber die Geräusche des Bahnhofs London Bridge drangen zu ihnen herüber. »Du brauchst frische Luft, um wieder klar denken zu können.«

Draußen, auf dem Absatz der dreistufigen Treppen, drehte sie sich um. »Wir kennen uns nicht. Ich weiß nichts von dir. Du bist so verschwiegen.«

»Und du fragst dich, wen du da in dein Leben gelassen hast. Ob der Mann so gefährlich wie der Dominus ist. Ob du einen Fehler gemacht hast. Du zweifelst nicht erst seit einer Minute an mir, sondern seit du das Gruselkabinett betreten hast, nicht wahr? Das erschüttert mich, macht mich traurig und wirft einen Schatten auf das wundervolle Erlebnis, das wir soeben geteilt haben.« Er trat einen Schritt zurück, als würde er der Schlucht, die sich zwischen ihnen auftat, ausweichen. »Als ich am Montagabend in der Birch Road eintraf, sah ich durch die gläserne Haustür, wie der Hausmeister ein Magazin aus einem der Briefkästen fischte. *Killer DVDs*, stand auf dem Cover, gleich über der fratzenhaften Maske von Jigsaw. Hast du ihn auch auf deiner Verdächtigen-Liste oder nur mich, weil ich Frauen unterwerfe, fessele und lustvoll leiden lasse?«

Ihr blieben die Worte im Hals stecken. Sie war die Letzte,

die Vorurteile gegen SM-Praktizierende hatte. Auf der einen Seite wollte sie ihn so lange schütteln, bis er ihr endlich eine Antwort auf ihre Fragen gab. Auf der anderen Seite stand sie kurz davor, sich für ihre Anklage zu entschuldigen. Da die Gefühle in ihr gegeneinander kämpften und keines die Oberhand gewann, brachte sie keinen Ton heraus.

»BDSM basiert auf Vertrauen und deins hast du mir soeben entzogen.« Er warf die Tür zu und ließ sie sprichwörtlich im Regen stehen.

10

Noch drei Wochen bis zu Kates geplanter Heimkehr

Das Rattern der Räder lullte Kate ein. Obwohl die U-Bahn durch einen Tunnel raste, schaute sie von ihrem Sitzplatz am Gang aus dem Fenster. Ihr Blick richtete sich ohnehin nach innen. Sie nahm weder die Menschen, die sich wie die Sardinen in einer Büchse zusammendrängten, wahr, noch die Durchsagen des Schaffners. Sie fuhr diese Strecke jeden Abend von der Goldschmiede *Faulkner & Son* im Bezirk City of London nach Norden bis zur Angel Tube Station. Es war ihr ins Blut übergegangen, wann sie aussteigen musste.

Normalerweise las sie ein Buch, doch seit dem Streit mit Ronan konnte sie an nichts anderes mehr als an ihn denken. Sie fühlte sich mies. Auch jetzt hielt sie ihr Handy in der Hand, um seinen Anruf trotz des Geräuschpegels um sie herum ja nicht zu verpassen. Doch er meldete sich nicht. Es war Mittwochabend, schon seit fünf Tagen hatten sie keinerlei Kontakt. Spukte sie auch die ganze Zeit in seinem Kopf herum? Warum rief er dann nicht an? Er war ein harter Brocken. Bisher hatte sie eben jene Härte an ihm geschätzt, nun wurde sie ihr zum Verhängnis.

Sie drückte den Damenrucksack auf ihrem Schoß enger an sich. Das hatte sie gründlich verbockt! Er hatte sich so viel Mühe mit den Vorbereitungen und der Session selbst gegeben, hatte ihr zwei Wünsche ihrer Sexliste – die Fesselspiele und das Spanking – erfüllt, und sie hatte nicht warten können, ihn auf Brief und Laptop anzusprechen.

Warum konntest du deinen Mund nicht halten, fragte sie sich nun. Weshalb hatte sie ihn nicht einen Tag später angerufen und um ein Gespräch gebeten?

Statt vorsichtig nachzubohren, war sie mit der Brechstange ins Haus gefallen. Verständlicherweise hatte er auf ihre Anschuldigungen gekränkt reagiert. Oder doch eher wie ein Tier, das in die Ecke gedrängt wurde? Hatte nicht sein Lid nervös gezuckt? War die Röte an seinem Hals tatsächlich auf Verärgerung zurückzuführen oder nicht eher auf den Schrecken, mit seinen Untaten konfrontiert worden zu sein?

Die Zweifel ließen sich nicht abstellen. Ebenso wenig wie die Sehnsucht nach ihm. Ihr Körper verzehrte sich nach seinen Berührungen. Wenn sie sich nachts einem erotischen Tagtraum hingab, verschmolz Mr Knickerbocker immer wieder mit Ronan. Er bekam sein Gesicht, nahm seine stolze Haltung an und roch sogar nach ihm. Egal, womit sie sich abzulenken versuchte, ihre Gedanken kehrten alsbald zu ihm zurück. Selbst sich abends im Bett zu streicheln, war inzwischen fad.

Was ist, wenn du ihm mit deiner Anklage Unrecht tust, fragte sie sich, als sie ausstieg und die Islington High Street entlang nach Hause eilte. Sie schulterte die Tasche, um den Kragen ihrer pechschwarzen Fleecejacke hochhalten zu können. Seit Sonntag regnete es zwar nicht mehr und war einige Grad wärmer geworden, aber es stürmte, als wäre der Wettergott auf irgendjemanden in der Hauptstadt verdammt zornig.

Ihre Einstellung zu Ronan änderte sich so rasch wie das im Wind flatternde rote Fähnchen des FC Arsenal London, das von außen am *Monk's Cowl Pub* an der Ecke Islington High Street und Birch Road hing, seine Richtung.

Enttäuscht stellte sie fest, dass er wieder nicht vor dem

Haus auf sie wartete. Er war eben kein Mann, der einer Frau hinterherlief. Bestimmt hatte er das nicht nötig, so gut wie er aussah und so geschickt wie er als Liebhaber war.

Jedes Mal, wenn sie den Briefkasten aufschloss, zog sich ihr Magen zusammen. Er war leer, nicht einmal Werbung lag darin. Das machte sie skeptisch.

Die Kellertür wurde geöffnet, und Gummisohlen quietschten. Abrupt hörte das Quietschen auf. Einige Atemzüge lang war es still. Dann entfernten sich die Schritte, und die Tür fiel wieder zu. Hatte Nigel sie entdeckt und den Rückzug angetreten? Wich er ihr aus? Oder war er nur umgekehrt, weil er etwas vergessen hatte?

Sie schleppte sich die Treppe hoch. Hatte Ronan lediglich behauptet, beobachtet zu haben, wie der Hausmeister eine Zeitschrift stahl, nur um von sich selbst abzulenken? Ganz so abwegig war der Gedanke, dass Nigel in ihren Privatsachen herumwühlte, nicht. Sie traute es ihm eindeutig zu! Zudem war es für ihn ein Leichtes, denn er besaß zwei Generalschlüssel, einen für die Postkästen und einen für die Apartments. Ohne Probleme oder großen Aufwand konnte er sich in ihrer Wohnung umschauen, während sie arbeitete. Er wusste, um wieviel Uhr sie abends heimkehrte, das hatte er Ronan großspurig unter die Nase gerieben. Kundschaftete er sie heimlich aus wie ein Stalker? Oder hatte er sich nur gemerkt, wann sie täglich das Haus verließ und zurückkehrte, um ihre vier Wände auszuspionieren, ohne Gefahr zu laufen, von ihr erwischt zu werden?

Aber warum sollte er das tun? Diese Frage hallte in ihr wider, als sie ihr Domizil betrat und ihre Sachen erst einmal auf dem Sofa ablegte. Vielleicht suchte Nigel etwas, womit er sie erpressen oder sie bei der Hausverwaltung anprangern konnte, damit sie früher nach Black Elder abreiste und seine Verwandten einziehen konnten.

Sie schaute zu der gegenüberliegenden Wohnungstür und erinnerte sich an die Magazinstapel, die sich an den Wänden türmten. Stolz hatte Amos ihr vor Monaten seine Sammlung von Horror- und Filmzeitschriften gezeigt, darunter auch *Killer DVDs*. Ihr war es unangenehm gewesen, seine Einladung auf eine Tasse Tee schon wieder auszuschlagen, daher hatte sie sich einen Ruck gegeben und qualvolle zwanzig Minuten mit ihm verbracht.

Die ganze Zeit über guckte er sie nur lächelnd an. Sie versuchte mühsam ein Gespräch in Gang zu bringen, doch da von ihm nicht viel kam, verabschiedete sie sich bald wieder mit einer schmerzenden Zunge, denn um wieder gehen zu können, ließ sie den Tee nicht abkühlen, sondern kippte ihn heiß herunter.

Nur er konnte Ronans Behauptung, Nigel hätte seine Post stibitzt, bestätigen. Denn es machte wenig Sinn, den Hausmeister selbst darauf anzusprechen, würde er doch ohnehin alles abstreiten.

Sie durchquerte den kleinen Flur des vierten Obergeschosses und klopfte bei Amos. Er öffnete erstaunlich schnell, als hätte er durch den Spion verfolgt, wie sie heimgekommen war. »Hallo, Amos.«

Sein Grinsen wurde breiter. »Hi, Kate.«

Es fiel ihr schwer, die richtigen Worte zu finden, ohne Beschuldigungen auszusprechen, die sie bereuen könnte. »Es war neulich ein Mann hier.«

Verunsichert runzelte er die Stirn. »Ein Mann?«

»Ein Freund von mir.« Sein Lächeln wurde unsicher, oder bildete sie sich das nur ein?

Während er sprach, schaute er auf seine Füße, und Kate sah trotz seiner Noppensocken, dass er mit den Zehen wackelte. »Ich dachte mir schon, dass du jetzt einen Freund hast.«

Sie errötete, da sie in ihrer Erinnerung noch einmal durchlebte, wie Ronan sie mit nacktem und feuchtem Unterleib zur Wohnungstür gedrängt hatte, aus purer Lust, um sie zu necken, aber auch um herauszufinden, wer geklingelt hatte, just als sie über dem Küchentisch gelegen hatte und er sie von hinten genommen hatte. Hatte Amos sie durch das Guckloch in der Tür gesehen? Immerhin stand eine Packung Tee auf der Matte, und sie hatte ihm welchen geliehen gehabt.

Zu ihrer Erleichterung sagte er jedoch: »Du strahlst so. Darum werde ich dich nicht mehr zu mir einladen, das gehört sich nämlich nicht, bis du wieder frei bist.«

Verlegen lenkte sie die Unterhaltung wieder auf den Grund ihres Besuchs. »Er glaubt gesehen zu haben, wie jemand ein Magazin aus deinem Briefkasten genommen hat. Vermisst du eins?«

»Möchtest du dir welche ausleihen?«, fragte er und nickte aufmunternd.

Sie formulierte es vorsichtig und ließ Nigel erst einmal außen vor. »Hast du die letzte *Killer DVDs* erhalten?«

»Ich habe alle der letzten sechs Jahre.« Mit leuchtenden Augen trat er beiseite. »Komm rein und such dir die Ausgaben aus, egal welche und wie viele.«

Wenn sie mit Amos sprach, musste sie sich oft in Geduld üben. »Nein, danke. Ich wollte nur wissen, ob es stimmt, was er gesagt hat.«

Er blinzelte mit einem Mal hektisch. »Dein Freund ist aber nicht nett, wenn er etwas behauptet, das gar nicht wahr ist.«

Da war etwas dran. Sie wünschte ihm noch einen schönen Abend und ging in ihr Apartment. Völlig fertig ließ sie sich auf die Couch fallen. Ronan hatte gelogen! Dafür konnte es nur einen einzigen Grund geben – weil er schuldig war. Warum hoffte sie dann immer noch, dass er anrief? Weil sie ihn zur Rede stellen und ihm gehörig die Meinung geigen wollte! Und weil sie sich danach sehnte, seine Stimme zu hören.

»Reiß dich zusammen!«, sagte sie laut zu sich selbst.

Sie zog ihr Mobiltelefon aus ihrem kleinen Rucksack, legte es auf den Wohnzimmertisch und stierte es minutenlang an. Aber es klingelte nicht, nur weil sie es hoffte.

Wie oft hatte sie das Handy schon in die Hand genommen, um ihn anzurufen, doch jedes Mal nagten die Zweifel über seine Aufrichtigkeit, und sie brachte es nicht fertig, die Kurzwahltaste zu drücken. Aber das war nicht der einzige Grund. Kate wollte nicht zu ihm angekrochen kommen. Sie war nicht zu stolz dazu und brach sich auch keinen Zacken aus der Krone, aber sie befürchtete, er könnte von ihr erwarten, dass sie als seine Sklavin immer nachgab. Darauf konnte er lange warten. Sie verhielt sich ausschließlich beim Liebesspiel demütig! Aber dann fiel ihr ein, dass er gesagt hatte: »Ich will dich nicht zähmen. 24/7 käme für mich niemals in Frage. Ich bevorzuge es, Göttinnen zu unterwerfen, selbstbewusste Frauen, die mir im Alltag auf Augenhöhe begegnen.«

Wieder einmal grübelte sie den ganzen Abend über Ronan nach, selbst noch als sie in der Badewanne lag, um zu entspannen und abzuschalten. Er blieb undurchschaubar für sie. Jedes Detail, das ihn betraf, schien wie eine Medaille zwei Seiten zu haben. Seine Janusköpfigkeit machte ihn interessant, aber gleichzeitig wurde sie das Gefühl nicht los, dass er nicht gut für sie war. Welches seiner zwei Gesichter würde sich als sein Wahres entpuppen? Sollte sie ihm überhaupt noch die Chance geben, es ihr zu zeigen?

Das Verlangen nach ihm schmerzte. Eigentlich hatte er ihr nie etwas Böses getan. Wenn sie ihm seine Grenzen aufwies, konnte vielleicht doch noch etwas aus ihnen werden. Als sie aus dem Wasser stieg, fragte sie sich, ob ihre kurze Liaison nicht längst vorbei war und spürte, wie ihre Augen feucht wurden.

Rasch trocknete sie ihre Tränen ab, dann den Rest ihres Körpers und streifte ihr Nachthemd über.

Froschquaken erklang aus dem Wohnzimmer. Wie ein Wirbelwind lief Kate zum Handy und schaute nach, wer ihr eine SMS geschickt hatte. Milow sandte ihr »Süße Träume«. Enttäuscht seufzte sie und wünschte ihm ebenfalls eine Gute Nacht, ein Ritual, das sie täglich vollzogen, es sei denn, sie trafen sich, was leider kaum noch vorkam, denn er verbrachte jede freie Minute mit seiner neuen großen Liebe Blaine. Kate zeigte Verständnis, beschwerte sich nicht und belastete das junge Glück auch nicht mit ihren Problemen.

Kate beschloss, früh ins Bett zu gehen. Sie konnte sich sowieso nicht mehr auf einen Roman oder einen Film konzentrieren. Nur ihr Mobiltelefon als Lichtquelle nutzend, machte sie sich auf ins Schlafzimmer und stellte den Handywecker.

Sie schlug die Bettdecke auf – und erstarrte. Was war das?

Etwas Dunkles lag auf der unbenutzten Seite ihres Doppelbettes. In ihrem Elternhaus schlief sie in einem Einzelbett, da ihr Zimmer dort recht klein war. Als sie nach London zog, hatte sie sich deshalb ein Doppelbett gekauft, nicht ganz ohne Hintergedanken, denn man hatte darauf nicht nur viel Platz für erotische Akrobatik, sondern die Metallgitter an Kopf- und Fußende waren perfekt zum Fesseln. Sie benutzte zwar nur ein Plumeau, aber es lagen zwei Kissen am Kopfende.

Kate bekam eine Gänsehaut. Keine Frage, sie räumte nicht immer alles sofort weg, dennoch blickte sie bei ihrem Chaos noch durch. Wenn sie etwas suchte, fand sie es stets sofort, nicht unbedingt dort, wo es liegen sollte, aber immer dort, wo sie es zuletzt hingelegt hatte. Aber dieses rotschwarze Etwas in ihrem Bett konnte sie sich nicht erklären.

Sie streckte ihren Arm aus, um danach zu greifen, doch die Stelle wirkte komisch, nicht so, als würde etwas darauf liegen, sondern als wäre die Farbe in das Laken eingesickert, sodass sie ihre Hand im letzten Moment zurückzog. Außerdem waren die Ränder bei genauerem Hinsehen verwaschen. Oder täuschte sie sich und handelte es sich nur um ein Muster?

Das Licht ihres Handys ging aus. Finsternis umgab Kate. Beunruhigt tastete sie nach dem Schalter der Nachttischlampe und schaltete sie an.

Blut! Schockiert ließ sie ihr Handy fallen. Der tellergroße dunkelrote Fleck musste Blut sein. An den Rändern trocknete es bereits, aber die Mitte war noch feucht. Stammte es von einem Tier? Hoffentlich nicht von einem Menschen. Wie kam es dorthin? Es gab nur eine logische Erklärung – jemand musste ihre Matratze damit besudelt haben. Jemand, der Zugang zu ihrer Wohnung hatte, der ihr eins auswischen wollte – ob nun aus Eifersucht oder aus Rache – oder versuchte, ihr Angst einzujagen, damit sie sofort ihre Koffer packte und in ihre Heimatstadt floh, und diese Person war erst vor kurzem in ihrem Schlafzimmer gewesen. Aber nicht jeder kam so einfach an Blut heran.

Blaine, schoss es ihr in den Sinn. Fetzen ihres Gesprächs mit Milow tauchten in ihrer Erinnerung auf.

»Zwischen uns hat es sofort gefunkt. Eigentlich bin ich nur deinetwegen mit zu der SM-Party gekommen. Und dann so was!«, hatte ihr bester Freund euphorisch erzählt. *»Kannst du dir vorstellen, dass er in einem Schlachtbetrieb arbeitet?«*

»Tatsächlich?« Sie wusste noch genau, dass sie sich Blaine als Patrick Bateman aus »American Psycho« mit Blut verschmiertem nackten Oberkörper und einem Beil in der Hand vorgestellt hatte. Nun grauste ihr vor diesem Bild!

»Er wollte wissen, ob es mir unangenehm sei, dass er keinen

Bürojob hat. Ist das nicht süß? Ich sagte ihm, dass ich auch nur abends durch die Clubs tingele und Adam-Lambert-Songs nachsinge, worauf er meinte, dann würden wir uns ja bestens ergänzen – er könnte kräftig zupacken, und ich sei sicherlich gut mit dem Mund.«

Blaine hatte täglich mit Blut zu tun und konnte sicherlich ein, zwei Liter entwenden, ohne dass es auffiel. Vielleicht hatte er mit ihr noch eine Rechnung offen, weil sie ihn im *Wilde Side* geohrfeigt hatte. So eitel und selbstverliebt wie er sich auf der Party gegeben hatte, kam er womöglich nicht über die Schmach hinweg, von ihr zurückgewiesen worden zu sein. Er könnte sich heimlich Milows Zweitschlüssel von ihrer Wohnung geborgt und sich Zugang verschafft haben, denn an der Haustür hatte sie keinerlei Einbruchspuren entdeckt. Wenn das zutraf, lag es nah, dass er auch den Brief von ihrer Granny Clodagh gestohlen und ihr Laptop durchsucht hatte. Bisher waren das alles nur Spekulationen, doch das Blut in ihrem Bett wies direkt in seine Richtung.

Kate presste die Hände auf ihren Brustkorb, ihr Herz galoppierte. Sie wollte so gerne glauben, dass Ronan unschuldig war.

11

Eigentlich hätte Kate, nach dem grausigen Fund in ihrem Bett und der Gewissheit, dass jemand sich mindestens zweimal Zugang zu ihrer Wohnung verschafft hat, auf ihrer Couch sitzen und weinen sollen. Doch es war Milow, der sich an diesem Freitagabend die Augen ausheulte, ihren Vorrat an Taschentüchern aufbrauchte und sich wie ein Häufchen Elend zusammenkauerte.

»Was ist denn los?«, fragte Kate einfühlsam, rückte näher zu ihm und nahm seine Hand, nicht ganz uneigennützig, denn auch sie brauchte Streicheleinheiten. Eigentlich hätte sie nicht die Nerven für die Probleme anderer haben müssen, aber seltsamerweise beruhigte es sie, sich um Milow zu kümmern, vielleicht weil es sie von ihren eigenen Sorgen ablenkte. Harrison Faulkner war so nett gewesen, ihr zwei Tage frei zu geben.

Milow schlief nun schon die zweite Nacht auf ihrem Sofa, um sie zu beschützen. Nachdem sie das Blut gefunden hatte, hatte sie zuerst ihn und dann bei der Metropolitan Police angerufen. Während er innerhalb von zwanzig Minuten bei ihr gewesen war, hatten die Vertreter der Met drei Stunden gebraucht, weil Kates Fall auf der Skala der Dringlichkeit nicht gerade weit oben gestanden hatte. »Sie schweben nun mal nicht akut in Gefahr.« Das machte Kate immer noch sauer. Auch, dass die Polizistin Milow während der Untersuchung und der Befragung vor die Tür geschickt hatten, weil er ebenfalls als Verdächtiger galt, da er einen Ersatzschlüssel besaß und es keine Einbruchspuren gab. Lächerlich!

Ein weiteres Mal schnäuzte er seine Nase und winkte ab. »Du hast schlimmere Probleme. Bei mir geht es nur um eine Peinlichkeit, dagegen ist jemand in deine Privatsphäre eingedrungen und bedroht dich.« Langsam beruhigte er sich wieder, doch Kate ahnte, dass er das, was ihn belastete, verharmloste, sonst hätte er nicht geweint.

»Die Polizisten gehen davon aus, dass der Einbrecher mir nur einen gehörigen Schrecken einjagen wollte.« Sie hatten dieses Gespräch in der Nacht und am Morgen bereits geführt, aber Kate musste wieder und wieder darüber reden, um das Erlebte zu verarbeiten. Draußen wütete ein Sturm und rappelte an den Jalousien, als wollte er die Fenster eindrücken und Kate aus ihrem Apartment zerren. »Wenn der Unbekannte schon ungehindert Zugang zu meiner Wohnung hat, hätte er mich auch überfallen können, das hat er aber nicht, meinten sie.«

Er trocknete seine Wangen ab. »Die Knalltüten haben den Vorfall runtergespielt, ist doch klar. Mag ja sein, dass sie viel zu tun haben und Grauenvolleres sehen, aber für dich war die Entdeckung ein Schock.«

Heute raste ihr Herz immer noch, wenn sie sich den Anblick und den Geruch in Erinnerung rief. Milow hatte ihr geholfen, eine neue Matratze zu kaufen und sie mit der Underground mühsam in die Birch Road zu transportieren, denn sie besaßen beide kein Auto, und eine Anlieferung am selben Tag war nicht möglich. Noch lag die Neuanschaffung frisch bezogen neben dem Couchtisch auf dem Boden, denn Kate konnte sich nicht überwinden, im Schlafzimmer zu schlafen.

Eine Mitarbeiterin der Spurensicherung hatte ihr Bett auf

mögliche Rückstände des Täters geprüft und ein blutbesudeltes Stück aus dem Laken herausgeschnitten, um es im Labor untersuchen zu lassen. Mehr würden sie in solch einem Fall nicht tun, hatte sie sich gerechtfertigt, denn alle Abteilungen waren überlastet. Wenigstens mit den Ergebnissen hatten sie sich beeilt. »Wer immer das getan hat, hinterließ keine Haare, Schuppen oder Fasern, die helfen könnten, ihn zu identifizieren.«

»Aber das Blut«, empörte er sich und wischte mit einem Taschentuch den verwischten Kajal unter seinen Augen weg.

In solch einer Verfassung hatte sie ihn noch nie gesehen. Er legte stets großen Wert auf sein Äußeres und kleidete sich figurbetont, aber an diesem Abend klebten seine Haare, die er normalerweise mit Tonnen Gel akribisch zurechtzupfte, am Kopf, er hatte seinen Silberschmuck abgelegt und trug ein weites schwarzes Hemd. Noch weigerte er sich wegen ihrer eigenen Misere zu sagen, was ihn bedrückte, aber Kate sah ihm an, dass er kurz davor stand, sich ihr zu offenbaren. Sie gab ihm Zeit und bedrängte ihn nicht, auch weil sie ihre eigenen Sorgen hatte.

»Stammt nicht von ihm, nicht einmal von einem Menschen – zum Glück! –, sondern von einem Schwein.« Die Polizisten hatten sie angerufen und ihr die Ergebnisse mitgeteilt, als er einkaufen gewesen war. Sie ließ seine Hände los und fuhr sich durchs Gesicht. Ob Blaine in einer Schweineschlachterei arbeitete?

Als ihr die Frage danach schon auf der Zunge lag, entrüstete sich Milow: »Wer macht denn sowas? Das ist doch krank!«

Kate nahm einen großen Schluck Sekt, den ihr Freund spontan besorgt hatte. Der Alkohol breitete sich wohltuend in ihrem Körper aus. Sie hätte mit den Nerven am Ende sein sollen, doch da Milow solch ein Wrack war, war sie von ihren eigenen Ängsten abgelenkt. Es fühlte sich merkwürdig an, nicht diejenige von ihnen zu sein, die fertig war. Die Situation machte ihr klar, dass sie stärker war, als sie geglaubt hatte.

»Die Polizei denkt, dass der Einbrecher absichtlich die Seite im Bett besudelt hat, auf der mein Partner schlafen würde, um ihn zu vertreiben.« Kurz blitzte der Name Faulkner vor ihrem geistigen Auge auf. »Deshalb gehen sie von einem Ex-Liebhaber aus, der meinen neuen Freund vergraulen will, aber ich habe gar keinen, also hinkt diese Erklärung.«

»Dann muss derjenige gewusst haben, auf welcher Seite du schläfst.«

»Es war auch für einen Fremden leicht zu erkennen, denn mein Nachthemd lag auf meinem Kopfkissen.« Während sie sprach, drehte sie gedankenversunken die Champagnerflöte in ihrer Hand. »Sie sagen, er wollte mir nichts tun, sonst hätte er die ganze Matratze beschmutzt.«

»Vielleicht wollte er aber auch nicht deinen Lover, sondern dich selbst fortjagen. Diese Pestbeule Nigel hat ungehindert Zugang zu deiner Wohnung«, erinnerte er sie unnötigerweise.

»Das könnte zutreffen. Womöglich hat er in meiner Post und in meinem Notebook nichts gefunden, das er gegen mich verwenden kann, weshalb er nun härtere Bandagen anlegt.« Die Sache schaukelte sich eindeutig hoch, diese Erkenntnis schlug ihr auf den Magen, sodass sie mehrmals schlucken musste, damit ihr der Sekt nicht hochkam.

»Er hat dich nicht angegriffen, aber er hat dir Angst gemacht. Nennen die Psychologen das nicht indirekte Aggressivität?«, fragte er und hob seine Augenbrauen.

Sie stellte ihr Glas auf den Tisch und zuckte mit den Achseln. Aber das Blut, das einzige Indiz, zeigte ihrer Meinung nach recht eindeutig auf Blaine. Der Moment kam näher, da sie Milow den Eklat im Club beichten musste. Es würde ihn nicht gerade freuen zu erfahren, dass sein Herzblatt sie angemacht hatte, bevor er sich ihn angelte. »Es wurde nichts gestohlen, nichts verwüstet oder durchsucht. Die Polizisten gehen davon aus, dass ich nicht unmittelbar in Gefahr schwebe. Vielleicht wollen sie aber auch eine umfangreiche Ermittlung verhindern, weil ich in etwas mehr als zwei Wochen aus ihrem Verantwortlichkeitsbereich wegziehe.«

»Erinnere mich nicht daran.« Er presste seine blassen Lippen aufeinander.

Flüchtig küsste sie ihn auf die Wange. Seine Haut fühlte sich fiebrig an. Was war nur los mit ihm? »Sie haben den Laptop nicht einmal mitgenommen, damit sich ein IT-Spezialist die Festplatte anschaut, nur die Fingerabdrücke darauf wurden gesichert. Oh, Wunder, sie haben welche von einem Fremden gefunden, wenigstens etwas, doch leider steht er oder sie nicht in der landesweiten Datei polizeilich registrierter Personen und ist folglich nicht vorbestraft.«

»Bedeutet das, sie machen gar nichts?« Empört stieß er die Luft aus seinen Lungen aus.

»Sie baten mich, ihnen Verdächtige zu nennen, damit sie deren Abdrücke nehmen und mit denen des Täters abgleichen können.« Sie krallte ihre Finger in den Stoff ihrer Hose. Gleich würde sie die Sprache auf Blaine lenken. Aber sie verpasste den Moment schon wieder.

Mit müden Augen schaute Milow die Wand an, als könnte er durch sie hindurch den Ausgang erspähen. »War der Schlüsseldienst in der Zeit, in der ich Prickelwasser besorgt habe, hier? Das Vorhängeschloss, das wir heute Mittag angebracht haben, ist ja nur eine Notlösung, das hält niemanden ernsthaft ab.«

»Noch etwas, das mich maßlos ärgert.« Sie zog ihre Beine an und schlang ihre Arme um die Knie. »Die Hausverwaltung weigert sich doch tatsächlich das Schloss auszutauschen. Nigel hat wie ein Honigkuchenpferd gegrinst, als er mir die Nachricht überbrachte. Er kam, da warst du gerade zwei Minuten weg, als hätte er den Moment abgepasst, mich alleine zu erwischen.«

»Pass ja auf dich auf, der Typ ist hinterhältig. Das darf doch alles nicht wahr sein!«

»Sie wissen jetzt, dass du einen Ersatzschlüssel hast und behaupten, ich hätte den Einbruch provoziert. In Wahrheit wollen sie sich vor den Kosten drücken, denn das Schloss gehört zu einer Schließanlage, und alle Schlösser im Haus müssten ausgetauscht werden, was teuer werden würde.« Sie verschwieg ihm, dass die Verwaltung den Ersatzschlüssel sofort zurückhaben wollte, aber sie hatte dem Hausmeister längst kurz und bündig mitgeteilt, dass sie ihn zusammen mit dem ihren bekämen, wenn sie Ende Oktober auszog und keinen Tag früher.

»Alle scheinen sich gegen uns verschworen zu haben, *monkeybutt.*«

Gegen uns? Kates Augen weiteten sich. Sie presste ihre Beine an ihren Oberkörper, atmete tief durch und lenkte das Gespräch endlich auf ihren Hauptverdächtigen. »Hast du Blaine gegenüber den Zweitschlüssel jemals erwähnt?«

»Blaine?« Jegliche Farbe wich aus seinem Gesicht. Tränen schossen erneut in seine Augen. Er schluchzte leise und griff nach der Packung Taschentücher. »Glaubst du etwa …?«

Sie ließ nicht locker. »Nun, wusste er davon?«

»Als er den kleinen Schimpansen in meinem Apartment entdeckte, verlangte er zu erfahren, wer mir das Stofftier geschenkt hat. Ich habe ihm dann von dir erzählt, aber er hat ständig nachgehakt und gebohrt und wollte alles von dir wissen. Damals dachte ich, er sei eifersüchtig.« Er zog den Kopf zwischen seine Schultern. »Das mit dem Schlüssel ist mir irgendwann rausgerutscht.«

Oh, mein Gott, dachte sie und bekam eine Gänsehaut. Das war gar nicht gut. So hinterlistig, wie Blaine sie angeschaut hatte, als er sich mit Milow auf der Party amüsierte, wusste er genau, dass sie befreundet waren. Er musste sie beim Betreten des Clubs zusammen gesehen haben. Durch die Auskunftsfreudigkeit von Milow stand ihre Wohnungstür weit offen für ihn. Außerdem hatte er noch eine Rechnung mit ihr offen. »Ich werde seinen Namen den Ermittlern nennen.«

Entsetzt riss Milow seine Augen auf. »Das darfst du nicht.«

»Tut mir leid. Ich würde dich da gerne raushalten, aber es geht nicht anders. Da gibt es etwas, das ich dir erzählen muss. Ich habe es schon so lange vor, aber ich wollte dein Glück nicht trüben und dachte, es wäre im Grunde auch nicht wichtig, da ihr beiden zueinander gefunden habt. Jetzt bin ich mir da nicht mehr sicher.« Sie atmete tief durch und berichtete endlich von Blaines dreister Anmache im *Wild Side* und von ihrer Ohrfeige.

»Dann hast du sein wahres Gesicht gesehen, ich war zu verliebt dazu.« Seine Stimme klang belegt, aber entgegen Kates Befürchtung, bekam er keinen weiteren Weinkrampf. Stattdessen legte er seine Handflächen aneinander und hielt sie flehentlich hoch. »Du musst das alles unter allen Umständen für dich behalten.«

Sie schnappte nach Luft. Wie konnte er das nach dem, was ihr passiert war, fordern?

»Sprich bitte nicht mit der Polizei über ihn.« Nun flossen doch wieder Tränen seine Wange hinab.

»Ich verstehe das nicht.« Liebte Milow ihn etwa so sehr, dass er ihre Beziehung über die Freundschaft mit ihr stellte? »Ich verstehe *dich* nicht.«

Er druckste herum, rutschte unruhig auf dem Sofa hin und

her und knabberte an seinen Fingernägeln. »Sie könnten die Schnappschüsse bei ihm finden.«

»Wovon sprichst du?« Der schwarze Nagellack auf seinen Nägeln war schon halb abgeblättert, das hatte sie noch nie bei ihm gesehen.

»Er hat Bilder von mir geschossen. Darauf bin ich nackt. Und in eindeutigen Posen. Wir wollten etwas Verrücktes machen, etwas Erotisches. Es war seine Idee, ich fand sie geil. Doch der Spaß stellte sich als größter Fehler meines Lebens heraus.« Er vergrub seine schamgeröteten Wangen in seinen Händen.

»Was hat er mit den Fotografien angestellt?« Ihr Bauchgefühl sagte ihr, dass Blaine sie nicht für sich behalten hatte. Sie legte einen Arm um Milow, worauf er sich aufrichtete und starr vor sich hinblickte.

»Nicht nur Fotos.« Beinahe verschluckte er sich, wohl an seiner eigenen Spucke. Er fasste sich an den Hals und hustete ein paar Mal. »Er hat uns heimlich gefilmt. Beim Sex. Und wir haben nicht gerade harmlose Dinge miteinander getrieben.«

»So ein Schwein!«

Atemlos sprach er weiter: »Er droht, alles ins World Wide Web zu stellen. Dort verbreiten sich solche Sachen rasend schnell. Und wenn sie einmal da drinstehen, kann man sie nie wieder löschen. Nicht überall. Egal, was man versucht. Nicht einmal das Gesetz kann einem dann noch helfen.«

»Die Polizisten werden ihn vorher stellen! Wenn wir sofort gemeinsam zu ihnen gehen und …«

»Er sagt, er hat sie schon hier und dort eingestellt, und bräuchte sie nur noch für alle Internet-User freischalten, das könnte er mit einem Klick machen.« Müde lächelte er sie an. »Blaine hat mich in der Hand, Kate. Er verweigert jeglichen Kontakt, bis ich ihm viel Geld gebe, das ich nicht besitze.«

»Ich könnte dir etwas leihen«, schlug sie ihm sofort vor und dachte daran, dass sie an seiner Stelle hätte sein können, hätte sie Blaines Werben nachgegeben. Wahrscheinlich war er auf der SM-Party auf der Jagd nach neuen Opfern und nicht auf der Suche nach lustvollen Abenteuern gewesen.

»Du bist lieb.« Er drückte sie fest an sich. »Aber das macht keinen Sinn. Typen wie er melden sich in einem halben Jahr wieder und fordern noch mehr. Sie sehen naive Männer wie mich als Geldquelle, die nicht so schnell versiegt.«

»Was hast du dann vor?«

Er füllte sein Glas und trank es in einem Zug halb leer. Gedankenversunken biss er auf seine Unterlippe. Schließlich sah er Kate an. »Kennst du jemanden, der die Fotos und den Film besorgen könnte?«

Verwirrt runzelte sie ihre Stirn.

»Durch die zahlreichen Clubs, in denen ich auftrete, kenne ich zwar einige Kleinganoven, aber ich traue ihnen nicht über den Weg. Sie würden die Speicherkarten stehlen, sich von mir bezahlen lassen und mich dann ihrerseits damit erpressen.« Er raufte sich die Haare, sodass sie zu Berge standen. »Ich könnte einen Türsteher, mit dem mich eine Nacht verbindet, bitten, aber der würde Blaine zu Brei schlagen, und ich verabscheue Gewalt.«

»Meinst du nicht, es wäre besser die Polizei einzuschalten?« Die Lösungen, an die er dachte, behagten ihr nicht.

»Hat sie dir geholfen?«, fragte er und schnaubte. »Nein, zuerst lassen sie dich warten, vertrösten dich und speisen dich mit Informationen ab, die zu nichts führen. Bald verläuft der Fall im Sand, und du stehst wieder alleine mit dem Problem da. Also, hast du vielleicht einen Bekannten, der den Mumm dazu hätte und tough genug wäre?«

Ronan tauchte in ihren Gedanken auf, immerhin hatte er

sich Einlass ins Gruselmuseum verschafft, entweder, so lautete ihre Vermutung, indem er einem Angestellten den Schlüssel entwendet oder ein Fenster aufgebrochen hatte. Er schien niemandem ein Haar gekrümmt zu haben und wollte sogar die Kulisse, in denen sie sich vergnügt hatten, wieder haargenau so herrichten, wie er sie vorgefunden hatte, damit niemand merkte, dass sie dort gewesen waren. Der perfekte Kandidat für den Job. Nur leider war er ihr nicht gerade wohlgesinnt im Moment.

Milows Augen glänzten hoffnungsvoll. »Du kennst jemanden, nicht wahr?«

Kate schüttelte ihren Kopf.

»Gib dir einen Ruck.« Sanft stieß er sie an die Schulter. »Tu es für mich, für deinen besten Freund.«

Sie stöhnte widerwillig, aber tief in ihrem Inneren erglomm ein Strahlen, weil sie endlich einen Grund gefunden hatte, Ronan zu kontaktieren, ohne dass es so aussah, als würde sie ihm hinterherlaufen.

12

»Crook Private Company Limited«, meldete sich Ronan. »Einbrüche, Diebstähle und Lügen, wir übernehmen alles für Sie. Manchmal versohlen wir auch die Hintern junger Frauen als Gratiszugabe.«

Sie war so perplex, dass ihr nichts Besseres einfiel als: »Kate hier.«

»Welch eine Überraschung!« Er schien sich unter freiem Himmel aufzuhalten, denn der Wind heulte im Hintergrund.

Ihr Puls stieg an. Sie rieb über ihren Arm, denn ihre Haut kribbelte, als wäre sie elektrisch aufgeladen, bestimmt vertrug sie die Mohair-Wolle ihres Pullovers nicht. Komisch war nur, dass sie bisher keine Probleme damit gehabt hatte, und sie besaß den Pulli schon seit einem Jahr. »Du hättest ja auch anrufen können«, entgegnete sie schnoddriger als beabsichtigt. Das Gespräch konnte ja heiter werden. Sie musste sich besser im Zaum halten, schließlich wollte sie etwas von ihm, aber er reizte sie in vielerlei Hinsicht.

Seine Stimme troff vor Sarkasmus. »Ich bin eher der Typ, der unerwartet vor der Tür steht.«

»Hast du aber nicht.« Leider.

»Das klingt vorwurfsvoll«, bemerkte er, »als hättest du seit unserem Treffen darauf gewartet.«

»Mitnichten.« Trotzig reckte sie ihr Kinn in die Höhe, obwohl er das gar nicht sehen konnte.

»Bist du jeden Tag nach Hause geeilt, mit der Hoffnung,

ich würde dort auf dich warten?« Vermutlich hielt er eine Hand über Mund und Hörer, denn das Rauschen des Windes klang mit einem Mal gedämpft. Um besser mit ihr telefonieren zu können? Oder weil er nicht alleine war?

Bei der Vorstellung zog sich ihr Magen zusammen. »Bild dir ja nichts ein!«

»Hast du dein Handy immer im Auge behalten, um nicht zu verpassen, wenn ich mich melde?«

Sie fühlte sich ertappt und er wusste es spätestens jetzt, da sie unsicher zögerte. »Ich habe gearbeitet.« Sie telefonierte keine Minute mit ihm, und schon musste sie eine Faust ballen.

»Es ist schön, deine Stimme zu hören«, sagte er plötzlich sanft und brachte sie durch den abrupten Stimmungswechsel gehörig durcheinander.

Wärme breitete sich in ihrem Magen aus. Sie lenkte ein. »Danke, dass du nicht sofort aufgelegt hast.«

»Nun?«

Wie sollte sie es nur anfangen, das Gespräch geschickt auf Blaine zu lenken? Während sie sich in die Küche zurückgezogen hatte, schaute Milow im Wohnzimmer fern, doch sie hörte, dass er ständig die Kanäle wechselte, weil er im Grunde nur auf ihre Rückkehr mit dem Daumen nach oben lauerte.

»Du möchtest dich bei mir entschuldigen?«

»Deswegen rufe ich nicht an.« Eigentlich hatte sich ihre Meinung nicht geändert, aber das zuzugeben war nicht gerade förderlich für ihr Vorhaben.

Schon etwas frostiger kam zurück: »Tust du nicht?«

»Ich brauche deine Hilfe.« Nervös nahm sie das Mobiltelefon in ihre andere Hand.

»Was ist passiert?«, fragte er besorgt.

Sie sammelte all ihren Mut und weihte ihn in das ganze Drama um Milow und Blaine ein. Nachdem er ihren Plan kannte, herrschte eine Weile Schweigen am anderen Ende der Leitung. Im Nachbarzimmer krakelte Bart Simpson. Genervt stellte sich Kate ans Fenster und schaute hinaus. Aber sie erspähte nur einen Mann, der sich auf der gegenüberliegenden Straßenseite vor dem Sturm in einen Hauseingang zurückgezogen hatte. Obwohl das Licht über der Tür brannte, war er nicht zu erkennen, denn er hatte seine Kapuze ins Gesicht gezogen. Anhand seiner Haltung war unschwer zu erkennen, dass er ein Handy an sein Ohr hielt. Einen Moment lang fragte sie sich, ob Ronan vielleicht dort unten stand und sie beobachtete, ob er schon den ganzen Abend oder länger das Haus im Blick behielt, um mitzubekommen, was sie trieb.

Doch bald steckte der Fremde sein Telefon in die Manteltasche und Ronan stieß aus: »Du möchtest was?«

»Steig mit mir zusammen in Blaines Wohnung ein und hilf mir, die Speicherkarten und Fotoausdrucke zu stehlen. Ich bitte dich von ganzem Herzen. Milow zerbricht daran, er hat so eine sensible Seele.« Sie stand kurz davor, ihm von dem Blut in ihrem Bett zu erzählen, entschied sich aber dagegen, weil sie vermeiden wollte, dass er glaubte, sie benutze das nur als Argument, um ihn weich zu kochen. Sie beabsichtigte, das Erpressungsmaterial zu entwenden und erst danach der Polizei mitzuteilen, dass sie fest glaubte, Blaine hätte ihre Matratze beschmiert. Mit Schritt Nummer zwei hatte Ronan nichts mehr zutun. Sie wollte ihn und Milow nicht mit hineinziehen.

»Du gehst noch immer davon aus, dass ich ins Dungeon eingebrochen bin, so ist es doch, nicht wahr?«, presste er hervor.

»Das spielt jetzt keine Rolle.«

»Eine sehr große sogar. Du denkst, ich würde so etwas öfters machen, und daher wäre es eine Kleinigkeit für mich, unbemerkt bei Blaine einzudringen.« Er sprach die Worte so hart als, als wollte er sie ihr vor die Füße spucken. »Peanuts. Daily business.«

»Ronan, bitte.«

»Genau darum fragst du ausgerechnet mich.«

Kate sah ihre Felle davonschwimmen. Er würde sie jeden Augenblick in die Wüste schicken und auflegen. Ihre Beine fühlten sich wie Pudding an, der Tag war anstrengend gewesen, vor allen Dingen emotional. Sie schlurfte mit ihren William-und-Catherine-Pantoffeln zum Küchentisch, nahm auf einem Stuhl Platz und ließ ihre Schultern hängen.

Zu ihrer Überraschung sagte er: »In Ordnung.«

Sie brauchte einen Moment, um zu realisieren, dass er einverstanden war. Verdutzt lehnte sie sich zurück. »Wirklich?«

»Unter einer Bedingung.«

Alarmiert setzte sie sich aufrecht hin. »Oh.«

»Warum sollte ich dir helfen, wenn nichts für mich dabei herausspringt. Ich bin schließlich ein Ganove, zumindest siehst du das in mir. Was bietest du mir also an?«

Er hatte sie kalt erwischt. Es wäre ihr im Traum nicht eingefallen, dass er etwas für diesen Freundschaftsdienst verlangen könnte. Aber so, wie er es darstellte, handelte es sich auch nicht um einen solchen, sondern um einen Auftrag – ein Geschäft. Das traf sie, zeigte es ihr doch die Kluft, die immer noch zwischen ihnen bestand.

»Du hast dir doch sicher vor dem Anruf darüber Gedanken gemacht. Katie, du bist doch nicht so naiv und rufst bei einem Gauner an, ohne dir vorher eine Bezahlung überlegt zu haben.«

»Verdammt, was willst du? Sag schon!«, zischte sie.

»Das, was ich von Anfang an wollte – Dich!« Er machte eine Pause, um seine Worte wirken zu lassen.

Atemlos saß sie da, weil sie es kaum glauben konnte, was er da sagte. Er begehrte sie genauso wie sie ihn begehrte. Verzieh er ihr ihre Vorwürfe? War ihr Disput damit beigelegt? Würde er von nun an nicht länger ein Geheimnis um seine Person machen? Ihre Mundwinkel zogen sich langsam nach oben. Ihr wurde heiß. Ihr Schoß prickelte, aber noch gewaltiger kribbelte es in ihrem Brustkorb.

»Wenn ich deinem Freund die Sachen besorge – und zwar ohne dich, denn ein Einbruch ist zu gefährlich, das machen Verbrecher wie ich lieber alleine – wirst du mir einen meiner erotischen Wünsche erfüllen. Bisher ging es nur um deine Strichliste, diesmal bin ich am Zug.«

»Ich soll mich dir unterwerfen?« Kates rosarote Wolke entschwebte. Es ging ihm nicht um sie, nur um eine weitere Session. Ihr Herz war ernüchtert, aber das Blut floss weiter verstärkt durch ihre Mitte, ließ sie anschwellen und feucht werden, schon bei der Aussicht, noch einmal mit Ronan intim zu werden. Zudem schützte er sie. Er verlangte, das Risiko des Einbruchs und Diebstahls alleine einzugehen. Bedeutete das nichts?

»Nichts Neues, ich weiß, wir hatten schon viel Spaß zusammen, doch diesmal musst du ein Opfer für mich bringen.« Da sie verunsichert schwieg, fuhr er fort: »Keine Sorge, so schlimm wird es schon nicht werden, nur ein kleines bisschen mehr Nervenkitzel als bisher.«

Mehr als im London Dungeon in einer echt wirkenden Folterszenerie in Kunstblut zu liegen? Ihr wurde immer banger.

»Du musst über deinen Schatten springen und etwas für mich tun, das du von selbst nie tun würdest, etwas, das dir Angst macht, aber am Ende wirst auch du einen Kick daraus ziehen und zerfließen vor Lust.«

Sie hätte ihn verfluchen und auflegen sollen, doch ihr Schoß, dieses verräterische Biest, pochte sehnsüchtig und das bohrende Verlangen konnte nur von Ronan befriedigt werden. »Safe, sane and consensual?«

»Selbstverständlich sicher, gesund und in beidseitigem Einverständnis.« Seine Stimme klang rau. »Das Safeword gilt weiterhin, aber sprich es nicht aus Aufsässigkeit aus, ich warne dich, denk an die Tawse. Haben wir einen Deal?«

»Ja.« Sie konnte kaum glauben, dass sie noch einmal zu Jewel – Ronans Lustsklavin – werden würde. Vor seiner Ankündigung fürchtete sie sich. Doch diese Furcht erregte sie. Sie konnte die Übergabe des Diebesguts kaum erwarten.

13

Noch zwei Wochen bis zu Kates geplanter Heimkehr

Es war schwer vorstellbar, dass bis gestern ein Sturm gewütet hatte. Lächelnd schaute Kate zum blauen Himmel auf, der sich das erste Mal in diesem Monat wolkenlos zeigte, und ließ sich die Sonne aufs Gesicht scheinen. Sie fuhr das Seitenfenster einen Fingerbreit herunter und atmete die klare, frische Luft ein, die ins Wageninnere strömte und ihren Pony zerzauste. Der Oktober zeigte sich an diesem Sonntagnachmittag von seiner goldenen Seite. An solchen Tagen gingen Verliebte an der Themse spazieren, und Eltern tollten mit ihren Kindern in den Parks durch das Herbstlaub, aber Kate war ausgerechnet heute auf dem Weg zu einer Herausforderung, die sie in die Abgründe der Lust führen würde.

Verstohlen musterte sie Ronan auf der Fahrerseite. Es war das erste Mal, dass sie ihn in einem Business-Outfit sah. Der anthrazitfarbene Anzug, vermutlich maßgeschneidert, da er so perfekt saß, ließ ihn noch größer und schlanker wirken. Der oberste Knopf seines weißen Hemdes stand offen. Er machte einen geschäftlichen und gleichzeitig legeren Eindruck. Als er sie um vierzehn Uhr zuhause abholte, hatte sie ihn gefragt, ob er auch am Wochenende arbeitete und unmittelbar von einem Meeting kam, in der Hoffnung, mehr über ihn zu erfahren, aber er hatte nur geschmunzelt und gemeint, seine Kleidung wäre der Location angemessen. Was hatte das zu bedeuten? War der Ort so edel? Oder hatte er sich diesmal Zugang zu einem Bürogebäude verschafft und plante ein Rollenspiel zum Thema »Chef und Sekretärin«?

Sie selbst trug nur einen langen schwarzen Mantel. Darunter war sie nackt, so wie er es verlangte, zumindest fast nackt. Entgegen seiner Anweisung hatte sie einen String angezogen, weil sie vermeiden wollte, dass ihre Feuchtigkeit in der Öffentlichkeit ihre Beine hinabfloss. Sie hatte ja nicht gewusst, dass sie nur im Auto sitzen würden.

Nun lenkte er seinen metallicfarbenen PT Cruiser in ein Industriegebiet vor den Toren Londons, und sie hatte keinen blassen Schimmer, wohin er sie brachte. Hier gab es nur Fabriken und einige schäbige Bürogebäude, die wohl kaum seinen Aufzug rechtfertigten. Aber vielleicht gefiel ihm genau dieser Kontrast.

Er stellte den Wagen auf dem Parkplatz eines grauen Gebäudes mit Flachdach ab, ein Betonwürfel, der nicht gerade einladend wirkte.

»Eine Werkshalle?« Hier wollte er sie also unterwerfen und ihr dann die Speicherkarten und Fotoausdrucke übergeben. Er hatte sie Blaine tatsächlich entwenden können, aber nicht, indem er bei ihm eingebrochen war, so behauptete er zumindest, sondern er hatte ihn lediglich in seiner Wohnung aufgesucht und ihn in die Mangel genommen. Aber was sollte das heißen? Hatte er ihn nur unter Druck gesetzt oder gar Gewalt angewendet? Er weigerte sich, ihr mehr zu erzählen, die Sache wäre geregelt und vorbei. Auf dem PC oder gar im Internet hatte Blaine glücklicherweise überhaupt keine Kopien, er hatte Milow gegenüber gelogen, um ihm Angst einzujagen.

Ronans Geheimniskrämerei machte sie verrückt! Selbst das Auto verriet nichts über ihn, der Sticker eines Autoverleihs klebte an der Frontscheibe. »Willst du mich an einen Gabelstapler fesseln und zwischen Eisenwaren nehmen?«

Er schaltete den Motor aus, sah zu ihr herüber und zwinkerte. »Vielleicht verbirgt sich eine Arztpraxis der besonderen Art dahinter. Äußerlichkeiten täuschen.«

»Ich stehe nicht auf Nadeln und Einläufe!«, beeilte sie sich zu sagen. Der Mantel war ihr mit einem Mal zu heiß.

»Das spielt diesmal keine Rolle, hast du das etwa schon vergessen?« Er amüsierte sich über ihre Empörung. »Das ist der Treffpunkt eines elitären Zirkels, Katie, eines Kreises von Liebhabern von stilvollem SMs, der es nur Mitgliedern erlaubt, einzutreten. Um weitestgehend ihre Ruhe zu haben, bleiben sie unauffällig und halten sich bedeckt.«

Das spiegelt allein das Gebäude wider, dachte sie aufgeregt, als sie ausstieg und neben Ronan darauf zuging. Sie freute sich darauf, hinter die Kulissen zu blicken, fürchtete jedoch dort etwas vorzufinden, das ihr nicht behagte. Was erwartete sie dort drinnen? Lederverkleidete Wände, Themen-Zimmer und Menschen in Fetisch-Kleidung? Jetzt erst fiel ihr der Schriftzug auf, der dezent vertikal auf die Flügeltür gesprayt war, schiefergrau auf taubengrauem Untergrund, sodass er nur von Nahem zu lesen war: *Invitation only*, offenbar gleichzeitig Name und Motto.

»Bist du in ihre Mitte aufgenommen worden?«, fragte sie, denn sie vermutete, die Mitgliedschaft war neu, sonst hätte er sich doch nicht an einem zweitklassigen Ort wie dem *Wild Side* herumgetrieben.

»So kann man das nicht sagen.«

Sie wurde hellhörig. »Wie bist du dann an den Schlüssel gekommen?«

Er öffnete den rechten Flügel des Eingangs. »Ich brauche keinen. Es ist doch gar nicht verriegelt.«

Ihre Zweifel kehrten mit einem Schlag zurück. Mochte er auch nichts mit dem Einbruch in ihre Wohnung zutun haben, blieb immer noch, dass er sich auf strafbare Weise Zugang zum London Dungeon verschafft hatte. War er vorher in das Club-Gebäude eingestiegen, um es für sie vorzubereiten? Oder musste er erst eine Prüfung bestehen, um aufgenommen zu werden, wozu gehörte, eine neue Sklavin mitzubringen?

Sie zuckte zusammen, als die Tür hinter ihr zufiel. Geschmeidig schob er einen Riegel vor, sodass hinter ihnen niemand eintreten konnte. Es überraschte sie, dass sie keine Menschenseele sah, keinen Türsteher und auch keine Gäste. Sollte sie nicht jemand in Empfang nehmen? Musste der Zirkel nicht kontrollieren, wer hereinkam? Sie war beunruhigt und fühlte ihre Vermutung bestätigt, dass der Zirkel nichts von ihrer Anwesenheit wusste.

Kate schaute sich um. Die Garderobe neben dem Eingang war leer, aber wenn sie genau hinhörte, vernahm sie mystische Klänge, die aus den beiden Gängen, die rechts und links vom Flur abgingen und in den vorderen Bereich führten wie in einem Kino, leise zu ihr drangen. Zwei Pfeile an der Wand vor ihr – der eine schwarz, der andere rot – zeigten in die verschiedenen Richtungen. Kate und Ronan folgten dem Roten. Brannten im Entree noch zahlreiche Deckenlampen, so wurde der Korridor nur spärlich von in den Boden eingelassenen, wie Blutstropfen anmutenden Lichtern beleuchtet, als hätte jemand anstatt Brotkrumen einen Wegweiser aus Rubinen gelegt. Kate vermutete, dass sie die Gäste in den Club-Raum lotsen sollten. Aber wohin führte dann der schwarze Pfeil?

»Verabschiede dich von moralischen Schranken, Zweifeln und Tabus, Kate.« Ronan fasste ihren Arm und führte sie eine dreistufige Treppe hinauf. »Und lass dich fallen, hinein in die dunkle Welt der Lust, Jewel.«

Sie nahm sehr wohl wahr, dass er sie nun mit ihrem Sklavennamen ansprach. Das Spiel hatte begonnen, aber sie wusste noch immer nicht, was auf sie zukam. Plötzlich endete die rote Spur. Neugierig versuchte Kate etwas in der sie umgebenden Finsternis zu erkennen. Nichts. Die Musik war nun etwas lauter, klang aber seltsam gedämpft, als würde sie aus einem Nachbarraum zu ihnen dringen.

Als endlich das Licht anging, schnappte sie nach Luft. Mit offenem Mund sah sie sich um, gleichsam fasziniert wie erschreckt. Sie standen in einem Kubus aus Glas inmitten eines quadratischen Raums mit Lounge-Charakter – schick, elegant, durchgestylt und dennoch schlicht. Die kleine Treppe hatte sie auf ein Podest geführt, sodass sie von allen Sitzplätzen dort draußen aus gut gesehen werden konnten. Die Strahler in den Ecken des Glaskastens erhellten nur die ersten Reihen aus weißen Clubsesseln und Tischen auf hellgrauen Teppichen, und Kate wusste nicht, ob sie erleichtert oder verunsichert sein sollte. Die Sitze waren leer, die Anwesenden hatten sich wohl in den Schatten zurückgezogen. Kate konnte ihre Silhouetten nur erkennen, weil sich ihre Umrisse von den hellen Wänden abhoben. Sie meinte, sie tuscheln zu hören, vielleicht täuschte sie sich auch, denn nun hatten Chorgesänge eingesetzt. Die Personen schienen sie anzustarren, sie bewegten sich nicht, vermutlich begutachteten sie das Frischfleisch, das Ronan in die Auslage gebracht hatte. Gäste. Besucher. Zuschauer! Ein heißkaltes Prickeln floss Kates Rücken hinab.

Prompt machte sie kehrt und wollte flüchten, doch er hielt noch immer ihren Arm fest und stellte sich ihr in den Weg. »Zeig dich. Ich möchte, dass alle sehen, was für eine schöne Liebesdienerin ich habe.«

»Ich kann das nicht«, brachte sie atemlos hervor. Das bittersüße Gemisch aus Angst und Erregung raubte ihr die Luft, aber es pumpte auch Adrenalin durch ihre Adern und Blut in ihren Schoß. »Du weißt, dass ich mich niemals öffentlich hingeben würde.«

»Aber heute verlange ich genau das von dir. Du möchtest die kompromittierenden Beweise von Blaine doch haben, oder hast du deine Meinung geändert?«

»Kein Spiel vor Publikum, das sagte ich dir schon im *Wild Side*«, zischte sie leise, worauf er grinste. Da ging ihr ein Licht auf. »Und genau das verwendest du jetzt gegen mich, richtig?«

»Ich nehme dir nur nicht ab, dass dich diese Situation kein bisschen anmacht. Selbstverständlich schämst du dich, aber genau das heizt deine Lust auch an. Ich erkenne es an dem Funkeln in deinen Augen, an deinen geröteten Wangen und daran, dass du immer wieder mit der Zunge über deine Lippen fährst.« Er strich eine Strähne ihres rußfarbenen Haars zurück, glitt dabei sinnlich über ihre Ohrmuschel und streichelte schließlich über ihren Hals. »Die Voyeure geben der Session den besonderen Kick. Wehr dich nicht länger dagegen.«

Selbst wenn sie gewollt hätte, sie konnte nicht. Oder doch? Nervös verlagerte sie ihr Gewicht von einem Fuß auf den anderen, sie schaute durch den Raum und senkte verlegen ihren Blick. Nein, nein, das Szenario war zu viel für sie. In einem Moment zappelte sie unruhig vor Aufregung, im nächsten erstarrte sie vor Furcht.

»Deine Nippel sind so hart, dass sie sich sogar auf deinem Mantel abmalen«, amüsierte er sich und hob ihr Kinn an, damit sie ihn ansah. »Versuch es wenigstens. Solltest du merken, dass es dir nicht gefällt, werde ich dich nicht dazu zwingen.«

»Hast du nicht genau das vor?«, fragte sie zynisch und blinzelte ihn an. Die feinen Härchen in ihrem Nacken stellten sich auf.

»Ich zwinge dich, es auszuprobieren, nicht mehr und nicht weniger. Du wirst den Club nicht eher verlassen, bis du dich nicht mindestens hüllenlos präsentiert hast.«

Sie zögerte noch immer, aber ihre Hände zuckten einmal, als hätten sie beinahe ein Eigenleben entwickelt und den Mantel von ihren Schultern gestreift.

»Ich weiß, dass es dich erregen wird. Vertraue mir.« Mit einem Finger tauchte er in den Spalt zwischen ihren Brüsten, bis der oberste Knopf ihn aufhielt.

Obwohl sie sich davor fürchtete, wünschte sie sich gleichzeitig, sie würde den Mut finden und Ronans Forderung endlich nachkommen. Hatte sie nicht schon oft davon geträumt, sich einer Gruppe von Männern und Frauen hinzugeben? War es nicht lustvoll gewesen, Mr Knickerbocker und Mrs Charleston zu dienen, während die anderen Anwesenden zuschauten oder sie streichelten, festhielten und sogar penetrierten? Aber ihr Abenteuer in dem 20er-Jahre-Salon war nur ein Traum gewesen. Sie hatte sich in ihrer Fantasie nur halb so sehr geschämt wie in diesem Augenblick, dabei sah das Publikum bisher nur ihre nackten Fußgelenke, der Rest war noch verdeckt.

Aber sie wussten über Kates Neigung Bescheid und dass sie Ronan hierhin gefolgt war, um sich von ihm dominieren zu lassen. Drei Buchstaben schwebten über ihrem Kopf, unsichtbar und trotzdem konnten alle in diesem Raum sie lesen. S.E.X. Allein das beschämte sie schon. Alle wussten, dass sie wegen einer Session gekommen war und ihr Herr Dinge mit ihr machen durfte, die andere für pervers hielten. Dieses emotionale Ausgeliefertsein ließ sie hochrot anlaufen. Nicht nur dieser Kubus schien aus Glas zu sein, sondern sie selbst auch. Die Club-Mitglieder konnten direkt in sie hineinsehen, sie durchschauten sie.

Aber dann fiel ihr ein, dass nicht Kate MacLynn diese Bühne betreten hatte, sondern Jewel. Die Sub in ihr sehnte sich nach grenzüberschreitenden Erfahrungen, nach Hemmungslosigkeiten und erotischen Abenteuern – und das alles stand ihr kurz bevor, falls sie es denn zuließ.

Bevor Kate wusste, wie ihr geschah, zog Jewel den Mantel aus. Achtlos fiel er zu Boden. Einige Sekunden lang hatte die Lust die Oberhand gewonnen, doch nun kehrte die Scheu zurück, und sie versteifte sich.

Ronans wütender Blick machte es nicht besser. »Ich hatte dir befohlen, nichts darunter zu tragen!«

Sie brachte keinen Ton heraus und hielt die Hände vor ihren String als würde sie einen Urwald aus Kraushaar verbergen, weil sie vergessen hatte, sich zu rasieren.

Als er ein Leatherman aus seiner Hosentasche holte, das gleiche Multitool, wie ihr Vater eins besaß, weiteten sich ihre Augen. Sie wurden noch größer, als er das Messer aufklappte und mit der harmlosen Rückseite über ihren Oberschenkel glitt. Ängstlich wollte sie zurückweichen, aber ihre Füße waren schwer wie Blei. Beinahe zärtlich führte er die Klinge unter das Band an ihrem rechten Bein und schnitt es entzwei. Kate keuchte. Er verlor keine Zeit und kappte auch das Bändchen auf der linken Seite, sodass das Höschen fiel. Schnell fing er es auf und hielt es hoch wie eine Trophäe. Kate hoffte, dass die Zuschauer den von ihrer Feuchtigkeit durchtränkten Steg nicht aus der Ferne erkennen konnten.

»Ich nehme den Fleck als Zeichen für dein Einverständnis, das Spiel zu beginnen.« Nachdem er den Slip auf ihren Mantel geworfen hatte, steckte er das Leatherman zurück in die Tasche. Er streckte ihr seine Hand entgegen wie ein König seinem Untertan. »Danke mir, dass ich auf eine Strafe verzichte.«

Wollte er etwa, dass sie seinen Handrücken küsste? Seine Miene wurde immer härter. Er mochte es nicht, dass sie ihn warten ließ, das merkte sie ihm an. Mit pochendem Herzen neigte sich Kate vor, ihre Lippen streiften seine Haut, aber alle ihre Sinne waren auf die Beobachter gerichtet. Selbst diese simple Geste war ihr peinlich, weil sie nicht nur zwischen ihr und Ronan stattfand. Sex war etwas sehr Intimes und BDSM ein sensibles Thema. Sich Ronan öffentlich zu unterwerfen, kostete sie nicht nur Überwindung, sondern auch Kraft, das merkte sie jetzt schon, obwohl dieser Kuss nur ein harmloses Vorspiel war.

Vollkommen enthüllt stand sie auf dem Podest. Die Lampen im Kubus strahlten sie an, dadurch fühlte sie sich noch nackter. Die im Verborgenen stehenden Männer und Frauen sahen ihre Brüste, von denen sich Kate wünschte, dass sie größer wären, und ihren blanken Schoß. Sicherlich fielen ihnen ihre geschwollenen Schamlippen auf. Bestimmt leuchteten sie schon rot, dachte Kate, wagte jedoch nicht, an sich hinabzuschauen. Ob die Innenseiten ihrer Oberschenkel schon feucht glänzten?

Ronan stellte sich hinter sie, schlang seine Arme um ihre Hüften und schob sie auf eine der Scheiben zu. Hatte Kate im ersten Augenblick seine Nähe genossen, so erkannte sie nun, dass er sie nur umarmte, damit sie nicht fliehen konnte. Sie wehrte sich, wenn auch halbherzig, denn sie wollte ihm jetzt und hier keine Szene machen, und sie genoss seine Überlegenheit sogar. Noch immer kämpften Hemmungen und Geilheit, doch längst überwiegte letztere.

Nun, da sie dicht vor dem Glas stand, bemerkte sie ihr Spiegelbild. Nicht nur das Publikum konnte sie beobachten, sondern sie sich selbst auch. Schamhaft wandte sie ihr Gesicht ab, denn sie wollte das gar nicht, und musste dennoch wieder hinschauen. Ihre Stirn glitzerte feucht. Ihr Brustkorb wogte auf und ab. Obwohl oder eben weil ihr Gesicht so gut durchblutet war, machte sie einen »erblühten« Eindruck. Dieser Begriff fiel ihr spontan ein, und sie fand, dass er hundertprozentig passte. Sie wirkte lebendiger denn je.

Ronans Hände glitten von ihren Hüften herauf zu ihren Brüsten. Wie Schalen legten sie sich darunter, hoben sie an und präsentierten sie den Zaungästen. Er drückte sie knapp hinter den Warzenhöfen zusammen, machte sie dadurch länger und hob die Nippel hervor. Ausgiebig knetete er den Busen, bis er sich rötete und Kate immer unruhiger wurde. Sie versuchte ihre wachsende Erregung zu verstecken, doch das war im Evakostüm und auf dieser hell erleuchteten Bühne nahezu unmöglich.

Kaum hatte Ronan von ihrer Oberweite abgelassen, streichelte er über ihren Bauch und liebkoste ihren glatten Venushügel. Kate warf ihm über die Schulter hinweg einen flehenden Blick zu, doch er reagierte nicht darauf, küsste jetzt ihre Ohrmuschel. Bevor sie ihn davon abhalten konnte, schob er seine beiden Zeigefinger zwischen ihre Schamlippen und drückte die großen nach außen.

Empört griff sie seine Handgelenke, konnte jedoch nicht verhindern, dass er mit den Fingern nun auch die kleinen Lippen zur Seite schob und somit ihren Damm freilegte. Eng presste sie ihre Beine zusammen. Ihre empfindsamste Stelle schützte das jedoch nicht. Ronan befreite die Klitoris von dem dünnen Häutchen. Zitternd vor Schamgefühl legte sie ihre Hand darüber.

»Nimm sie weg«, befahl er ihr sanft.

Warum brüllte er sie nicht an? Wieso drohte er ihr nicht, sondern sprach fast liebevoll zu ihr?

»Nimm sie weg«, wiederholte er verführerisch. »Du willst es

doch auch. Hör auf, gegen deine Lust zu kämpfen und genieße diese neue Erfahrung. Jetzt, Jewel!«

Ihr Widerstand schwand. Sie fragte sich, warum sie wie Wachs in seinen Händen dahinschmolz. Es lag wohl an dem, was er sagte, aber auch wie er es tat. Er traf genau den richtigen Ton, benutzte die richtigen Worte, nahm sie hart, wenn er wusste, dass sie sich bereitwillig auf eine Spielart einließ, und übte sachten Druck aus, wenn er ahnte, dass zu viel sie überfordern würde. Überwältigt von so viel Feinfühligkeit und der Erkenntnis, dass kein anderer Mann besser zu ihr passte als er, lehnte sie ihren Rücken gegen seinen Brustkorb und legte ihre Hände an seine Oberschenkel.

»Es macht mich unglaublich an, dich allein mit Worten meinem Willen zu unterwerfen.« Sein Mund streifte ihre Halsbeuge, das ließ Kate wohlig erschauern. »BDSM muss nicht immer mit Lustschmerz einhergehen, manchmal ist es auch durchaus sinnlich.«

Von hinten schob er sein Knie zwischen ihre Beine und öffnete sie. Während er ihre inneren Schamlippen beiseitezog, starrte Kate an die Decke. Schließlich siegte die Neugier, und sie blinzelte, um die Gesichter der Umherstehenden auszumachen, aber ohne Erfolg. Was dachten sie von ihr? Lachten die Club-Mitglieder sie aus, bezeichneten sie sie als Schlampe, oder langweilten sie sich, weil an diesem Ort schon viel obszönere Darbietungen stattgefunden hatten?

»Denk nicht so viel nach«, flüsterte Ronan von hinten in ihr Ohr und liebkoste die Innenseiten ihrer Oberschenkel. »Genieße! Wir sind hierher gekommen, um der Geilheit zu frönen und sie zu zelebrieren, und damit meine ich nicht nur uns beide, sondern auch die da draußen.«

Erst jetzt merkte sie, wie verkrampft sie war. Sie entspannte sich und fühlte sich gleich besser. Als hätte Ronan die Veränderung gespürt, hob er ihr rechtes Bein an. Erschreckt ruderte sie mit ihren Armen, um ihr Gleichgewicht wiederzufinden, aber das brauchte sie gar nicht, denn er hielt ihre Taille umschlungen und stützte sie. Ihre Spalte klaffte weit auf. Kate meinte einen Moment lang, die Atemzüge der Gäste an ihrem Schoß zu spüren, doch das machten natürlich die Scheibe und die Distanz unmöglich. Ihr Herz pochte aufgeregt in ihrem Brustkorb. Ronans erigierter Schaft bohrte sich in ihren Rücken. Sie konnte nicht glauben, dass er sie so schamlos präsentierte! Immerhin drückten sich die Zuschauer nicht ihre Nasen am Glas platt, sondern blieben im Schatten. Wollten sie ihre Anonymität wahren, weil Ronan und sie nicht zum Zirkel gehörten? Oder war es Teil der erniedrigenden Zurschaustellung, dass sie alles von Kate sahen – wirklich alles – und Kate von ihnen gar nichts?

Als er ihr Bein losließ, verspürte sie Erleichterung. Ihr Puls verlangsamte sich aber nur nach und nach. Ronan drehte sie um und schmiegte sich an ihre Vorderseite. Zärtlich kraulte er ihren Steiß. Ein Prickeln entsprang an dieser Stelle und floss von hinten in ihre Spalte. Um ihre Verlegenheit zu verbergen, verbarg sie ihr Gesicht in seiner Halsbeuge. Aus einem Impuls heraus küsste sie ihn. Seine Haut war ebenso heiß wie ihre. Er duftete nach erdigem After Shave und köstlich nach Mann.

Seine Hände packten ihre Gesäßhälften, sie kneteten sie, zuerst behutsam, dann immer leidenschaftlicher, sodass ihr Schoß mit einem steten Pulsieren darauf reagierte. Nach einer Weile zog er die Pobacken auseinander. Geschickt hielt er sie fest und kraulte gleichzeitig mit zwei Fingerspitzen ihren Muskel. Kate krallte sich an seinem Jackett fest. Das Kribbeln erregte sie, nicht nur weil die enge Öffnung tabubehaftet war, sondern vor allen Dingen wegen der Zeugen, die mitbekamen, dass es ihr Lust bereitete, dort berührt zu werden, wo es unschicklich war.

Von hinten tauchte er in ihre Mitte ein, kehrte sodann zurück zu ihrem Ringmuskel und verteilte ihre Feuchte darauf. Vorsichtig drang er zuerst mit einem Finger ein, dann mit dem zweiten und dehnte sie leicht auf.

»Hör auf damit … das ist … das.« Sie biss in seinen Hals, aber nicht allzu fest.

»Ich möchte unserem Publikum den Beweis erbringen, dass ich alle deine Öffnungen benutzen kann«, sagte er mit vor Erregung rauer Stimme, »dass dein Körper mir gehört und ich mit ihm tun und lassen kann, was mir beliebt.«

Sie bekam eine Gänsehaut, aber es fühlte sich gut an. Seine Worte troffen vor Unverschämtheit, doch er sprach sie so sanft aus, so voller Verlangen und ging so behutsam mit ihr um, dass seine Dreistigkeit sie unglaublich anmachte. Kaum merklich rieb er sein steifes Glied an ihren Bauch. Schließlich seufzte er und ließ von ihr ab.

»Schau dir die Schweinerei an.« Schnalzend schüttelte er seinen Kopf.

Sie blickte an sich hinab. Feuchtigkeit glänzte auf ihren Oberschenkeln und auf ihrem Schoß. Sie sah es, Ronan sah es und das Publikum ebenfalls. Kate errötete an Stellen, an denen sie das gar nicht für möglich gehalten hätte. Zu allem Übel griff er ihren Oberarm und führte sie an der Scheibe vorbei wie eine Stute auf einer Pferdeauktion. Oder einer Sklavin auf einem Sklavenmarkt, schoss es ihr in den Sinn. Sie bekam Angst, dass Ronan gar nicht ihr Spielpartner für diese Session war, sondern ein Fremder.

Als sie sich wehrte, blieb er stehen. »Zeige dich her! Spreize deine Beine, strecke deinen Busen heraus und lass deine Arme hängen, damit sich alle Zuschauer an deiner Nacktheit erregen können.«

Ohne auf eine Antwort oder Reaktion zu warten, ging er zum Ausgang. Doch er verließ die Bühne nicht, sondern öffnete eine Tür, die die komplette linke Seite vom Korridor bis zur Glasscheibe einnahm. Kate staunte nicht schlecht, denn sie war ihr bisher nicht einmal aufgefallen, weil der dunkle Griff optisch mit der schwarzen Wand verschmolz. Dahinter kam eine Kammer zum Vorschein. Ronan musste einige Kraft aufwenden, um das Konstrukt, das sich in dem Raum befand, in die Mitte des Podests zu schieben. Dort angekommen, betätigte er einen Hebel, sodass das Gefährt sich absenkte, die Rollen in den Füßen verschwanden und es einen festen Stand hatte. Nachdem er Kates Haltung geprüft und ein wenig korrigiert hatte – natürlich war ihre Mitte nicht weit genug geöffnet und auch ihre Nippel standen nicht spitz genug hervor, weshalb er sie zwirbelte –, schloss er die Tür und kehrte zu ihr zurück.

»Nimm Platz!«, wies er sie an und zeigte auf den gynäkologischen Stuhl.

Es musste sich um eine Sonderanfertigung handeln, denn er ähnelte zwar dem, den sie von ihrem Frauenarzt kannte, war aber komplett in Schwarz gehalten. Kate wurde abwechselnd heiß und kalt. Welch ein besonderes überdimensionales Spielzeug! Es hatte definitiv seine Vorteile, Mitglied in diesem Zirkel zu sein. In Katalogen mit SM-Möbeln hatte sie schon einige Gyn-Stühle gesehen, aber sie hatten den Eindruck gemacht, nicht sonderlich stabil zu sein. Sie waren eher wie Karikaturen der echten, der Anblick hatte keine Wirkung auf sie gehabt. Diese Variante jedoch weckte ihr Verlangen, ihn auszuprobieren. Wären nur nicht die Club-Mitglieder anwesend! Sie kamen ihr vor wie ein im Schatten lauerndes Löwenrudel, das sie – ihre Beute – eingekreist hatte.

Ronan legte eine Hand zwischen ihre Schulterblätter. »Setz dich, Jewel! Ich werde das nicht noch einmal sagen.«

Sondern andere Mittel einsetzen, um sie dazuzubringen, das zu tun, was er wollte? Würde er sie für ihr Zögern bestrafen? Ihr schwirrte der Kopf. Das Summen zwischen ihren Schenkeln brachte sie ebenso durcheinander. Am Ende siegte keineswegs die Angst vor Ronan, sondern die Neugier auf diesen Stuhl, sodass sie endlich seinem Befehl nachkam. Doch keine Sekunde später fragte sie sich, ob sie die richtige Entscheidung getroffen hatte, denn er fesselte ihre Arme und Beine mit breiten Ledermanschetten an den Stuhl. Nun konnte sie sich kaum noch bewegen, auf keinen Fall von diesem Sitz flüchten. Aber wollte sie das überhaupt?

Als er einen Metallarm hochbog, den Kate bisher nicht beachtet hatte, und die Filmkamera am oberen Ende auf ihren Unterleib richtete, pochte ihre Möse so heftig, als würde jemand darauf klopfen. Fassungslos setzte Kate an, um Einspruch zu erheben, aber er schaltete das Aufnahmegerät ein, und plötzlich erschien das Bild ihrer Scham in Großaufnahme auf allen Wänden. Die Kamera musste mit Projektoren verbunden sein, die genauso gekonnt verborgen waren wie der Stauraum neben dem Ausgang. Vor Überraschung brachte Kate keinen Laut des Protests über ihre Lippen. Sie war gleichermaßen fasziniert wie entsetzt.

Nun konnten die Zuschauer alles – alles! – von ihr sehen, und das in vielfacher Vergrößerung.

Ob Ronan das kleine Mikrofon neben der Linse dreimal antippte, um zu testen, ob der Ton auf die Lautsprecher, aus der eben noch mystische Musik geschallt hatte, übertragen wurde oder ob er Kate auf die neue Variante vorbereiten wollte, vermochte sie nicht zu deuten. Jedenfalls wagte sie kaum zu atmen, denn man hörte nun jedes noch so leise Geräusch um ein Mehrfaches verstärkt.

»Es handelt sich nur um eine Übertragung, nichts davon wird aufgezeichnet.« Er stellte sich neben ihren Kopf, öffnete seine Hose und holte sein Glied heraus. Imposant streckte es sich ihr entgegen, ihr Mund kribbelte köstlich, und dennoch blitzte kurz der Gedanke auf, ihn ein wenig fester mit ihren Zähnen zu necken, weil Ronan sie ohne Warnung in diese prekäre Situation manövriert hatte. Aber als sein Schaft zwischen ihre Lippen in sie hineinglitt, lutschte sie enthusiastisch daran, denn das alles – der Glaskubus, die Zuschauer, der Gyn-Stuhl und die Kamera – machte sie geiler als sie gedacht hatte. Frenetisch leckte sie über die Eichel, bohrte ihre Zungenspitze in das kleine Loch und schob mit ihrem Mund die Vorhaut weiter zurück. Ronan schmeckte so köstlich! Sie konnte gar nicht genug von ihm bekommen.

Viel zu früh entzog er sich ihr und kehrte an den Platz zwischen ihren Schenkeln zurück. Mit der Hand führte er seine Penisspitze zu ihrer feuchten Öffnung – und die Projektoren übertrugen es auf die Wände. Langsam drang er in sie ein – und die Gäste konnten es in Großaufnahme mitverfolgen. Sein Keuchen ertönte ebenso aus den Lautsprechern wie ihr Stöhnen, ein frivoles Duett, das sich wie ein Musikstück an Dramatik steigerte. So sehr sich Kate auch bemühte, möglichst wenige Töne von sich zu geben, sie schaffte es nicht. Überwältigt verfolgte sie den Film, der im *Invitation only* ausgestrahlt wurde. In dem sie mitspielte. Es berauschte sie in Close-up zu sehen, wie Ronans rasierter Schwanz in ihre blanke Möse hineinpumpte. So hübsch – so obszön. Immer kraftvoller stieß er sie. Das Schmatzen ihrer Unterleiber mussten dank des Mikrofons selbst die Männer und Frauen in den äußersten Winkeln des Raums laut und deutlich hören können.

Kate versuchte so lange wie möglich ihren Blick auf die Projektion an der Wand zu heften, weil die Betrachtung ihre Lust steigerte. Aber es kam der Zeitpunkt, dass der Orgasmus greifbar war, alles in ihr sich auf ihren Schoß konzentrierte und ihre Lider schwer wurden. Ihre Muskeln kontrahierten. Sie hielt sich an der Armlehne fest und drückte automatisch ihren Rücken durch, sodass sich ihr Hintern anhob. Nun übertönte ein orgiastisches Rauschen in ihren Ohren das überlaute Keuchen und Stöhnen. Vor ihrem geistigen Auge lief noch immer der Film ab, wie Ronans Phallus in ihre feuchte Scham drang, doch nun explodierte das Bild in tausend gleißend helle Teilchen wie ein Feuerwerk, das ihr ekstatisches Zucken begleitete.

Erst nachdem Ronan ebenfalls gekommen war und er nicht mehr in sie hineinglitt, konnte sie wieder tief durchatmen. Langsam zog er seinen Penis heraus. Sie hörte ihn atmen und stellte fest, dass es nicht länger verstärkt wurde. Um ihre Vermutung bestätigt zu sehen, öffnete sie ihre Augen. Tatsächlich hatte er die Kamera ausgeschaltet. Während er die Ledermanschetten an ihren Armen und Beinen öffnete, streichelte er Kate immer wieder liebevoll. Sein Lächeln war warm. Er zog ihren Oberkörper zu sich hinauf und drückte sie an sich. Er bedeckte sie mit Küssen.

Zärtlich strichen seine Fingerspitzen über ihren Nacken. »Und? War es nicht erregend, vor Fremden zu vögeln?«

Sie hatten nicht nur das getan, sondern er hatte Kate vorgeführt und öffentlich dominiert, aber sie wollte diese Erfahrung um nichts in der Welt missen, denn sie hatte sich zu keinem Zeitpunkt herabgewürdigt gefühlt. Dieser kleine Unterschied wurde ihr mit einem Mal bewusst. Ronan hatte sie entblößt, aber nicht bloßgestellt, hatte sie schamlos präsentiert, aber nicht gedemütigt. Es ging ihr ausgezeichnet, sie war satt und befriedigt – glücklich! Er hatte nicht nur den Besuchern gezeigt, dass er sie dazu bringen konnte, Dinge zu tun, von denen sie träumte, aber zu scheu war, um sie sich einzugestehen, sondern auch, dass er etwas für sie empfand. Er liebkoste sie nun genauso selbstverständlich vor dem Publikum wie er sie unterworfen hatte.

»Dann können wir ja die nächste Session *coram publico* abhalten«, sagte er.

Verwirrt schaute sie zu ihm auf. »Haben wir doch soeben.«

Er griff in die Innentasche seines Jacketts. Zu Kates Verwunderung holte er eine Fernbedienung heraus. Sein Schmunzeln ließ nichts Gutes ahnen. Er drückte einen Knopf. Die Deckenlampen gingen an. Licht durchflutete den gesamten Raum. Die Zirkelmitglieder standen nicht länger verborgen im Schatten. Doch es waren keine Menschen aus Fleisch und Blut. Es stellte sich heraus, dass die Männer und Frauen mit schiefergrauem Stoff überzogene Schaufensterpuppen waren. Eine extravagante Dekoration. Kunst.

»Schuft«, zischte Kate. Eigentlich hätte sie erleichtert sein sollen, doch sie war zu ihrer eigenen Überraschung enttäuscht.

»Freu dich.« Zärtlich strich er ihr den Pony aus dem Gesicht. »Du hast den ganzen Spaß noch vor dir.«

Er hatte recht. Sie konnte denselben Kick wie an diesem Sonntagnachmittag ein zweites Mal erleben. Welch ein Geschenk! Dieser Mann war unglaublich.

Kate wollte Ronan nie wieder hergeben.

14

Noch eine Woche bis zu Kates geplanter Heimkehr

Schimmerten Milows Augen feucht? Das fragte sich Kate, bevor er sie fest an sich drückte. Er wollte sie gar nicht mehr loslassen und hauchte in ihr Ohr: »Nochmals tausend Dank.« Endlich gab er sie frei, schloss seine Wohnungstür hinter ihr und nahm ihr die Regenjacke ab. Nachdem er sie aufgehängt hatte, führte er Kate durch den schmalen Korridor in die Küche. Wie immer war sein Apartment aufgeräumt. Anders als bei ihr lag nichts herum. Nicht einmal der kleinste Wasserfleck war auf der Anrichte zu sehen.

Milow ist definitiv die bessere Hausfrau, dachte sie und ließ ihren Blick über die aufgetischten Köstlichkeiten schweifen. Es duftete nach Curry, Hülsenfrüchten und Reis. Ihr lief das Wasser im Mund zusammen. »Das war wirklich nicht nötig.«

»Dieses kleine indische Essen ist bei weitem nicht genug für das, was du für mich getan hast.« Sanft schob er sie tiefer in den Raum hinein. »Das Chicken Tikka Masala habe ich selbst zubereitet, aber ich gebe zu, die Samosa und das Dal bei *Ishan's Curry House* gekauft zu haben.« Geräuschlos zog er den Stuhl über den versiegelten Korkboden. »Später gibt es noch Barfi Badam.«

»Konfekt?«

»Ja, ja, ich weiß, *monkeybutt.*« Seufzend strich er über seinen flachen Bauch, als wäre dieser rund wie ein Ballon. »Ab morgen mache ich wieder Diät, schließlich bin ich zurück auf dem Markt.«

Offenbar war seine Enttäuschung über Blaine schon nicht mehr so schlimm. Das freute Kate sehr, denn dieser Chippendale-für-Arme hatte es nicht verdient, dass man ihm nachtrauerte.

»Siehst du die Schale auf der Fensterbank? Die Asche darin ist alles, was von den kompromittierenden Fotos von mir übrig geblieben ist.« Zufrieden grinste er. »Ich habe ein Glas Glenfiddich getrunken, die Fotos verbrannt und das Kapitel Blaine geschlossen.«

Es war für Kate unschwer zu erraten, dass sich auf den Festplatten, die daneben lagen, die offenherzigen Bilder und die Sexfilme befanden. Sie machten einen ziemlich lädierten Eindruck und hatten sogar Brennspuren.

Als hätte Milow ihre Gedanken erraten, erklärte er: »Zuerst habe ich mit dem Hammer drauf geschlagen, dann habe ich sie mit dem Küchen-Flambierer bearbeitet, und morgen werde ich noch ein aggressives Putzmittel oder, falls ich so etwas bekomme, eine ätzende Lauge besorgen.«

Es klang, als würde er all das gerne mit seinem Ex-Lover anstellen. »Wie schön, dass es dir besser geht!« Seine Fingernägel waren wieder akkurat lackiert, seine Frisur war gestylt, und er trug eine schwarze Lederhose, die so eng saß, dass sie seinen Knackpo wunderbar zur Geltung brachte. Kate jedoch fragte sich, wie er an diesem Abend noch etwas essen wollte.

»Möchtest du einen Masala Chai, Lassi oder schnödes Wasser?«

»Das Joghurtgetränk, bitte.« Kate erinnerte sich, dass Milow in Tränen ausgebrochen war, als sie ihm letzten Sonntag das Erpressungsmaterial abends vorbeigebracht hatte. Schluchzend hatte er in ihren Armen gelegen und sie zum Essen eingeladen. Das Versprechen löste er nun, fünf Tage später, ein. Diese Freitagnacht verbrachte sie so entspannt wie schon lange nicht mehr. Alles war gut. Blaine hatte nichts mehr gegen ihren besten Freund in der Hand, sie telefonierte jeden Abend mit Ronan und es war weder weitere Post von ihr verschwunden, noch hatte sie Hinweise darauf entdeckt, dass jemand sich in ihrer Abwesenheit in ihrer Wohnung umgeschaut hatte. Ruhe war eingekehrt. Nur das Wetter spielte nicht mit. Für Oktober war der Tag zu schwül gewesen. Völlig ungewöhnlich für diese Jahreszeit, türmten sich Gewitterwolken am ockerfarbenen Himmel. Alle sprachen von Klimakatastrophe, von Unheil und Weltuntergangsstimmung. Obwohl Kate das für übertrieben hielt, hatte sie ein mulmiges Gefühl im Magen.

Milow riss sie aus ihren Gedanken, indem er eine herausgeschnittene Seite des Daily Telegraph auf ihren Teller legte. Während er ihr Lassi eingoss und danach sein eigenes Glas füllte, überflog sie den Artikel. Ihre Augen wurden immer größer. Auf dem Foto neben dem Text sah Blaine nicht gerade vorteilhaft aus. In fettigen Strähnen hingen seine langen Haare an seinem Kopf herab. Seine Mundwinkel waren nach unten gebogen, und sein Teint war blass. Er machte auf Kate den Eindruck eines gefallenen Engels – einst wunderschön, nun nur noch ein Schatten seiner selbst.

»Die Polizei hat ihn verhaftet. Ich konnte es kaum glauben, als ich es heute Morgen las.« Milow ließ sich auf seinen Stuhl fallen, tippte aufgeregt auf den Zeitungsausschnitt und erzählte, was dort geschrieben stand, als hätte Kate es nicht eben selbst gelesen. »Er riss seit Jahren Männer und Frauen auf, aber vor allen Dingen Gays, schoss Nacktfotos von ihnen und drehte mal mehr, mal weniger heimlich Sexvideos.«

»Und erpresste sie damit.« Entgeistert nickte sie.

»Wie bei mir.« Milow nahm einen kräftigen Schluck von dem Joghurtgetränk, als handelte es sich um Scotch. »Damit hat er sich Schönheits-OPs finanziert. Ist das zu glauben? Mit mir hat dieses Schwein sogar offen über sein Hobby, wie er es nannte, geredet. Vor einem Jahr hat er sich die Lippen aufspritzen lassen und sparte seit Monaten für Brustimplantate, weil sein Oberkörper trotz des Trainings im Fitness-Center flach wie ein Brett blieb. Er lud mich sogar zu einer Botoxparty ein, aber ich lehnte ab. Der spinnt doch total!«

»Die Polizei bezeichnet es sogar als Sucht, steht hier.« Erneut musste sie daran denken, dass Blaine es eigentlich auf sie abgesehen gehabt hatte. Hätte sie seinem Werben im *Wilde Side* nachgegeben, wäre sie womöglich in Milows Lage gekommen. Obwohl sie nichts dafür konnte, fühlte sie sich schuldig.

Seine Augen glitzerten schon wieder. Er nahm ihre Hand und hielt sie zwischen seinen fest. »Wären meine Fotos und Filme noch in seinem Apartment gewesen, hätte die Polizei sie gefunden. Ich wäre in die Ermittlung mit reingezogen worden, und die ganze Insel hätte durch die Presse von dem größten Blödsinn, den ich je verzapft habe, erfahren. Vielleicht hätte die Sun sogar Nacktbilder von mir gebracht. Die sind doch zu allem fähig. Das hätte ich nicht überlebt!«

»Red nicht solchen Unsinn!«

Er atmete tief durch. »Ich wäre lieber gestorben, als auf dem Revier eine Aussage zu machen, die abfälligen Blicke der Polizisten zu ertragen und mein Konterfei mit hämischen Untertiteln in den Gazetten zu sehen.«

Wie sie nur allzu gut wusste, war Milow sehr sensibel. Durch den Vorfall war seine Seele bestimmt wie eine offene Wunde, aber sie heilte bereits. Freundschaftlich küsste Kate seinen Handrücken.

»Zum Glück haben sich genug andere Betroffene, die mutiger sind als ich, gemeldet, sodass mein schlechtes Gewissen mich zwar belastet, aber nicht erdrückt. Blaine wird auf jeden Fall verurteilt werden, auch ohne meine Aussage.« Er lächelte müde. »Danke. Du hast mich vor der Demütigung meines Lebens bewahrt.«

»Dafür sind Freunde da.«

»Und ich danke deinem Bekannten.« Sanft ließ er sie los und schaufelte sich eine große Portion Hühnchen auf seinen Teller. Einige Spritzer der roten Soße landeten auf der Wachstischdecke. Er wischte sie sofort mit seiner Serviette ab.

»Glaubst du, er war es, der der Met einen Tipp gegeben hat?«

»Ronan?« Sie musste seinen Namen wohl zu butterweich ausgesprochen haben, denn Milow hob eine Augenbraue, worauf sie errötete. »Vielleicht, ja.« Er war doch einer von den Guten, oder? Aber würde er sich nicht eher von der Polizei fernhalten? Immerhin brach er in Gebäude ein, wenn auch nicht um zu stehlen. Oder doch? Noch immer wusste sie viel zu wenig über ihn. Es waren noch zu viele Fragen ungeklärt, als dass sie ihn von allen Zweifeln freisprechen konnte.

»Was läuft da zwischen euch?«, fragte Milow und zeigte auf das Chicken Masala, um ihr anzudeuten, sie solle endlich kräftig zulangen.

Kate öffnete den Mund und schloss ihn wieder. Auch darauf wusste sie keine Antwort. SM war ihr gemeinsamer Nenner, bisher der einzige, aber sie spürte, dass es zwischen ihnen knisterte. Auch Ronan begehrte mehr als nur die Sub in ihr, das glaubte sie zumindest. Allerdings ließ er sie zappeln. Er öffnete sich ihr nur langsam, machte sich einen Spaß daraus, ihr Belangloses von sich zu erzählen, ohne allzu viel preiszugeben. Aber so kamen sie auf Dauer nicht weiter. Sie musste dringend mit ihm sprechen. Über ihre Beziehung. Und über Black Elder. Ihr Umzug hing wie ein Damoklesschwert über ihnen.

Um Milow nicht vor den Kopf zu stoßen, aß Kate etwas, obwohl ihr der Appetit vergangen war. Die Aussprache mit Ronan lag ihr im Magen. Als sie auf dem Heimweg im Bus saß, war ihr leicht übel. Ihr Handy vibrierte in ihrer Tasche, und ihr fiel ein, dass sie es in der Arbeit stumm geschaltet und vergessen hatte, nach Feierabend den Ton wieder zu aktivieren. Die SMS kam von Milow. Er bedankte sich zum tausendsten Mal, wünschte ihr eine gute Nacht und unterzeichnete mit dem Kürzel »HDL«. »Hab dich auch lieb«, schrieb sie zurück. Erst nachdem die Nachricht verschickt war, bemerkte sie, dass sie einen Anruf in Abwesenheit erhalten hatte.

»Mist!« Ronan hatte um halb neun versucht, sie zu erreichen. Warum rief er auch erst so spät an? Hatte er sie spontan auf ein Date einladen oder sie zu einer Session entführen wollen? Oder hatte er lediglich den Wunsch verspürt, ihre Stimme zu hören? Was auch immer der Grund gewesen sein mochte, sie ärgerte sich gewaltig. Sie überlegte, ob sie ihm eine Kurzmitteilung senden sollte, entschied sich aber dagegen, denn sie wollte nicht unterwürfig erscheinen, indem sie sich entschuldigte. Außerdem sollte er ruhig ein wenig zappeln. Es war Freitagnacht, korrekterweise schon Samstagmorgen. Was glaubte er? Dass sie in ihren vier Wänden hockte und auf ihn wartete? Dieser Programmpunkt stand erst für den Samstagabend auf dem Plan.

Gähnend steckte sie ihr Handy zurück in ihre Tasche und stieg in der Birch Road aus. Das Haus, das für die letzten drei Jahre ihre Bleibe gewesen war und in dem sie nur noch eine Woche wohnen würde, begrüßte sie mit Stille und Dunkelheit. Alle Nachbarn schienen zu schlafen oder ausgegangen zu sein. Deshalb erschrak sie fast zu Tode, als Mrs Screwdriver ihre Apartmenttür öffnete.

»Er war hier«, sagte sie leise und schlang die Arme um ihre Hüften, als würde sie frieren, dabei wärmte sie ein Froteemantel, bestickt mit roten Rosenblüten.

Kate blieb neben ihr stehen. »Wie bitte?«

»Er hat Sie gesucht.« Verstohlen schaute die alte Dame zum Ausgang.

»Wer?«

Die betagte Lady prüfte mit beiden Händen, ob ihr Haarnetz noch richtig saß. »Der Kerl, der neulich schon mal vor der Tür gestanden hat, als sie auch nicht da gewesen sind.«

Mrs Screwdriver schien größere Ohren zu haben als Kate bisher angenommen hatte. »Ronan?«

»Wenn Sie mich fragen, sollten Sie sich von ihm fernhalten.«

Das hatte Nigel auch gesagt. Kate wurde mulmig. Was hatte Ronan nur an sich, dass ihn alle für gefährlich hielten?

»Er läuft herum wie der Teufel.« Verschwörerisch flüsterte ihre Nachbarin: »Ganz in Schwarz.«

Kate schaute an sich hinab und war erleichtert, dass sie Bluejeans trug, denn in ihrem Kleiderschrank befand sich mehr schwarze Kleidung als in dem eines Bestatters.

»Und er hat lange Haare. Kein anständiger Mann trägt einen Zopf.«

»Gute Nacht, Mrs Screwdriver.« Müde lächelte Kate die Vorurteile weg – denn das waren die Vorwürfe in Wirklichkeit – und wollte ihren Weg die Treppe hinauf fortsetzen.

»Er sah ziemlich sauer aus«, fügte die ältere Dame mit hochgezogenen Augenbrauen hinzu.

Nun ging Kate doch noch nicht weiter. »Ach, ja?«

»Er hat vor der Tür so sehr getobt, dass ich ihn erst gar nicht reingelassen habe. Hat gegen die Glasscheibe gedonnert und geschrien, er würde zu Ihnen gehören und ich solle aufmachen, aber ich bin doch nicht lebensmüde.« Gutmütig klopfte sie Kate auf die Schulter. »Kindchen, ich muss gehen. Heute ist *One-Foot-in-the-Grave*-Nacht, und die BBC wiederholt alle Folgen der ersten Staffel von 1990. Hab mir deshalb extra einen Kopfhörer gekauft. Sie haben Glück, dass ich gerade das Klosett aufsuchen musste, sonst hätte ich sie nicht gehört.«

Daraufhin schloss sie ihre Wohnungstür und ließ Kate mit ihren Warnungen im Treppenhaus allein zurück. Zu allem Übel schaltete sich auch noch die Beleuchtung aus, und sie stand im Dunkeln. Sie tastete nach dem Schalter und beeilte sich, in ihr Apartment zu gelangen. Kopfschüttelnd schleuderte sie ihre Schuhe in die Garderobe, hängte ihre Regenjacke über die Ecke des Schuhschranks und stellte ihren kleinen Rucksack darauf, damit er nicht herunterrutschte. Sie wollte gar nicht wissen, was Mrs Screwdriver von ihr und Milow dachte. Vermutlich nichts Gutes. Vielleicht dass sie schwarze Messen feierten oder sich nur trafen, um unzüchtige Handlungen miteinander zu begehen. Kate gab nichts auf dieses Geschwätz. Auch nicht auf das Gerede von Nigel. Der Hausmeister nutzte jede Gelegenheit, um sie zu verunsichern, damit sie schneller auszog.

Aber was hatte Ronan gewollt? War er vor oder nach seinem Anruf auf ihrem Handy zu ihr gefahren? Hatte er vielleicht versucht sie mobil zu erreichen, als er vor dem Haus stand? Aber warum hätte er das tun sollen? Ihr fiel nur ein Grund ein: Weil er glaubte, sie würde ihm absichtlich nicht öffnen.

»Hör auf, dir Gedanken zu machen«, sagte Kate laut zu sich selbst. Mrs Screwdriver hatte diese Zweifel in sie hineingepflanzt und das nur, weil Ronan mit seinen schulterlangen Haaren und seiner dunklen Kleidung nicht aussah wie der »nette junge Mann von nebenan«. Zudem wirkte sein Selbstbewusstsein, das man ihm ansah, sicherlich auf manche Menschen einschüchternd. Sie dagegen liebte genau das an ihm! Hätte Henry nach Kate gefragt, hätte die alte Dame ihn höchstwahrscheinlich eingeladen, bei ihr zu warten, bis Kate zurückkäme, und hätte ihn mit Tee und Keksen verwöhnt.

Träge schlenderte sie auf nackten Füßen ins Schlafzimmer, um ihr Nachthemd zu holen und ins Bad zu gehen. Doch als sie neben dem Bett stand und ihre Hand danach ausstreckte, hielt sie mitten in der Bewegung inne. Ihr Nighty lag ordentlich auf ihrem Kopfkissen. Akkurat zusammengelegt. Gerade. So wie Kate es niemals fertig brächte, selbst wenn sie es probieren würde. Üblicherweise faltete sie es zweimal in der Mitte zusammen, achtete nicht auf Sorgfalt, sondern nahm den ersten als letzten und einzigen Versuch hin, schließlich handelte es sich nur um ein Sleepshirt.

Vorsichtig schlug sie die Bettdecke zurück. Ihr Puls beschleunigte sich, doch ihr Laken war sauber. Es musste Zufall gewesen sein, dass sie ihr Nachtgewand anständig hingelegt hatte. Diese ganzen Vorfälle – die gestohlene Post, das Ausspionieren ihres Laptops und das Blut – hatten ihr mehr zugesetzt als sie angenommen hatte. Doch Blaine saß in Haft. Es konnte ihr nichts mehr passieren. Warum störte es sie dann immer noch, dass sie das zusätzliche Türschloss, das Milow angebracht hatte, nur von innen schließen konnte? Hielt sie sich außerhalb des Apartments auf, war ihr Eigentum dank des Geizes der Hausverwaltung nicht besser geschützt als vorher.

Als sie sich umdrehte, um hinauszugehen, fiel ihr Blick auf die oberste Schublade ihrer Kommode. Sie stand einen Spaltbreit offen. Ein No-go für Kate! War sie auch noch so chaotisch, so wollte sie doch nicht, dass Besucher ihre Unterwäsche erblickten. War sie etwa so durch den Wind, dass sie trotz ihrer Prinzipien vergessen hatte, das Fach zu schließen?

Langsam ging sie näher heran. Sie pirschte sich förmlich an, als befürchtete sie, Blaine könnte jeden Moment herausspringen, aber er stellte ja kein Problem mehr dar. Was ging hier vor sich? Hatte sich die Angst so tief in ihr festgesetzt, dass sie Gespenster sah, dass sie glaubte, jemand könnte in ihrer Wohnung gewesen sein, dabei hatte sie sich lediglich anders verhalten als sonst?

Sie hätte die Lade einfach zuschieben und die Sache vergessen können, stattdessen zog sie sie ein Stück weiter heraus. Erschrocken riss sie ihre Augen auf. Wie üblich lag ihre Unterwäsche durcheinander. Das war es nicht, was sie kreidebleich werden ließ. Das Nachthemd fiel ihr aus den Händen, sie schenkte dem keinerlei Beachtung. Sie rang nach Atem. Ihr wurde abwechselnd heiß und kalt, und sie spürte, wie der Lassi ihre Speiseröhre hinaufstieg.

Ihre Schlüpfer waren zerschnitten! Fassungslos wühlte sie durch die Fetzen. Sie machten nicht den Anschein, von einer Schere zertrennt worden zu sein, denn die Schnittstellen waren nicht sauber, sondern vielmehr ausgefranst, als hätte jemand ein Messer in den Stoff gestoßen und wütend daran gerissen.

Entsetzt trat Kate einen Schritt zurück. Erinnerungen stürmten auf sie ein. Sie sah vor sich, wie Ronan ein Leatherman aus seiner Hosentasche holte und ihr den Slip vom Leib schnitt. Ihr Vater besaß auch so ein Multitool, er nahm es überallhin mit, weil er meinte, man könne nie wissen, wann man es brauchte. Wahrscheinlich hielt Ronan es genauso. Vielleicht trug er es in dieser Nacht auch bei sich.

Sein Anruf in Abwesenheit.

Seine Kontrollbesuche.

Die zerfetzten Höschen.

Alles an einem Abend. Die Ereignisse reihten sich wie Perlen auf einer Schnur. Es kam Kate so vor, als hätte sich die

Situation hochgeschaukelt. Sie hatte keine Ahnung, ob Ronan zuerst versucht hatte, sie mobil zu erreichen und weil er keinen Erfolg gehabt hatte, in die Birch Road gefahren war, oder ob er erst ihre Nummer gewählt hatte, als er bereits vor dem Haus stand und nicht hereingelassen wurde. Aber Türen stellten für ihn kein Hindernis dar, wie sie wusste. Hatte er sich illegal Einlass verschafft, um zu prüfen, ob sie wirklich nicht zu Hause war oder ihn nur ignorierte? Oder war er stinksauer, weil sie sich ohne ihn an einem Freitagabend amüsierte? Vielleicht schwelte sogar die Eifersucht in ihm, er war bei ihr eingebrochen und hatte ihre intimste Kleidung in Stücke geschnitten. Als Ventil für seine Wut? Oder als Ersatz, weil er dasselbe am liebsten mit ihr getan hätte?

»Oh, mein Gott«, stieß sie aus, taumelte rückwärts und fiel aufs Bett. Mit wem hatte sie sich da nur eingelassen? Er war weitaus schlimmer als Blaine! »Also doch Dr. Jekyll und Mr Hyde.«

Er spielte ihr den Gentleman-Dom vor, aber in Wahrheit war er ein Psychopath!

Am ganzen Körper zitternd sprang sie auf. Sie lief in den Korridor zu ihrem kleinen Rucksack, nahm ihr Handy heraus und wählte seine Nummer. Das Herz schlug ihr bis zum Hals. Sie bekam kaum Luft. Ihr wurde schwindelig, und sie lehnte sich gegen die Wand neben der Garderobe.

Verschlafen meldete er sich. »Hi, Katie.«

»Ich will nie wieder etwas mit dir zutun haben!«

»Wie bitte?«, fragte er hörbar überrascht und klang schon wacher.

Der Zorn setzte Adrenalin frei. Sie ballte die Hand zur Faust. »Ruf mich nicht mehr an, komm nicht vorbei und lass mich ab sofort in Ruhe. Hast du das verstanden?«

»Was ist denn passiert?«

»Das weißt du ganz genau«, spie sie und verkniff sich den Zusatz: »Du krankes Arschloch.«

Am anderen Ende war es still.

Sie schrie: »Aber diesmal bist du zu weit gegangen. Du kannst sagen und tun, was du willst, nichts wird meine Meinung ändern.«

»Es tut mir leid, wenn ich deiner Nachbarin Angst eingejagt habe.« Er sprach ruhig, als hätte er vor, beschwichtigend auf sie einzuwirken. »Ich wollte sie nicht erschrecken.«

»Spar dir deine Ausreden. Ich habe genug davon. Schon als du mir heimlich vom *Wild Side* nach Hause gefolgt bist, hätte mich das vor dir warnen sollen. Aber ich habe mich von dir einlullen lassen, hab alle meine Fantasien auf dich projiziert und dabei die Realität aus den Augen verloren, nur weil ich dich als meine letzte Chance betrachtete.«

Ein Ächzen war zu hören, als wäre er aus dem Bett aufgestanden. »Am besten ich komme sofort zu dir, und dann reden wir.«

»Spar dir die Mühe. Ich will dich auf keinen Fall wiedersehen.« Ein Stechen in ihrem Brustkorb strafte sie Lügen, aber diesmal triumphierte ihr Verstand. Es war zu gefährlich ihn zu treffen. Außerdem befürchtete sie, sie könnte ihm erneut erliegen, wenn sie ihm gegenüberstand. »Eigentlich möchte ich nicht einmal dieses Gespräch mit dir führen. Ich habe nur angerufen, um dir zu sagen: Halte dich von mir fern!«

»Was meinst du damit, ich sei deine letzte Chance? Geht es dir nicht gut? Bist du krank?«

Sie hörte die Sorge in seiner Stimme, und ihre Eingeweide zogen sich zusammen, weil sie sich längst in ihn verliebt hatte. Aber das spielte keine Rolle mehr. Es war aus und vorbei, noch bevor ihre Beziehung richtig begonnen hatte. »Ich ziehe weg.«

»Meinetwegen?«

Abfällig lachte sie. »So viel Einfluss hast du dann doch nicht auf mich.«

»Wie lange weißt du das schon?«, knurrte er.

»Nächsten Sonntag fahre ich nach Hause. Für immer. Und bis dahin lässt du dich besser nicht mehr blicken, sonst zeige ich dich …«

»Du bist nur noch eine Woche in London und hast mir nichts davon gesagt?«

Ihr schlechtes Gewissen meldete sich. Aber das, was er ihr angetan hatte, war weitaus schlimmer als die Tatsache, dass sie nie den Mut gefunden hatte, ihn in ihre Zukunftspläne einzuweihen. Sie hatte eine Aussprache nicht aus böser Absicht immer wieder hinausgezögert, sondern weil ständig etwas vorgefallen war, das sie an ihm hatte zweifeln lassen. Zu recht, wie sich herausstellte.

Nun wurde er laut: »Du hast dich mir hingegeben, und SM ist so viel intimer als normaler Sex, weil es viel Vertrauen voraussetzt, hast mich geküsst, hast in meinen Armen gelegen und mir signalisiert, wir könnten ein Paar werden, dabei hattest du dein Ticket raus aus dem Ganzen längst gekauft?«

Wieso stand sie plötzlich am Pranger? Er war doch der Kriminelle! Um ihn zu verletzen, sagte sie betont trocken: »Ja, genauso war es.«

Ohne ein weiteres Wort legte er auf.

Tränen rannen über Kates Wangen, bevor ihr überhaupt klar wurde, dass sie weinte. Sie glitt an der Wand hinab, bis sie auf dem Boden saß, warf ihr Handy in den Stapel Schuhe unter der Garderobe und vergrub ihr Gesicht in ihren Händen.

Es war vorbei.

Ihre dreijährige Auszeit vom elterlichen Betrieb ging zu Ende. Ihre Hoffnung, in London so viele Erfahrungen als Sub zu machen, dass sie von ihrer Sehnsucht nach BDSM geheilt sein würde, blieb unerfüllt, denn Ronan hatte ihr Verlangen noch gesteigert. Sie hatte geglaubt, in ihm den Mann ihrer Träume gefunden zu haben, doch diese Blase war zerplatzt. Kate gab auf. Sie wollte so schnell wie möglich nach Black Elder zurück. Am Wochenende würde sie packen und am Montag heimreisen.

Am Ende bekam Nigel also doch noch seinen Willen.

15

Schwerfällig schleppte sich Kate die Treppenstufen zu ihrer Wohnung hinauf. Ihre Augen brannten vom Weinen. Am Samstag hatte sie versucht, ihr Leben in zwei Koffern und einer Reisetasche zu verstauen, was sich als unmöglich herausstellte, da sie in den vergangenen drei Jahren einiges in London erstanden hatte. Es hatte nur zwei Möglichkeiten gegeben. Entweder sie mistete aus und warf Überflüssiges weg oder sie kaufte sich ein weiteres Gepäckstück. Sie hatte sich für Letzteres entschieden, aber am gestrigen Abend war es zu spät gewesen, um weiterzupacken, daher hatte sie mit Milow, bei dem sie die letzten beiden Nächte geschlafen hatte, eine Flasche Sekt vernichtet und dann noch eine. Sie spürte den Restalkohol noch immer, sie musste sich auf die Stufen konzentrieren, um nicht zu schwanken.

Hinter ihr schnaufte Milow. »Ich wusste nicht, dass ein leerer Koffer so schwer sein kann. Hättest du dich nicht für einen dieser Ultraleichten entscheiden können, die neuerdings überall angepriesen werden, statt für einen Gebrauchten aus diesem Billigladen in Soho. Ich verstehe nicht, warum du da so gerne hingehst.«

»Die neuen Modelle sind zu teuer.« Über ihre Schulter hinweg sah sie, dass er vor Anstrengung rot im Gesicht war. Grinsend schüttelte sie den Kopf. Da ein Flurfenster gekippt war, hörte sie, dass die Kirchenglocke von Islington läutete und die Gemeindemitglieder zum mittäglichen Sonntagsgottesdienst rief. Das erinnerte sie an Zuhause. Wehmütig seufzte sie. »Solche Geschäfte wie das in West End findest du in Black Elder nicht.«

»Klingt vernünftig.« Milow grunzte. »Bestimmt haben sie zur Stabilisierung Stahlplatten in die Wände eingenäht. Mit diesem Monstrum wirst du nie durch eine Flugzeugkontrolle kommen.«

»Wir hätten die zweite Flasche nicht trinken sollen, das ist alles.«

»Du hast sie gebraucht.« Etwas leiser fügte er hinzu: »Ich auch.«

Sie wusste, dass nicht Blaine der Grund dafür gewesen war, denn Milow hatte ihr lallend gestanden, wie sehr ihn die bevorstehende Trennung von ihr schmerzte. Eine Weile hatten sie sich in den Armen gelegen und geheult wie Schlosshunde. Nun blieb sie stehen, drehte sich zu ihm um und küsste ihn auf die Wange. »Ich muss zwar vorerst wieder bei meinen Eltern einziehen, aber ich werde mir schnellstmöglichst ein eigenes Apartment suchen. Die rechte Seite meines Doppelbettes ist immer für dich frei. In etwas weniger als fünf Stunden bist du mit dem Zug bei mir.«

Seine Augen glänzten. »Nach dem dritten Wochenende in Folge wirst du genervt von mir sein.«

»Niemals!« Neckend tippte sie ihm auf die Nasenspitze.

»Es gibt in Black Elder doch sicher Provinz-Clubs, die sich nach einer Attraktion wie einem Adam-Lambert-Double die Finger lecken würden, oder?«

»Nur Pubs«, sagte sie und zuckte mit den Achseln. »Und das Publikum dort wäre schon von deinem neuen Augenbrauenpiercing schockiert.«

»In der Umgebung vielleicht. Irgendeine altmodische Diskothek muss doch noch geöffnet haben.«

»Du könntest auf Scheunenfesten auftreten.« Kate gluckste, weil sie sich das beim besten Willen nicht vorstellen konnte.

Er seufzte theatralisch und wischte mit dem Ärmel über seine Stirn. »Auch gut, solange ich ein paar Pfund verdienen kann, um das Fahrticket zu bezahlen.«

»Als Lohn gibt es ein Stück gegrilltes Lamm mit Yorkshire-Pudding.« Er schaute so verdattert, dass sie lachen musste, und es fühlte sich befreiend an. Doch die kurz aufflammende Freude war nur oberflächlich. In ihrem Inneren herrschte Traurigkeit.

Ihr Lachen erstarb bei dem Gedanken an Ronan, und sie setzte ihren Weg ins vierte Obergeschoss fort. Sie hatte so viel Hoffnung in eine Beziehung mit ihm gesetzt. Es ging ihr nicht nur um das Ausleben von SM, sondern er berührte etwas in ihr. Außerdem hatte er sie immer wieder von Neuem überrascht. Er war einfühlsam, wenn sie sich stritten und dann wieder unnachgiebig, wenn es um das Ausleben ihrer Wünsche ging, selbst derjenigen, die sie nicht offen zugab. Er machte aus jeder Session ein einmaliges Erlebnis, etwas Besonderes. Nie zuvor hatte sich ein Mann derart viel Mühe beim Vorbereiten und Durchführen von Liebesspielen gegeben. Wie konnte jemand, der so wundervoll war, ein zweites Gesicht haben? Quälten ihn negative Hirngespinste, sobald er alleine war? Spionierte er sie heimlich aus, weil er fürchtete, sie würde ihn hintergehen, ihn ausnutzen und ihm eines Tages wehtun?

Wenn sie ehrlich darüber nachdachte, hatte sie genau das getan. Sie hatte sich zwar nicht mit einem anderen Mann vergnügt, hatte ihn aber nicht über ihre anstehende Heimreise in Kenntnis gesetzt. Sie hatte sich am Anfang nur mit ihm getroffen, damit er ihr half ihre Sexliste abzuhaken. Am Ende hatte sie ihn verletzt, indem sie ihn aufklärte.

Wahrscheinlich war ihre Liaison von Anfang an zum Scheitern verurteilt gewesen, egal ob Ronan eine psychopathische Seite hatte oder nicht. Sex stellte keine Basis für eine ernsthafte und langfristige Beziehung dar, und an einem verrückten Ort wie dem *Wild Side* lernte man eben nur verrückte Menschen kennen, wie man auch an Blaine sah. Zu dumm nur, dass sie selbst zu den Gästen des SM-Clubs gezählt hatte.

Wehmütig seufzend schloss sie ihre Wohnungstür auf. »Ich habe vergessen, die Schmutzwäsche im Bad einzupacken.« Früher hatte sie sie einfach in einer Ecke gesammelt, bis sie Milow das erste Mal zu sich einlud und nicht wollte, dass er auf ihre getragenen Slips schaute, wenn er auf der Toilette saß. Nun bewahrte sie sie in einer hüfthohen Blechtrommel mit dem Konterfei von *Coraline* auf, einer Buch- und Zeichentrickfigur, von der Milow behauptete, sie hätte eine gewisse Ähnlichkeit mit Kate.

»Ich stell den Koffer schon mal neben die Porzellanberge in der Küche.« Er trat hinter ihr ein. »Keine Ahnung, wie du das alles noch hier reinbekommen willst.«

»Das weiß ich selbst nicht.« Achselzuckend ging sie zum Badezimmer.

Plötzlich erschrak sie. Ein Mann stand vor dem geöffneten Wandschrank, der über dem Waschbecken hing. Die Deckenlampe brannte nicht. Aber das Licht, das vom Flur in den Raum drang, ermöglichte es ihr, sein Gesicht zu erkennen. Als sie den Gegenstand in seiner rechten Hand bemerkte, taumelte sie rückwärts. Seine Linke krampfte sich um etwas zusammen. »Amos!«

Überrascht weiteten sich seine Augen. Er bewegte sich nicht, war wie erstarrt.

Sanft bat sie: »Leg das Brotmesser auf den WC-Deckel.«

Er schaute es so erstaunt an, als wunderte er sich, warum er es in der Hand hielt.

»Oder lass es einfach fallen. Bitte!« Aus dem Augenwinkel heraus sah sie, dass sich Milow auf leisen Sohlen näherte. Mit einer unauffälligen Geste bedeutete sie ihm, die Ruhe zu bewahren und vorerst im Hintergrund zu bleiben.

Amos zeigte mit der Klinge auf den leeren Schrank. »Du ziehst aus.« Es war eine Feststellung, keine Frage.

Zaghaft nickte sie, weil sie befürchtete, dass die Situation durch eine einzige Unachtsamkeit kippen könnte. Einen kleinen Teil ihrer Kosmetikartikel hatte sie mit zu Milow genommen und das, was sie bis zu ihrer Abfahrt nicht mehr brauchte, schon eingepackt.

»Zu diesem Freak?« Amos fasste den Griff so fest, dass seine Handgelenke weiß hervortraten.

Räuspernd baute sich Milow, der sich wohl angesprochen fühlte, schützend vor ihr auf.

»Nicht zu dem«, sagte Amos, der nicht erstaunt schien, ihren besten Freund zu sehen. Er musste ihr Gespräch im Flur gehört haben, aber da es keinen Fluchtweg gab, war er einfach geblieben wo er war, wahrscheinlich in der Hoffnung, sie würden ihn nicht entdecken. »Zu dem anderen.«

»Ronan?«, fragte Kate und kam hinter ihrem Freund hervor.

»Ich dachte, er heißt Clodagh.«

Überrascht brauchte sie einige Sekunden, um eins und eins zusammenzuzählen, dann verstand sie die Zusammenhänge. »Du hast den Brief aus meinem Postfach gestohlen, den meiner Granny, richtig?«

»Deiner Großmutter?« Seine Stirn krauste sich. »Ich dachte, Clodagh ist ein Name für Männer.«

Ihr wurde heiß, aber sie traute sich nicht, ihre Jacke auszuziehen, vor Angst, er könnte denken, dass sie etwas vorhatte. »Nein, ein Irischer für Frauen. Du hast ihren Brief doch sicher gelesen.«

Blut schoss in sein Gesicht. Seine roten Haare und seine Sommersprossen ließen es noch mehr leuchten. »Da war nur eine Karte drin, so eine, wo man nur Name, Ort und Datum einträgt. Auf der stand: Clodagh feiert Geburtstag und lädt dich von ganzem Herzen ein.« Sein Griff um den Schaft des Messers lockerte sich wieder.

Kate atmete auf, aber noch hatte er die Waffe nicht weggelegt. Doch nun, da die Lage nicht mehr kurz vor der Eskalation stand, schlug ihre Angst langsam in Wut um. »Dann warst du es auch, der mein Laptop durchforscht hat.«

Zuerst druckste er herum, schließlich gab er zu: »Heutzutage schreiben sich doch alle E-Mails. Um sich zu verabreden oder auch nur um Gute Nacht zu sagen.«

Offenbar hatte er heimlich herumgeschnüffelt, um mehr über Ronan herauszufinden und darüber, wie eng Kates Beziehung zu ihm war. Wer wusste schon, was er noch alles getan hatte, ohne dass sie es bemerkt hatte. »Das Blut«, brachte sie gepresst hervor, denn es fiel ihr schwer, ihren Zorn im Zaum zu halten.

»Hab es für drei Pfund beim Metzger bekommen.«

»Mir war angst und bange!«

»Das wollte ich nicht. Verzeihst du mir?« Ohne eine Antwort von ihr abzuwarten, sprach er weiter: »Dieser Kerl sollte sich fürchten, nicht du, und dich in Ruhe lassen.«

»Aber das will ich gar nicht!«, sagte sie, bevor sie darüber nachgedacht hatte.

Amos blinzelte sie an. »Er tut unverschämte Dinge mit dir. Sowas macht man nicht. Nackt darf man nur in seiner Wohnung sein.«

Zuerst wusste sie nicht, wovon er sprach, dann ging ihr ein Licht auf. Als Ronan sie auf dem Küchentisch genommen hatte, hatte jemand an der Tür geklingelt. Er hatte sie mit nacktem

Unterleib zur Tür geschoben und diese geöffnet, um sie auf frivole Weise zu necken, denn da er sie erst zum Orgasmus gebracht hatte, war es naheliegend, dass der Besucher zu dem Zeitpunkt schon gegangen war. Tatsächlich hatte nur eine Packung Tee auf der Fußmatte gelegen, Tee, den Amos sich bei ihr geliehen hatte und an diesem Abend zurückbringen wollte. Glücklicherweise war er längst in seine Wohnung zurückgekehrt, aber wie es schien, hatte er sie durch seinen Türspion beobachtet.

Da sich Milows Brauen nach oben zogen und er sie mit unverhohlener Neugier musterte, war sie es, die nun errötete. »Die Wäsche anderer Leute zerschneidet man auch nicht«, beeilte sie sich zu sagen. Trug er das Messer bei sich, weil er vorhatte, weitere Kleidungsstücke von ihr zu zerfetzen? Oder plante er, diesmal ihr Sofa aufzuschlitzen oder auf ihre Matratze einzustechen?

Amos senkte seinen Blick und schaute sie scheu von unten herauf an. »Ich war so wütend, weil du den Freitagabend schon wieder mit dem Kerl verbracht hattest.«

»Ich war gar nicht mit Ronan zusammen, sondern mit Milow«, zischte sie aufgebracht. »Was hältst du da in der Hand?«

Verwundert, dass sie auf einmal das Thema wechselte, stierte er seine Faust einige Sekunden lang an. Dann öffnete er sie langsam. Zum Vorschein kam ein Schlüssel.

»Der gehört zu meinem Apartment, habe ich recht?« Es hatte nie Einbruchspuren gegeben. Der Eindringling musste folglich ein Lockpicking-Werkzeug, wie zum Beispiel einen Dietrich, besitzen, hatten die Polizisten zu Kate gemeint, oder einen Zweitschlüssel.

Betreten saugt er seine Unterlippe ein.

»Woher hast du ihn?«, fauchte sie, sodass Milow ihren Arm

berührte, um sie zu ermahnen, ruhig zu bleiben. »Hast du meinen gestohlen und nachmachen lassen?«

»Nein, so was würde ich nie tun.« Abwehrend hob er seine Hände, aber bevor Milow auch nur einen Schritt auf ihn zumachen konnte, um ihm das Messer zu entreißen, hielt er es auch schon wieder vor sich.

»Nigel …«, vermutete sie. Ertappt schluckte er mehrmals rasch hintereinander, Kate beobachtete, wie sein Adamsapfel nervös hüpfte.

»Er kommt überall im Gebäude rein«, erklärte er zögerlich. »Er ist mein Freund. Als er merkte, wie traurig ich war, hat er gesagt, er hilft mir. Ich bräuchte ihm nur ein Jahr lang das *Killer DVDs* Mag zu geben und er würde mir alle Türen öffnen.«

Kate erinnerte sich, dass Ronan den Hausmeister dabei beobachtet hatte, wie er die Zeitschrift aus Amos' Briefkasten gefischt hatte, aber, wie sich nun herausstellte, stahl er sie nicht, sondern sie war Teil seiner Abmachung mit Amos.

Innerlich regte sie sich auf, aber sie bemühte sich, nett zu klingen: »Das Messer, bitte, gib es mir.«

»Dann schlägt er mich.« Mit der Klinge zeigte er auf Milow, die Lippen fest aufeinandergepresst.

»Ganz bestimmt nicht. Dafür sorge ich.« Sie legte ihrem Freund ihre Hand auf die Schulter. »Wartest du bitte in der Küche?«, worauf er sich zuerst beschwerte, sich dann aber doch zurückzog.

»Er braucht dich nicht vor mir zu beschützen. Ich würde dir nie wehtun«, sagte Amos und verwirrte Kate durch seine nächsten Worte: »Wir sind doch so was wie zusammen … irgendwie … fast.«

Er musste ihre Freundlichkeit missdeutet haben. »Nein, das sind wir nicht.«

»Du warst in meiner Wohnung.« Die Hand mit der Stichwaffe zitterte.

Kate behielt sie genau im Blick. Sollte er sie attackieren, würde sie zur Seite springen, den Spiegel im Korridor von der Wand reißen und ihm auf den Schädel hauen. Zumindest plante sie das. Ob es ihr gelingen würde, stand auf einem anderen Blatt. »Ich habe nur einen Tee bei dir getrunken.«

»Es war noch nie eine Frau bei mir zu Hause.«

»Ich habe dich nur besucht, das heißt doch nichts«, redete sie auf ihn ein, zweifelte aber, ob ihre Worte zu ihm durchdrangen. Womöglich machte sie ihn durch die Wahrheit erst recht sauer.

»Es bedeutet sehr viel.« Das erste Mal an diesem Tag entspannte sich sein Gesichtsausdruck. »Du lächelst mich immer an. Du bist die Einzige, die das tut.«

Behutsam, aber ehrlich sagte sie: »Es tut mir leid, Amos, aber ich liebe dich nicht.«

»Sondern diesen anderen.« Er knirschte mit den Zähnen.

»Das hat nichts mit ihm zutun. Selbst bevor ich ihn kennenlernte, habe ich nichts für dich empfunden. Das ist einfach so. Ich kann es nicht ändern.« Auch eine Klinge nicht.

»Dann ist es aus?« Er machte ein langes Gesicht.

Die Messerspitze zeigte gen Boden, aber Kate traute sich nicht, Amos anzugreifen. Hatte er nicht verstanden und war in seinem eigenen kleinen Kosmos gefangen? Was er von sich gab, entbehrte jeder Logik, und er hörte ihr nicht zu. Jedoch glaubte sie keineswegs, dass er psychisch verwirrt war. Amos war nur ein Mann, der schon sehr lange alleine lebte, vielleicht sogar noch nie eine Freundin gehabt hatte und sich an jeden Strohhalm klammerte.

»Amos ist scharf auf Sie«, hatte Nigel einmal fallen lassen, herzhaft gelacht, dass es im Treppenhaus schallte, und sich auf den Oberschenkel geklopft, aber Kate hatte nur den Kopf über ihn geschüttelt. »Er hat noch nie gefickt. Noch nie. Was für ein armes Würstchen!« Damals hatte sie den Hausmeister nicht ernst genommen, hatte gedacht, er wollte sie nur in Verlegenheit bringen. Heute wusste sie, dass er nicht ganz unrecht gehabt hatte.

Zerknirscht änderte sie ihre Taktik und ließ sich auf Amos' Welt ein: »Ja, es ist aus.«

Tränen rannen seine Wangen hinab, aber er schluchzte nicht, sondern stand einfach nur da wie ein kleiner Junge, der geschockt war, weil man ihm sein Lieblingsspielzeug weggenommen hatte. »Ich hätte dich niemals verletzt.« Er ließ das Messer und den Schlüssel ins Waschbecken fallen und schlurfte an ihr vorüber zum Ausgang, ohne sie noch einmal anzublicken.

Alarmiert trat Milow aus der Küche und streckte seine Arme aus, um ihn aufzuhalten, aber Kate schüttelte den Kopf.

Beim Verlassen der Wohnung murmelte Amos: »Ich werde dich nie vergessen, Kate.«

Sie ihn gewiss auch nicht, aber aus einem ganz anderen Grund als er. Ob sie ihn bei der Metropolitan Police anzeigen würde, wusste sie noch nicht, darüber musste sie eine Nacht schlafen. Vermutlich nicht, denn Amos war nicht gewalttätig, nur verzweifelt, weil er keine Frau jemals für sich gewinnen konnte. Er tat ihr leid. Aber gleich morgen früh wollte sie die Hausverwaltung anrufen und sie über diesen Fiesling von Nigel aufklären!

Unerwartet hielt Milow Kate ihr Mobiltelefon hin und zwinkerte. »Ich schätze, du musst dringend jemanden anrufen und einiges klarstellen.«

»Ronan wird sich gar nicht erst melden, sondern mich ignorieren.« Ihr Herz wurde schwer. »Und ich kann das sehr gut nachvollziehen.«

»Dann war es das? Du gibst ihn kampflos auf?«

»Gib schon her.« Sie zauderte nicht länger, nahm das Handy und zog sich ins Schlafzimmer zurück, denn es nicht wenigstens versucht zu haben, würde sie sich niemals verzeihen.

16

»Was willst du noch?«

Als Kate Ronans Stimme hörte, bebte sie mit einem Mal so sehr, dass sie sich auf ihr Bett setzen musste. Vorher streifte sie noch rasch ihre Jacke von den Schultern und schob sie mit den Füßen fort. »Bitte, leg nicht sofort wieder auf.«

»Mir steht nicht der Sinn nach weiteren Vorwürfen. Ich habe keine Lust mehr, als Lügner, Einbrecher und Stalker bezeichnet zu werden, denn das habe ich nicht verdient.«

»Ich weiß.«

»Vor allen Dingen lasse ich mich ungern ausnutzen«, sagte er scharf. »Du hast mit meinen Gefühlen gespielt.«

»Das war nicht meine Absicht.«

»Das macht es nicht besser.«

»Lass mich dir alles erklären, aber nicht am Telefon, das ist zu unpersönlich.« Außerdem befürchtete sie, er könnte ihr nicht bis zum Ende zuhören und würde einfach auflegen.

»Was soll das bringen? Wir haben uns schon zweimal wieder versöhnt, und jedes Mal gab es neue Probleme.«

»Du denkst, ich sei eine Dramaqueen. Mag sein, dass das teilweise sogar zutrifft, aber seit du in mein Leben getreten bist, haben sich merkwürdige Dinge ereignet.«

»Und du denkst, ich bin der Auslöser.«

»Der Auslöser, ja, aber nicht der Verursacher, das weiß ich nun.«

Er schnaubte. »Am Ende trage ich doch wieder die Schuld.«

Seine Stimme wurde leiser, als würde er sein Handy langsam von seinem Mund entfernen, um das Gespräch zu beenden.

»Ich habe Blut in meinem Bett gefunden«, beeilte sie sich zu sagen.

»Blut?« Nun klang er wieder laut und deutlich – und besorgt. Sie hatte ihn wieder am Haken.

»Und meine Slips sind zerfetzt worden.« Sie zog ihre Beine an und legte ihren freien Arm um ihre Knie. »Kurz nachdem du mir mein Höschen im *Invitation only* mit dem Leatherman vom Körper geschnitten hattest.«

»Die zufällige Parallele war Grund genug für dich zu vermuten, ich hätte das getan«, stellte er trocken fest. »Warum sollte ich so etwas tun?«

»Eifersucht.« Hitze schoss in ihre Wangen, obwohl sich Ronan nicht einmal im selben Raum aufhielt.

»Eifersucht?«

Im Nachhinein hörte sich das alles lächerlich an. »Oder der Wunsch mich zu kontrollieren. Es passierte am letzten Freitagabend, als du vergeblich versucht hast, mich mobil zu erreichen. Dann hast du auch noch vor meiner Haustür getobt ...«

»Ich soll was?« Bevor sie antworten konnte, lachte er abfällig. »Oh, ich verstehe, diese alte Lady hat dir erzählt, ich wäre ausgerastet oder so etwas in der Art, habe ich recht?«

»Mrs Screwdriver, ja.«

»Sie stand im Vorraum neben den Briefkästen, ich vor dem Haus und wir sahen uns durch die gläserne Tür an. Ich sprach mit ihr, aber sie reagierte nicht, daher wurde ich lauter, weil ich dachte, sie hört schlecht, aber sie rümpfte lediglich ihre Nase und musterte mich als wäre ich ein Hooligan mit einem Molotowcocktail in der Hand.« Er holte tief Luft. »Als ich merkte, dass sie mich sehr wohl verstand und nur nicht reinlassen wollte, wurde ich sauer. Okay, ich gebe zu, ich habe auf die Scheibe geschlagen – schuldig! – aber nur ein einziges Mal. Dann bin ich gegangen. Mehr ist nicht passiert.«

»Sie hat dich wütend gemacht? Du warst nicht aufgebracht, weil du mich nicht angetroffen hast?«

»Sorry, Katie, ich bin kein Kontrollfreak, ich wollte dich lediglich überraschen, weil ich mich nach dir sehn…« Er schluckte die letzte Silbe herunter.

»Bitte, triff dich mit mir.« Ihr war es völlig egal, dass sie weinerlich klang, denn er hatte sie »Katie« genannt, es bestand also noch Hoffnung. Ihre Zeit in London lief ab. Wenn sie ihn heute nicht davon überzeugen konnte, sich mit ihr auszusprechen, bekäme sie höchstwahrscheinlich keine weitere Chance mehr dazu, nicht nur aufgrund der Distanz, sondern auch weil die Schlucht, die sie trennte, mit jedem Tag weiter aufreißen würde. »Heute noch.«

Am anderen Ende der Leitung herrschte Stille.

»Es ist eine lange Geschichte«, sagte Kate angespannt. »Gib mir die Chance sie dir zu erzählen. Wenn du danach nichts mehr von mir wissen willst, verspreche ich, dich für immer in Ruhe zu lassen.«

Er gab einen Laut von sich, der einem Seufzer nah kam. »Um neun Uhr auf der Millenium Bridge«, sagte er kurz und knapp und legte auf.

Erschöpft vergrub Kate das Gesicht in ihren Händen, aber sie lächelte.

17

Ronan legte sein Handy auf den Tisch, streckte sich auf der Couch aus und fragte sich, ob er noch ganz bei Trost war, sich auf ein Treffen mit Kate einzulassen, nachdem sie ihn zwei Tage zuvor eiskalt abserviert hatte, ohne ihm den genauen Grund dafür zu nennen.

Er drehte sich auf den Rücken, verschränkte seine Arme unter dem Kopf und starrte an die Zimmerdecke. Die Lichter des Fernsehers flackerten über die weiße Tapete. Sollte er Kate versetzen? Verdient hatte sie es.

Als sie anrief, war er mehr als überrascht gewesen, hatte er doch geglaubt, ihr gemeinsames Kapitel sei abgeschlossen. Er hatte gezögert und wollte das Klingeln zuerst ignorieren. Aber dann befürchtete er, ihr Stolz könnte ihr verbieten, ein zweites Mal durchzuklingeln, wie der seine ihm verboten hatte, am Freitag zu ihr zu fahren und sie zur Rede zu stellen, weshalb sie ihm nichts von ihrem Umzug erzählt hatte, obschon es derart heftig zwischen ihnen geknistert hatte.

Kate hatte ihn tief verletzt. Aber das war nur möglich gewesen, weil er noch nie so viel für eine Frau empfunden hatte.

Das ganze Wochenende hatte er auf dem Sofa verbracht und entweder durch die TV-Kanäle gezappt oder geschlafen. Er hatte sich leer gefühlt und hatte kaum etwas gegessen. Abrupt setzte er sich auf. Nun spürte er, wie seine Lebensgeister zurückkehrten. Aber unter die Euphorie mischte sich auch Zorn.

Was glaubte sie eigentlich? Dass sie ihn fortschicken und zu sich rufen konnte wie einen Hund? Verdammt, genau das tat sie, und er kam angekrochen. Und wieso? Weil sie ihn mit dem Erwähnen des Blutes und der in Stücke geschnittenen Höschen schockiert hatte. Und weil er nicht frei von Schuld war. Mochte sie ihm auch die Rolle des mysteriösen Geliebten aufgedrückt haben, so hatte er den Part mehr genossen als es gut für ihre Beziehung gewesen war, denn dadurch konnten sie sich nicht näherkommen. Die Distanz hatte Kate mehr verunsichert als fasziniert, erkannte er zu spät. Es war auch nicht förderlich gewesen, dass er, ein Fremder, nach der Nacht im SM-Club plötzlich vor ihrem Haus gestanden hatte, im Dungeon ihr die Tür vor der Nase zugeschlagen und sie im Regen hatte stehen lassen.

Im Gruselmuseum hatte sie ihm klar gemacht, dass sie ihm nicht vertraute. Warum gab sie sich ihm dann erneut im *Invitation only* hin? Kate war für Ronan nicht zu durchschauen. Sie drehte sich wie ein Fähnchen im Wind und zwar so schnell, dass ihm schwindelig wurde.

Fühlte sie sich genauso zu ihm hingezogen wie er zu ihr? Oder wollte sie nur Sex von ihm? Er dachte an die Liste mit Kates erotischen Wünschen. Die Papierfetzen steckten noch immer in der Gesäßtasche seiner anthrazitfarbenen Jeans, die Hose, die er getragen hatte, als er sie mit dem Oberkörper auf ihren Küchentisch gedrückt und sie von hinten gestoßen hatte.

Allein die Erinnerung ließ ihn hart werden. Sie war nicht seine erste Sklavin gewesen, aber sie war etwas Besonderes, denn sie erregte ihn nicht nur, sondern sie beseelte seine Gedankenwelt so sehr, dass es ihm schwer fiel, sich auf seine Arbeit zu konzentrieren. Er hatte sogar einen Autounfall gehabt, weil er während der Fahrt mit offenen Augen von ihr geträumt hatte.

Schwungvoll stand er auf, ging ins Bad und stellte die Dusche an. Er prüfte im Spiegel, ob er sich rasieren musste, und strich dabei immer wieder über sein Kinn. Der Drang, Kate wiederzusehen, war übermächtig, dabei war er immer noch sauer auf sie.

»Hör auf zu zaudern, du gehst doch sowieso hin«, sagte er zu seinem Spiegelbild und beobachtete, wie sich seine Mundwinkel langsam nach oben zogen.

18

Wie Millionen winziger Swarowski-Steine glitzerten die Sterne am Nachthimmel. Selbst die Lichter der Tate Modern, des Globe Theatre und der Bankside Gallery am gegenüberliegenden Südufer wirkten romantisch. Oder lag es nur an Kates Stimmung und an dem Sog, der sie dazu antrieb, schneller zu gehen?

Als sie die Fußgängerbrücke vom Stadtteil City of London aus betrat, zitterte sie nicht aufgrund der Oktoberkälte, sondern vor Aufregung. Sie entfernte sich mit raschen Schritten vom Nordufer und ging auf den Bezirk London Bourough of Southwark am anderen Ende zu. Schon von Weitem erspähte sie Ronan, der in der Mitte der Hängebrücke stand, sich vorneigte und auf das Geländer stützte, um ins träge fließende Wasser der Themse zu starren. Sie beeilte sich zu ihm zu kommen, denn sie konnte es kaum erwarten, ihn endlich wiederzusehen, auch wenn es nicht leicht werden würde, die Kluft zwischen ihnen wieder zu schließen.

»Schön, dass du gekommen bist«, begrüßte sie ihn.

Ein reserviertes Lächeln huschte über sein Gesicht. Er richtete sich auf, steckte die Hände in die Taschen seiner Jacke und nickte. Sein Blick war verschlossen, aber sie glaubte, ein winziges Funkeln in seinen Augen wahrzunehmen. Möglicherweise war das jedoch auch nur Wunschdenken.

Ohne Umschweife kam er zur Sache: »Warum hast du mir verschwiegen, dass du in einer Woche aus London wegziehen wirst?«

»Das ist nicht so einfach zu erklären.«

»Wenn du das schon nicht kannst«, er schnalzte, »brauchen wir erst gar nicht weiterzusprechen.«

Sie hatte ihn offenbar mehr verletzt als sie geglaubt hatte. Kurz schaute sie zu der Sitzbank neben ihnen, entschied sich aber stehenzubleiben, weil es zum einen zu kalt war, zum anderen war sie zu unruhig. »Am dritten November werde ich dreißig. Ich habe meinen Eltern versprochen, an diesem Tag wieder zu Hause zu sein. Sie brauchen mich. Wir führen eine Goldschmiede, aber *MacLynn Goldsmiths* geht es nicht gut. Unsere Materialien sind langweilig und unser Schmuckdesign zu altmodisch. Um neue Techniken zu erlernen und Werkstoffe auszuprobieren, kam ich vor drei Jahren hierher.«

»Das erklärt nicht, weshalb du mir all das verschwiegen hast.«

Er hatte ja recht. Betreten spielte sie mit dem Knopf ihres Mantels. »Als wir uns im *Wild Side* kennenlernten, hatte ich das Ticket nach Hause schon gekauft, aber ich hatte es in eine leere Teedose gesteckt und ganz weit nach hinten in den Küchenschrank geschoben. Ich wollte nicht an die Abreise denken. Ich mag meine Heimat, aber ich war noch nicht bereit dazu, nach Black Elder zurückzukehren.«

»Du hast den Abschied verdrängt?«

»Ja, und eine Zeit lang erfolgreich vergessen, denn ich war mit meinen Gedanken nur bei dir.« Sein Blick brannte auf ihr, sodass sie sich abwandte und zur St Paul's Cathedral am nördlichen Ufer schaute. »Plötzlich passierten all diese beunruhigenden Dinge. Post verschwand, jemand hatte sich an meinem Laptop zu schaffen gemacht, eines Tages fand ich Blut in meinem Bett, und schlussendlich entdeckte ich die zerfetzten Höschen.«

»Aber wie zur Hölle bist du darauf gekommen, dass ich

etwas damit zu tun haben könnte?«, fragte er und lockerte den schwarzen Schal um seinen Hals.

»Das alles fing erst an, als du in mein Leben getreten bist. Trennten wir uns zwischendurch, kehrte Ruhe ein, aber sobald wir uns wiedersahen, geschah erneut etwas Besorgniserregendes.« Kate wollte ihm keine Vorwürfe machen, aber seine Verschlossenheit stellte nun mal ein zentrales Problem dar. »Du hast dich von Anfang an so verdammt geheimnisvoll gegeben.«

»Das hast du nur so empfunden.« Er drehte sich um und lehnte sich mit seiner Rückseite gegen das Geländer. »Ich wollte dir nicht gleich alles von mir erzählen, ich wollte erst einmal abwarten, was aus uns wird. Ist das nicht normal?«

Sie seufzte. »Vielleicht, ja.«

»Vielleicht?«, echote er und hob seine Augenbrauen. »Als du begonnen hast, Verdächtigungen zu äußern und mich zu beschuldigen, in öffentliche Gebäude einzubrechen, reagierte ich trotzig, das gebe ich zu. Ich machte dicht, so sind wir Männer nun mal.«

»Wahrscheinlich ist das sogar verständlich«, gestand sie schweren Herzens. »Aber versetze dich bitte in meine Situation. Ich lebe alleine, jemand dringt in mein Apartment ein und spioniert mir hinterher, ähnlich wie du nach unserem ersten Treffen im *Wild Side*. Ich hatte Angst. Wir kannten uns nicht.«

»Und ich kam dir von Anfang an suspekt vor.« Er raufte sich die Haare, merkte, was er aus einem Impuls heraus getan hatte, und band seinen Zopf neu. »Ich hätte dir nicht vom SM-Club nach Hause folgen sollen.«

Sie lächelte milde. »Doch, sonst hätten wir uns womöglich nie wieder getroffen, und das wäre eine verfluchte Schande gewesen.«

Einige Sekunden lang sah er sie intensiv an, dann sagte er leise: »Ja, das wäre es.«

Ihr Puls beschleunigte sich. Am liebsten hätte sie ihn geküsst, aber es gab noch so viel mehr zu besprechen. Sie brauchte endlich Antworten! »Wie hast du dir Einlass ins London Dungeon verschafft?«

»Womit wir wieder beim illegalen Eindringen sind.« Murrend klappte er den Kragen seiner Jacke hoch.

»Sag schon!« Sie steckte ihre Faust in die Manteltasche, um nicht gegen seine Schulter zu boxen. »Lass uns endlich alle Karten auf den Tisch legen.«

»Manchmal ist die Wahrheit so einfach, vielleicht enttäuscht sie dich sogar«, sagte er sarkastisch. »Ich arbeite als freiberuflicher Werbetexter und Web-Designer und mir wurde schon der eine oder andere Auftrag für das Gruselkabinett erteilt. Dabei freundete ich mich mit dem Manager an. Josh war so freundlich, mir seinen Generalschlüssel für eine Nacht zu überlassen.«

Erleichtert stieß sie die Luft aus. »Warum hast du das nicht einfach gesagt?«

»Weil du mir zu verstehen gegeben hast, dass du mir nicht traust, und das, nach einer Session, die ich akribisch vorbereitet und, wie ich finde, mit viel Fingerspitzengefühl durchgeführt hatte.« Er stieß sich vom Geländer ab. »Das hat mir wehgetan, Herrgott noch mal.«

»Tut mir leid. Zu diesem Zeitpunkt hatte mir Amos schon so eine Heidenangst eingejagt, dass mir alles plötzlich suspekt erschien«, gab sie atemlos zu. Kate bemerkte jetzt erst, dass sie aufgebracht herumgestikulierte, und hörte damit auf.

Ronan stellte einen Fuß auf die Sitzbank und stützte sich auf seinem Knie ab. »Amos?«

»Mein Nachbar.« Sie berichtete ihm kurz von dem Vorfall in ihrer Wohnung am Nachmittag. Als sie das Brotmesser erwähnte, verfinsterte sich seine Miene. »Einmal glaubte ich sogar kurz, du würdest auf der Straße vor meinem Haus warten und mich beobachten, aber das warst du nicht.«

»Wieso hast du das gedacht?«

»Wir telefonierten, und du hast unter freiem Himmel gestanden, als neulich dieser Sturm war. Ich habe den Wind im Hintergrund gehört.« Verlegen rieb sie über ihre Oberarme. »Und im Eingang gegenüber stand ein Mann, der ein Handy ans Ohr hielt.« Aber dann hatte er aufgelegt, während Ronan weiter mit ihr gesprochen hatte.

»Mein Gott, Katie, ich hatte an diesem Abend einen Autounfall und wartete auf den Abschleppdienst.« Da sie ihre Augen aufriss, winkte er ab. »Mein Lancia hat nur einen Blechschaden, mir ist nichts passiert.«

Langsam ließen sich alle Puzzleteile zusammensetzen. »Aus diesem Grunde hast du mich mit einem Leihwagen zum *Invitation only* gefahren!«

»Auch deswegen hast du dir Gedanken gemacht?« Fassungslos schüttelte er den Kopf, sodass sich einige Haarsträhnen aus seinem Zopf lösten. »Was noch? Sag schon.«

»Hattest du der Polizei einen anonymen Hinweis gegeben, dass Blaine Frauen und Männer erpresst?«, fragte sie und drehte nervös die zahlreichen Ringe an ihren Fingern hin und her, weil sie befürchtete, er könnte bald genug von ihren dummen Fragen haben und einfach gehen. »Wie hast du Milows Material bekommen?«

Er schmunzelte, doch er wirkte keineswegs amüsiert, sondern vielmehr zerknirscht. »Ich habe Blaine nicht zusammengeschlagen, falls du das meinst, lediglich unter Druck gesetzt. Er war nicht so ein harter Kerl, wie er vorgab zu sein, sondern knickte schnell ein. Du hast doch am eigenen Leib erfahren, wie dominant ich auftreten kann.«

Weil Kate heiß wurde, öffnete sie die oberen Knöpfe ihres Mantels.

»Als er die Speicherkarten und Fotos aus einem Safe holte, sah ich weitere Umschläge und auf ihnen waren Namen, Daten und Pfund-Beträge notiert. Da wusste ich, dass ich etwas unternehmen musste.«

»Danke.«

»Ich habe es nicht für dich oder Milow getan, sondern um Blaine zu stoppen.« Er grüßte ein Pärchen, das eng umschlungen an ihnen vorbeischlenderte, wartete, bis sie weit genug weg waren und fuhr dann fort: »Ein ranghoher Polizeibeamter ist Mitglied im SM-Zirkel. Ich erzählte ihm alles, keine heroische Tat also.«

Sie wurde hellhörig. »Du sagtest, du wärst kein Mitglied im *Invitation only*. Wenn du dir also nicht illegal Zugang verschafft hast, wie bist du dann in das Gebäude hineingekommen?«

»Ich habe es angemietet.« Zufrieden grinsend verschränkte er seine Arme vor dem Oberkörper. »Selbstverständlich bin ich dort Mitglied.«

Irritiert krauste Kate ihre Stirn. »Aber du sagtest …«

»Du hattest mich wortwörtlich gefragt, ob ich schon in ihre Mitte aufgenommen wurde, aber das brauchte ich gar nicht.« Die Genugtuung stand ihm ins Gesicht geschrieben, als er erklärte: »Vor einem Jahr habe ich das *Invitation only* mit zwei Freunden gegründet.«

»Oh, du!« Drohend hielt sie ihm ihre Faust unter die Nase, aber natürlich hatte sie nicht vor ihn zu boxen.

»Eine kleine Spitzfindigkeit, ich entschuldige mich dafür, aber du hast ständig gestichelt, bis ich so wurde, wie du es mir unterstellt hattest.« Er richtete sich auf, steckte seine Hände in die Hosentaschen und stellte sich einen Schritt von ihr entfernt hin. »Aber so bin ich nicht, sondern rechtschaffen, aufrichtig und treu.«

»Verzeih mir meine Anschuldigungen.« Zaghaft kam sie etwas näher. »Sie entbehrten jeglicher Grundlage.«

»Verzeih du mir meine Verschwiegenheit. Wenn ich von Anfang an offener gewesen wäre, wären erst gar keine Missverständnisse aufgekommen.«

So viel war schief gelaufen, dass Kate sich fragte, ob sie noch einmal zueinanderfinden konnten? War es überhaupt möglich, nach all dem, was vorgefallen war, eine gesunde Partnerschaft zu führen? »Black Elder ist fünf Stunden Bahnfahrt von London entfernt.«

»Ich arbeite gerne im Zug.« Betont lässig zuckte er mit den Achseln. »Niemand stört mich. Dort kann ich viel erledigen.«

»Ich habe ein Doppelbett.« Ihr wurde bewusst, dass sie zwar schon einige Male miteinander geschlafen hatten, aber nie auf einer Matratze. Er trat so dicht an sie heran, dass sich ihre Fußspitzen fast berührten. Seine Nähe raubte ihr den Atem. Sie begehrte ihn so sehr! »Eine Hälfte ist frei.«

Sein Gesichtsausdruck wurde weich, aber noch immer berührte er sie nicht. »Ich brauche einen Vertrauensbeweis.«

Stirnrunzelnd streckte sie ihre Hand nach ihm aus, zog sie jedoch im letzten Moment zurück, da der Graben zwischen ihnen noch nicht wirklich geschlossen war. »Welchen?«

»Einen Zweitschlüssel für deine Wohnung.« Er legte seinen Kopf schief und schaute sie ernst an. »Außerdem möchte ich deine Eltern kennenlernen.«

Kate grinste breit und schaute ihn verliebt an. Er meinte es wirklich ernst mit ihr! »Wenn ich deine ebenfalls treffen darf.«

»Noch vor deiner Abreise, versprochen.« Endlich lächelte er warmherzig.

Nun hielt Kate es nicht länger aus. Sie zog ihn zu sich herunter und küsste ihn leidenschaftlich. Auch Ronan schlang seine Arme um sie. Er drückte sie an sich, und sein Kuss war so voller Verlangen, dass sie in seinen Mund hineinstöhnte. Er schmeckte so gut, so himmlisch, so köstlich – nach mehr, viel mehr.

Nachdem er sich von ihr gelöst hatte, schob er eine ihrer Haarsträhnen zurück und strich sinnlich über ihre Ohrmuschel. »Außerdem werde ich deine Sexliste mit meinen erotischen Wünschen erweitern.«

»Oh!« Er hatte die Liste nicht vergessen? Das hatte sie nicht erwartet. »Dann wird sie aber recht lang werden.«

Zärtlich knabberte er an ihrer Unterlippe. »Mit deinem dreißigsten Geburtstag hört der Spaß nicht auf, sondern dann geht er erst richtig los. Wir haben viel Zeit, die Punkte abzustreichen. »

»Die haben wir«, pflichtete sie ihm bei. Wie praktisch, dass die Liste beliebig erweiterbar war.

Epilog

»Wir sollten jede Minute der Zugfahrt ausnutzen.« Verschmitzt lächelte Ronan sie an.

Er hatte ihr und ihren Eltern seine professionelle Hilfe angeboten und schien das sehr ernst zu meinen, denn er begann schon auf der Reise nach Black Elder mit den Vorbereitungen, das imponierte Kate.

»Wie findest du die Aufteilung?« Ronan reichte ihr die Skizze, die er soeben angefertigt hatte. »So stelle ich mir die Website von *MacLynn Goldsmiths* vor.«

Kate nahm den Schreibblock entgegen und betrachtete die Zeichnung, froh über sein Angebot, all sein fachliches Können einzusetzen, um dem Familienbetrieb zum Aufschwung zu verhelfen. »Sehr übersichtlich, gefällt mir. Sollten wir nicht den Namen der Goldschmiede ändern? Er klingt langweilig.«

»Davon rate ich ab. Er ist schon eingeführt, zumindest in eurer Heimatstadt und in der Umgebung. Aber ich werde ein prägnantes Logo entwerfen, um den Wiedererkennungswert zu erhöhen. Das kommt dann auf die Homepage und wird auf Visitenkarten, Flyer und Kataloge gedruckt. Corporate Design ist auch für kleine Unternehmen wichtig.« Mit dem Bleistift zeigte er auf einen Button. »Ein Klick und man ist im Shop. Im Menüpunkt darunter geben wir die Adressen der Geschäfte in London an, die euren Schmuck vor Ort verkaufen werden.«

»Dass wir daran nicht schon selbst gedacht haben.« Da der

Zug eine Linkskurve fuhr, wurde sie mit ihrer rechten Schulter an die kühle Fensterscheibe gedrückt.

»Ihr müsst euch über die Grenzen der Kleinstadt hinaus bekannt machen. Einen anderen Weg aus der Krise sehe ich nicht, aber das schaffen wir schon. Wenn die Kunden nicht zu euch kommen, geht ihr eben zu ihnen.« Während er sprach, probierte er am unteren Rand einige Varianten des neuen Firmenzeichens aus. »Ich bin zuversichtlich, was neue Vertriebskanäle betrifft. Gleich nächste Woche werde ich mich um die Kontakte kümmern. Durch meinen Job kenne ich viele wichtige Leute.«

Kate küsste ihn auf die Wange. Sie war glücklich, dass er sich spontan entschieden hatte, sie nach Hause zu begleiten, weil er erst am Donnerstag ein Meeting mit der Dulwich Picture Gallery in Southwark hatte, um eine Broschüre zu präsentieren, die das Museum bei ihm in Auftrag gegeben hatte, und er das Heft auch in Black Elder zu Ende konzipieren konnte. »Auch durch das *Invitation only*, oder irre ich mich?«, flüsterte sie mit einem frivolen Unterton in sein Ohr.

»Unsere Neigung schweißt uns zusammen, ja.« Lächelnd nahm er ihr den Block ab. »Offenbar bist du mit deinen Gedanken ganz woanders.«

»Bei dir, wie immer seit ich dich im *Wild Side* das erste Mal traf.« Sinnlich zeichnete sie mit ihrem Zeigefinger seine Unterlippe nach. Als er seinen Mund ein bisschen öffnete, nahm sie seine Einladung nur allzu gerne an und schob ihre Fingerspitze hinein. Sein sanftes Saugen erregte sie. Das Spiel seiner Zunge kitzelte lustvoll. Es war gleichzeitig sinnlich und schmutzig. Lag es an Ronans Blick voller Verlangen? Oder an der normalen Umgebung, immerhin befanden sie sich nicht in einem SM-Club, sondern in einem Waggon?

Verstohlen schaute sich Kate um. Zum Glück befanden sich nicht viele Menschen in ihrem Abteil. Am Montagvormittag fuhren die meisten nach London rein, um dort zu arbeiten. Sie dagegen ließen die Metropole gerade hinter sich. In derselben Sitzreihe, jedoch auf der gegenüberliegenden Seite in Fahrtrichtung links, durch den Mittelgang von ihnen getrennt, saß ein Anzugträger, der sich auf das Laptop auf seinem Schoß konzentrierte. Hinter Ronan langweilte sich eine junge Asiatin, die Kate durch den Spalt zwischen den Sitzen beobachtete. Kate genierte sich mit einem Mal und zog ihren Finger aus seinem Mund.

Er legte seine Hand unter ihr Kinn und zwang sie, ihn anzusehen. »Deine blickdichte Strumpfhose mag bei den kühlen Oktobertemperaturen ja angenehm warm sein, sie passt auch gut zu deinem schwarzen Rock, aber sie stört mich dennoch. Geh aufs WC und zieh sie aus.«

Überrascht weiteten sich ihre Augen. Ihr Herz pochte einen Takt schneller.

»Und dein Höschen gleich mit.« Er schaute auf seine Armbanduhr. »Du hast zwei Minuten dazu, Jewel. Die Zeit läuft jetzt.«

»Jetzt? Hier?« Das konnte er unmöglich ernst meinen. Oder doch? Immerhin benutzte er ihren Sklavennamen. »Was hast du vor?«

»Solltest du nach Ablauf des Ultimatums nicht zurück sein oder immer noch neben mir sitzen und überflüssige Fragen stellen, werde ich dir beides eigenhändig abstreifen und zwar vor aller Augen.«

»Du machst Scherze.«

»In diesem Fall müsste ich dir natürlich auch eine Lektion erteilen, das siehst du gewiss ein.« Er tippte gegen sein Kinn, als würde er sich bereits ausmalen, wie die Strafe ausfallen könnte. »Ich kann als dein Herr nicht tolerieren, dass du ungehorsam bist.«

Sanft berührte sie seinen Arm. »Ronan, bitte, wir sind in der Öffentlichkeit. Das ist nicht der richtige Ort für eine Session.«

Unbeeindruckt fuhr er fort: »Ich würde dich auf meinen Schoß ziehen, deinen Rock hochschieben und dir den süßen kleinen Hintern versohlen wie damals in deiner Küche, nur dass wir diesmal Zuschauer hätten.« Plötzlich vergrub er seine Hand in ihrem Bob und ließ sie seine Kraft spüren. Seine Stimme klang mit einem Mal dunkel, rau und gefährlich. »Vielleicht findest du das ja gerade reizvoll und hast dich deshalb immer noch nicht erhoben.«

Die Warnung in seiner Stimme, das Versprechen in seinem Blick, seine Androhungen wahr zu machen, sollte sie ihn nicht ernst nehmen, und seine demonstrative Überlegenheit machten sie auf erotische Weise schwach. Darum stand sie umgehend, wenn auch leise grollend auf. Als sie auf der Toilette aus Strumpfhose und Slip schlüpfte, entdeckte sie den feuchten Fleck auf dem Steg und lächelte breit. Eigentlich gefiel ihr die neue Herausforderung. Schon durch die Vorstellung, nackt unter ihrem Rock zu sein und in einem Waggon zu sitzen mit lauter sittsam gekleideten Frauen und Männern, die keinen blassen Schimmer von ihrer »versteckten Blöße« hatten, stellten sich die feinen Härchen auf ihrem Körper auf. Aber war das wirklich alles, was Ronan von ihr verlangen würde? Sie hatte das untrügliche Gefühl, dass das erst der Anfang war.

Kate hoffte nur, dass sie durch das lustvolle Spiel nicht versäumten, an ihrem Zielbahnhof auszusteigen, sonst landeten sie am Ende noch in Newcastle Upon Tyne im Norden Englands.

Als sie aus dem WC kam, hielt der Fernreisezug gerade an einem Bahnsteig. Kate wartete, bis einige Passagiere den Waggon verlassen hatten und ging geduldig hinter drei Neuankömmlingen her ins Abteil. Strumpf- und Unterhose verbarg sie so gut wie möglich in ihrer Faust und ihre Faust in ihrer Achselhöhle. Mit zusammengekniffenen Augen überreichte sie die beiden Kleidungsstücke Ronan und setzte sich wieder auf ihren Platz am Fenster, die Beine leicht gespreizt, so wie er es mochte und wie es sich für eine Sub gehörte.

Oh, mein Gott, ich bin jetzt eine waschechte Lustdienerin, dachte sie aufgeregt. Das hatte sie sich immer gewünscht. Nun war ihr Traum Wirklichkeit geworden. Ihr Herr saß neben ihr, sie hätte keinen besseren finden können, da war sie sich sicher.

Gespielt trotzig tat sie so, als würde sie aus dem Fenster schauen, doch in Wahrheit betrachtete sie sein Spiegelbild in der Scheibe. Er roch an ihrem Slip und stopfte ihn halbherzig in die Brusttasche seiner Jacke, sodass er zum Teil herauslugte. Ihre Strümpfe steckte er zusammen mit dem Skizzenblock in die Laptoptasche zu seinen Füßen.

Kurz nachdem der Zug wieder losgefahren war, befahl er: »Dreh dich zu mir.«

Gehorsam folgte sie seiner Anweisung. Sie blickte auf ihr Höschen, worauf es zwischen ihren Schenkeln köstlich prickelte.

Er winkelte ihr linkes Bein an und legte ihr Knie auf seinen Schoß, sodass ihre Spalte sich noch weiter öffnete. Zärtlich streichelte er ihren Oberschenkel. Da sie ahnte, was er als Nächstes tun würde, spannte sie sich an. Ihr Puls schlug schneller. Sie krallte ihre Hände in den Stoff ihres Pullovers, weil ihre Möse bereits erregt pochte, obwohl er sie noch gar nicht berührt hatte.

Seine Hand tauchte unter ihren Rock. Eigentlich war er Rechtshänder, nun stellte sie fest, wie geschickt er auch mit der Linken war, denn die tastete sich näher an ihr Geschlecht heran und zwar so langsam, dass Kate immer unruhiger wurde. Sie guckte zu dem Geschäftsmann auf der anderen Seite des Ganges hinüber. Unglücklicherweise bemerkte er das, da er gerade etwas in seiner Tasche neben sich auf dem Sitz suchte und sah dadurch erst zu ihr herüber. Sein Blick glitt tiefer zu Ronans Arm, dessen Ende von ihrem Rock verdeckt war.

Rasch starrte Kate auf das Werbeplakat der Bahngesellschaft am Abteilausgang. Stell dir vor, der Unbekannte wäre nicht da, redete sie sich ein, aber es funktionierte nicht. Ihr Gesicht wurde heiß.

Ronan lachte leise, dachte offenbar jedoch nicht daran, aufzuhören, nur weil sie entdeckt worden waren. Sachte strichen seine Fingerspitzen über ihre äußeren Schamlippen, umkreisten das Zentrum ihrer Lust und drangen in ihre feuchte Mitte ein. Erregt bäumte sich Kate auf. Sie presste ihren Rücken gegen die Lehne, doch aus dem Augenwinkel heraus nahm sie eine Bewegung wahr. Automatisch drehte sie ihren Kopf und schaute geradewegs in das Gesicht der jungen Frau, die eine Reihe hinter Ronan saß. Hatte sie etwas mitbekommen? Rasch wandte sich Kate wieder nach vorne.

Halbherzig bat sie: »Hör auf damit.«

»Das willst du doch gar nicht.«

»Doch, sicher«, log sie.

»Wenn es so wäre, hättest du mich längst abgewehrt.« Mit seiner freien Hand massierte er ungeniert ihren Busen. Er knetete immer fester und zwickte schließlich ihre Brustspitze, sodass Kate keuchte. »Stattdessen hältst du still wie eine gehorsame Liebessklavin.«

Er hatte recht, Kate fühlte sich überführt. Sie hatte ihn nicht ernsthaft davon abgehalten, sich ihres Körpers zu bedienen, sondern schmolz unter seinen Fertigkeiten dahin. »Könntest du wenigstens nicht solche Begriffe benutzen, falls uns jemand hört?«

»Wie *Sklavin* zum Beispiel?«, sagte er laut und deutlich.

Ihre Spalte pulsierte, ihre Wangen brannten, und sie wagte kaum zu atmen, weil sie befürchtete, zu stöhnen und dadurch noch mehr Aufmerksamkeit zu erregen. Das Blut rauschte so laut in ihren Ohren, dass sie die Durchsage nicht verstand. Sie bekam nur mit, dass sie in einigen Minuten einen weiteren Bahnhof anfahren würden, aber welcher das war, hatte sie nicht verstanden, denn ihre Lust forderte ihre gesamte Konzentration.

»Bis wir dort sind, solltest du zum Höhepunkt gekommen sein.« Endlich sprach er leiser, aber das machte seine Worte nicht weniger unglaublich für Kate. »Die Passagiere, die ein- und aussteigen, werden sicher mitbekommen, wie hemmungslos du bist.«

Sie sollte kommen, hier und jetzt? Kate war davon ausgegangen, dass er sie im Abteil nur ein wenig necken wollte, um sie später auf der Zug- oder Bahnhofstoilette zu nehmen. Bevor sie ihm sagen konnte, dass sie unter den gegebenen Umständen bestimmt keinen Orgasmus haben würde, glitten seine Finger von ihrer feuchten Öffnung zwischen ihren inneren Schamlippen hindurch zu ihrer empfindsamsten Stelle und umkreisten sie, sodass Kate von einer Sekunde auf die andere vergaß, was sie hatte sagen wollen. Sie keuchte, riss entsetzt ihre Augen auf und presste eine Hand auf ihren Mund. Am liebsten wäre sie in diesem Moment vor Verlegenheit im Boden versunken, trotzdem ließ sie Ronan gewähren.

Jammernd vergrub sie ihr Gesicht in seiner Halsbeuge. Warum fühlte sie sich ausgerechnet bei ihm, der sie in diese peinliche Situation manövriert hatte, geborgen? Sie schloss ihre Augen und gab sich dem Trugschluss hin, dass die Mitreisenden sie ignorierten, wenn Kate dasselbe mit ihnen tat. Doch während sich ihre Lust mit jeder Kreisbewegung von Ronans Fingern um ihre Klitoris hochschraubte, stellte sie sich vor, dass der Anzugträger zu ihnen herüberspähte, halb entrüstet und halb interessiert, und die Frau hinter ihnen sich vorneigte, um sich die frivolen Laute von Kate nicht entgehen zu lassen. Sie bemühte sich, ihr Keuchen und Stöhnen so gut wie möglich zu unterdrücken, aber je mehr sie es versuchte, desto stärker wurde der Drang durchzuatmen und sobald sie diesem nachgab, kam gleichzeitig ein Winseln heraus.

Ronan legte seinen rechten Arm um sie und hielt sie geradezu fürsorglich fest. Dafür hätte sie ihn am liebsten geohrfeigt, schließlich trug er Schuld an ihren bittersüßen Qualen. Aber sie hatte ihn ja nicht gestoppt, also durfte sie sich nicht beschweren. Nun war es ohnehin zu spät. Der Wunsch zu kommen loderte so heiß in Kate, dass es kein Zurück mehr gab. Sie brauchte den Orgasmus, er zerrte schon an ihr, aber das Rattern der Räder klang bereits behäbiger, bald würde der Zug anhalten.

Kate konzentrierte sich auf ihren Unterleib, wünschte sich, es endlich hinter sich zu bringen und erlöst zu werden, doch es baute sich ein Druck in ihr auf, der sie blockierte. Bevor sie es unterdrücken konnte, entfuhr ihr ein Wimmern. Sie biss in den Kragen von Ronans Jacke und bemühte sich, locker zu bleiben. Vergeblich. Der innere Kampf kostete sie viel Kraft. Der Zug fuhr schon in den Bahnhof ein und wurde immer langsamer. Schließlich blieb er stehen.

Kate hörte die Durchsage und wie einige Passagiere ihre Jacken und Koffer nahmen. Es war zu spät, sie schaffte es nicht und gab auf. Enttäuscht presste sie die Luft aus ihren Lungen und schmiegte sich an Ronan, der ihren Kitzler noch immer streichelte.

Nun, da sie sich entspannte, rauschte unerwartet der Höhepunkt so gewaltig über sie hinweg, dass sie keuchte. Einige Mitreisende gingen an ihnen vorbei, aber sie guckten sie nicht an, weil sie wohl zu beschäftigt mit sich selbst waren, und

Kate war dankbar dafür, denn sie zuckte in Ronans Armen wie ein Fisch auf dem Trockenen. Wenigstens hörte er auf, sie zu stimulieren, ließ aber seine Hand auf ihrem Schoß liegen.

Kate musste eingenickt sein, denn die Landschaft sauste längst wieder an ihrem Fenster vorbei, als sie ihre Augen öffnete. Unauffällig schaute sie sich um. Der Geschäftsmann war ausgestiegen, so vermutete sie, denn er saß nicht mehr auf seinem Platz, und die Asiatin schlief eingekuschelt wie ein Fötus auf den zwei Sitzen hinter ihnen.

»Das war eine wundervolle Session«, gab Kate zu, setzte sich aufrecht hin und zog den Rocksaum bis zu ihren Knien hinab. »Aber mach das ja nie wieder, nicht an solch einem Ort!«

»War? Ich habe nicht gesagt, dass sie zu Ende ist«, gab Ronan sichtlich amüsiert von sich und holte eine Liebeskugel aus der Innentasche seiner Jacke. »Die Fahrt dauert noch einige Stunden. Wir wollten doch jede Minute ausnutzen.«

Das hatte er also gemeint, nicht das neue Marketingkonzept für die Goldschmiede. »Schuft«, fauchte sie und betrachtete die dünne Gliederkette, die von dem Aluminiumball herabhing und so lang war, dass sie weit bis über ihre Schamlippen reichte, wenn er eingeführt war. Verschmitzt lächelte Kate. »Ich liebe dich.«

Er zog sie zu sich heran und gab ihr den gefühlvollsten Kuss, den sie jemals bekommen hatte. Ohne den Mund von ihrem zu lösen, schob er seine Hand zwischen ihre Schenkel und drückte die Kugel in sie hinein. Kate sah sich bereits in ihrer Fantasie durch den Gang stolzieren wie auf einem Catwalk, ihren Rock am Bund aufgerollt, so dass die Kette sichtbar war.

Wenn der Alltag mit Ronan schon so aufregend war, was hatte er dann erst für ihre zweite Geburtstagparty, von der ihre Familie nichts wusste, im *Invitation only* geplant? »Etwas ganz Besonderes«, hatte er gesagt. Das glaubte sie ihm aufs Wort!